KB052369

사건번호 113

사건번호
113

울지 마, 엄마
난 엄마가 울면 무서워……
슬픈 게 아니라 무서워……

류성희 장편소설

| 목차 |

III 괴물과 싸우는 사람은 싸우는 과정에서 자신마저
괴물이 되지 않도록 해야 한다. 그리고 당신이 오랫동안
심연을 들여다 볼 때 심연 역시 당신을 들여다본다.

— F. 니체 『선악을 넘어서』 중

만약 족쇄가 풀리지 않으면, 그것을 물어뜯어라

— F. 니체 『선악을 넘어서』 중

1 무죄가 확정되기 전까지는 유죄다

법은 죽은 자에게도 공평해야 한다.

죽은 자에게나 살아 있는 자에게나 똑같은 잣대를 들이대야
한다.

살아 있는 인간이 만든 인간의 법이 산 자에게 좀 더 기울어져
있다면, 그것은 법이 법을 위반하는 것이다. 죽은 자에게도 산 자
에게도 똑같이 평형을 이루어야 한다. 그래야 법이다.

승주는 아침에 다시 한 번 이 말을 되새겼다. 오늘은 드디어 처
음으로 살인사건 담당 재판이 열리는 날이다. 슈퍼마켓에서 담배
를 훔치고 똥까지 싸두는, 그래서 그 똥 때문에 이상심리자로 볼
것인가 아닌가를 판단해야 했던 첫 번째 피고인을 시작으로 절도
와 강간미수 사건 등을 거쳐 검사 생활 2년 만에 드디어 살인사
건을 맡게 된 것이다.

'침착하자, 침착해.'

아침부터 몇 번을 침착하자고 다짐하고 또 다짐했는지 모른다. 별로 어려운 사건도 아니었다. 43세 남자가 45세 내연녀를 살해한 사건이었다. 용의자는 현장에서 잡혔고 범행도 순순히 자백했다. 초범에 우발 범행인 점, 무엇보다 범행을 시인했고, 사건을 뉘우치고 반성하고 있다는 점 등을 고려하여 '형법 250조 1항, 사람을 살해한 자는 사형, 무기징역 또는 5년 이상의 징역에 처하도록 한다.'에 의거 일반살인으로 규정하고 이 경우엔 징역 7년을 구형하면 되는, 초년 검사에게 맡기는 첫 번째 살인사건답게 논란의 여지가 없는 명쾌한 사건이었다.

자신을 죽인 살인자에게 5년 이상의 징역을 구형하는 것이 죽은 자에게 공평한 것일까? 죽은 자의 입장에서 보면 징역 5년이든 무기징역이든 다 마찬가지가 아닐까? 자신을 죽여 버린 살인자를 사형시키지 않은 바에야 말이다.

대체 인간이 인간을 죽인다는 것은 어떤 것일까?

그동안 승주는 교도소 체험이나 법정에서 많은 살인자들을 직접, 만날 수 있었다. 그 사람들을 보았을 때, 물론 백 퍼센트 선입관 때문이란 건 인정하지만, 어쨌든 그들은 눈빛이 달랐다. 뭐랄까, 보통 사람들은 백 번을 죽었다 깨어나도 알 수 없는 그 어떤 것을 알고 있는 듯한, 섬뜩함이나 무서움과는 다른 그 무엇. 살인자가 여자일 때는 더 그런 느낌이 들었었다.

'그만하자, 그만해.'

승주는 고개까지 흔들며 떠오르는 이런 생각들을 떨쳐냈다.

오늘은 무엇보다 살인자인 용의자와 기 싸움에서 지지 않는

게 중요했다. 심문하는 동안 목소리가 떨려 나오지 않아야 할 텐데…….

예정된 시간에 재판은 시작되었고 정해진 순서대로 순조롭게 진행되었다. 이제 현장에 있던 두 명의 참고인 진술만 들으면 되는 상황이었다.

그때 승주는 아랫배가 점점 더 아파오는 것을 느꼈다. 아침부터 사르륵 사르륵 배가 아파서 오늘 재판의 긴장 때문이려니 생각하고 신경은 쓰였지만 대수롭지 않게 생각했는데 재판이 진행될수록 배가 더 아파왔다. 재판 시작 즈음엔 바늘로 콕콕 찌르는 것 같은 통증이 느껴지더니 이젠 바늘의 굵기가 굵어지는 듯한 통증으로 이어지고 바싹 바싹 식은땀까지 났다.

어떻게 해서든 재판이 끝날 때까지는 견뎌야 하는데…….

승주는 이를 악물었다.

"제 친구는 여자에게 할 만큼 했습니다. 아내도 자식도 다 팽개치고 오로지 그 여자한테 빠져서 그 동안 모은 돈을……"

용의자의 친구인 참고인이 용의자 편을 드느라 변호사가 묻지도 않은 말까지 진술하는 소리가 승주에게는 아주 멀리서 들리는 것 같았다. 이제 통증은 바늘 정도가 아니다. 아예 배 안에 쇠꼬챙이를 집어넣고 휘젓는 듯 격심해져 아무리 이를 악물어도 신음소리가 새어 나왔다.

"검사님, 왜 그러십니까?"

승주가 이상하다는 것을 눈치 챈 황 사무장이 낮은 목소리로 물었다.

그때 판사의 목소리가 들렸다.

"검사측, 심문하세요."

일어서야 한다. 승주는 아랫입술을 깨물고 일어섰다. 하지만 도로 주저앉고 말았다. 배에서 딱딱한 무언가가 풍선처럼 점점 부풀어 오르다가, 일어서는 순간 펑 터져 버린 것 같은 느낌이랄까. 허리를 펼 수가 없었다.

"검사님, 홍승주 검사님!"

"사무장님, 저 배가 너무 아파……."

황 사무장의 얼굴이 맨 먼저 보였고, 그 어깨너머로 판사가 일어서는 게 보였고, 그리고 45세 내연녀를 죽인 43세 용의자까지 일어서 무슨 일인가 목을 길게 빼고 보는 것까지를 끝으로 승주는 정신을 놓아버렸다.

"정신 차리셨어요?"

정신을 잃었을 때처럼 맨 먼저 황 사무장의 얼굴이 보이고, 그 어깨너머로 판사 대신 링거 병이 보이고, 살인자 대신 한강 병원이란 로고가 적힌 병원 복을 입은 자신이 보였다.

"급성천공성충수염이랍니다. 맹장 말입니다, 맹장." 마치 급성 천공성충수염인 것이 불만인 듯 황 사무장이 퉁명스럽게 말했다. "맹장이 뭡니까, 맹장이. 창피하게. 아, 법정을 그렇게 들었다 놨다 했으면, 적어도, 거 뭐냐, 복막염 정도 돼야지 이게 뭡니까?"

말은 그렇게 해도 황 사무장은 자신이 깨어나기를 초조하게 기다렸을 것이다.

"재판은 어떻게……."

"2차 공판으로 넘어갔습니다. 대한민국 재판상 검사가 재판 중에 맹장염으로 쓰러져 미뤄지게 된 판례는 처음일 겁니다."

'아아, 이게 무슨 망신이람.'

"그럼 제가 새로운 판례를 하나 남긴 건가요? 그거 괜찮네."

황 사무장이 그런 승주를 보더니 어쩔 수 없다는 듯 '허' 하고 웃었다.

승주는 황 사무장이 아버지 아니, 나이 차이로 보아 작은아버지 같았다. 사무장 생활 20여 년이 넘는 경험과 노련함으로 조카 같은 승주를 잘 이끌어주고 있었다.

"근데 검사님, 살면서 교통사고 당한 적 있습니까?"

"아뇨, 왜요?"

"아니 검사님께서 계속 이 말을 하시기에……. '가여운 교통사고를 겪고 난 후 나는 겁쟁이가 되었다……. 시속 80킬로미터만 달려도 앞좌석의 등받이를 움켜쥐고…… 언제 팬티를 갈아입었는지……'"

"제가 그 시를 계속 읊었다고요?"

"시요? 그러니까 거 뭐냐, 나 보기가 역겨워 가실 때에는…… 같은? 팬티는 언제 갈아입었는지 하는 것도 시입니까? 그런데 그런 걸 왜 읊으셨습니까? 앰뷸런스에 탈 때도, 검사받을 때도, 그리고 수술받기 전까지."

왜 그랬을까? 죽고 난 뒤에 팬티가 깨끗한지 아닌지에 왜 신경이 쓰이는지…… 같은 시를 죽을 것 같은 상황에서 왜 외웠을까? 물론 그 시를 좋아한 것도 아니다. 사실 교통사고 난 후 팬티가 깨끗한지 안 한지를 걱정하는 것 같은 시를 좋아한다면 그게 더 이상하지 않은가?

"그리고 계속 수술은 반드시 여자 의사가 해야 된다고 하시던데 남자 의사에 대한 안 좋은 기억이라도 있으십니까?"

"여의사를요?"

시를 외웠다는 것도 여의사를 찾았다는 것도 기억이 없다.

그때 승주의 물음에 대답하듯 여의사가 병실에 들어오고 그 뒤로 인턴인지 레지던트인지 어쨌든 하얀 가운들이 그녀 뒤에 주르르 섰다. 황 사무장이 승주에게 바로 이 여의사가 담당의였다는 눈짓을 주었다.

"환자분, 천공성충수염이 심해 충수가 터져 통증 부위가 넓어져 배가 많이 아팠을 텐데 몰랐어요? 생리 중이던데 설마 생리통과 혼동한 건 아니죠?"

무의식중에도 생리 중이라서 여의사를 찾았었나 보다. 그렇다고 저렇게 대놓고 말하는 건 아무리 의사라도 예의에 벗어난 거 아닌가?

승주는 여의사 가운의 명찰을 보았다.

외과과장 강희경.

대한민국 다섯 손가락 안에 꼽히는 대형 병원의 외과과장이면 이런 저런 실력이 만만치 않으리라.

"그런데 왜 그렇게 팬티 걱정을 했어요?"

'으이구, 내가 못 산다 못 살아.'

뒤에 서 있는 하얀 가운들이 킥킥 웃었다. 이미 소문이 돈 모양이다.

"아, 그건 시였답니다, 시. 나보기가 역겨워 가실 때에는……같은."

황 사무장이 승주의 창피함을 덜 요량으로 끼어들었지만 그것이 무슨 말인지 알 리가 없는 의사들은 '뭔 말?' 하는 표정이 역력했다.

"주의사항은 간호사가 말해 줄 겁니다. 반드시 엄수하도록 하세요."

"……저 퇴원은 언제쯤 하게 될까요?"

돌아서 나가려는 희경에게 승주가 물었다.

멈칫하는가 싶더니 희경이 고개를 돌려 승주를 보았다. 순간 승주는 섬뜩했다. 희경이 표정이 방금 전까지와는 전혀 다른, 마치 고개를 획획 돌릴 때마다 다른 가면을 쓰는 변검처럼, 순식간에 얼굴 표정이 변해 있었다.

"검사라고 들었습니다. 남의 죄를 판단만 하지 마시고 자신의 몸도 돌보셨어야죠."

희경이 고개를 획 돌리더니 병실을 빠져 나갔다.

'뭐야? 환자가 언제 퇴원하느냐고 묻는 것도 죄야? 왜 저렇게 민감해?'

하지만 승주는 자신도 모르게 몸을 부르르 떨었다. 자신을 바라보는 희경의 눈빛에서 이유 없는 적의를 느꼈다면 지나친 상상력일까? 지나친 상상력이라 해도 어쩔 수 없다. 희경의 눈빛에서 벼릴 데로 벼린 칼끝에서 나오는 차가운 냉기 같은 게 느껴졌기 때문이다.

"거 의사양반 만만찮네."

황 사무장이 강희경의 뒷모습을 보며 말했다. 20여 년의 사무장 생활 동안 자신이 만든 대법관이 네 명이나 된다며 술 한 잔

들어가면 자랑을 늘어놓는 사무장답게 이럴 때 보면 같은 검사보다 자신의 기분을 더 잘 알아차렸다.

"여기가 홍승주 씨 병실 맞습니까?"

커다란 꽃바구니 때문에 배달인 얼굴은 보이지 않고 목소리만 들려왔다.

"그렇습니다만…… 누가……"

황 사무장이 받아 온 꽃바구니에는 '쾌차를 빕니다, 김현태'라는 리본이 달려 있었다.

'김현태 부장님이?'

이름을 확인하자마자 승주는 얼굴이 확 달아올랐다. 김현태 부장이 굳이 꽃바구니를 보낸 것도 그렇고, '쾌차를 빕니다.'라는 문구도 그렇고, 쾌차를 비는 꽃바구니 치고는 지나치게 화려한 것도 그렇고. 모두 다 얼굴을 달아오르게 만드는 것들이었다.

"사무장들한테는 평생가야 술 한 잔 안 사시는 분이 이렇게 엄청난 꽃바구니를 보내다니. 역시 부장님께서 우리 검사님을 엄청 사랑하시는 게 분명하다니까요."

한껏 과장하는 황 사무장을 흘겨보는 것으로 승주는 자신의 마음을 대신했다.

김현태 부장검사.

자신은 그를 악연이라 생각하지 않지만 그의 입장에서는 승주를 악연이라 생각할 수도 있다. 머리에 피도 안 마른, 아직 검사도 뭣도 아닌 사법연수생이 하늘 같은 부장검사를 보기 좋게 엿먹여버린, 홍승주라는 이름을 대한민국 모든 법관에게 단번에 알려버린, 그래서 승주를 일거에 스타 연수생으로 만들어버린, 소위 '박경자 사건'.

사건의 발단은 이랬다.

사법연수원 연수 최종과정 중에는, 미해결 사건 중 하나를 선택해 실제로 재조사해 보라는 커리큘럼이 들어 있다. 물론 사법연수생 주제에 난다 긴다 하는 베테랑 형사들도 해결 못한 사건을 재조사한들 특별한 것을 발견해 내기란 그야말로 가뭄에 콩나물 먹기와 같다. 그래도 이미 판결이 난 판례를 가지고 공부하는 것보다 팽팽한 긴장감이 도는 것은 사실이다. 어쨌든, 만에 하나, 이미 미해결 사건으로 도장 쾅쾅 찍혀 먼지가 수북이 앉아버린 사건을 재수사해 해결이라도 하게 되면, 그야말로 타석에 선 초짜 타자가 만루 홈런을 날린 것과 진배없이, 대대로 길이길이 사법연수원생들에게 스타로 회자된다. 지금까지 아주 드물긴 하지만 그런 스타가 없었던 것은 아니었다. 그래서 사법연수원생들 사이에선 그야말로 '해결될 가능성이 만분의 일이라도 있는 미해결 사건'을 골라내는 것부터가 신경전이라면 신경전이었다.

하지만 당시 승주에게는 만분의 일의 확률 따윈 처음부터 염두에 없었다.

살인사건의 공소 시효는 15년, 공소 시효가 가장 적게 남은 사건부터 찾았고 그 사건이 '사건번호 94 고합 327 박경자 사건'이었다.

14년 11개월 전, 당시 30세인 박경자의 시신이 소래포구 앞바다에서 떠올랐다. 해부 결과 사인은 경부압박사. 목이 졸려 죽은 시신이 스스로 바다에 뛰어드는 것이 불가능하다고 봤을 때, 분명히 살인이었다. 가장 유력한 용의자는 남편 최만식. 하지만 모든 정황 증거에도 불구하고 그는 무죄판결을 받고 풀려났다. 증거가 없다는 이유였다. '증거재판주의'라는 법의 원칙에 의거, 범인을 잡기 위한 법이, 범인을 풀려나게 하는 맹점을 발휘했던 것이다.

해결을 하든 못하든 한번 덤벼볼 만하다는 생각에 판결문에 적힌 주임검사의 이름을 본 순간, 승주는 아찔했다. 하필이면 사법연수생들을 가장 많이 유급시킨다는 김현태였기 때문이다. 김현태가 검사 초임시절 처음으로 미해결 판결을 내린 사건. 마치 이루어지지 못한 첫사랑처럼 그의 가슴에 남아 있을 터. 그의 첫사랑의 아픔을 건드려야 된다니.

"박경자 사건을 선택한 특별한 이유라도 있나?"

"미해결 사건 중 공소 시효 만료 시간이 가장 적게 남은 사건이라 그렇습니다."

"무슨 뜻인가?"

"공소 시효가 끝나기 전에 이 사건을 다시 한 번 조사해 보고 싶습니다. 살인자를 잡아도 공소 시효를 넘겼다는 이유로 법적구속력이 없는 현행법을, 검사 지망생인 저로서는 이해가 안 되기 때문입니다."

대답을 들은 김현태 부장검사의 입 꼬리가 비웃음으로 살짝 올라갔다 내려온 것을 승주는 아직도 생생히 기억한다.

"이해가 안 된다……. 홍승주 군, 헌법 제27조 5항 읊어보게."

"무죄추정의 원칙, 열 사람의 죄인을 놓치더라도 한 사람의 억울한 죄인을 만들어서는 안 된다…… 입니다."

"그 원칙은 이해가 가나?"

"……네."

"현행법이 이해 불가하다. 법이 맹점을 발휘했다. 뭐 그렇게 생각할 수도 있겠지. 하지만 그 말은 선배 법조인들을 싸잡아서 모독하는 행위야. 우리가 만약 자네를 명예훼손죄로 고소하면 어쩔 텐가?"

"도둑놈을 도둑놈이라고 유포하는 건 명예훼손죄가 성립되지 않은 걸로 알고 있습니다."

자신도 모르게 그 말을 뱉자, 동시에 유급을 각오해야겠다는 생각이 자동으로 떠올랐다.

하지만 결론적으로 김현태는 승주를 유급시킬 수 없었다. 그 사건을 해결해 버렸기 때문이다. 그것도 남편 최만식이 공소 시효를 넘긴 이후에.

승주는, 당시의 모든 정황 상황, 주위 사람들의 증언, 남편 최만식의 알리바이의 부재 등, 모든 것이 그를 범인으로 지목하고 있지만 결정적으로 그를 구속할 '물적 증거'가 없다는 것에 주목했다. 그것만 찾으면 되었지만 미해결 사건이란 도장이 찍힌 사건답게 아무것도 잡히지 않았다. 피해자인 박경자는 당시로는 드물게 화장까지 해버려 납골당에 안치되어 있었고, 아내를 죽인 유력한 용의자로 지목됐던 남편 최만식은 아내의 죽음이 남긴 생명보험금 1억을 잘 불렸는지, 소래포구에서 꽤 유명한 횟집을 운영하고 있었다.

소래포구에는 15년 전의 사건을 기억하는 이도 별로 없었지만, 기억하는 사람들도 다 고개를 휘휘 저으며 말했다.

"최만식, 그 사람은 법 없이도 살 사람이여."

'법 없이도 살 사람이라고? 맞는 말이네. 법에 저촉될 살인을 저지르고서도 법적 제재를 받지 않고 살았다면, 법 없이도 살 사람 맞잖아.'

최만식이 박경자를 죽이지 않았을지도 모른다. 사실 최만식이 박경자를 죽였는지 안 죽였는지는 승주에게는 중요하지 않았다. 단지 그 '누군가'는 살인을 저질렀고, 그 '누군가'는 지금 공소 시효 만료일을 앞두고 있다. 그 말의 의미는 그 시간이 지나면 '사건 번호 94 고합 327 박경자 사건'은 범인이 잡혀도 구속할 아무 힘 없는 법의 사각지대 속으로 들어가고 만다는 뜻이었다.

'누군가'는 공소 시효가 만료되면 자신의 죄가 없어진다고 생각할까? 설마 법에서 더 이상 죄가 없다 해서 스스로도 죄가 없어진다고 생각하는 건 아니겠지? 만약…… 그렇다면 죽은 자의 억울함은 어떻게 해야 한단 말인가?

'제기랄! 그런 일은 있을 수도, 있어서도 안 돼!'

법에도 상상력이 필요하다.

모든 사건은 복기다. 이미 발생한 일을 반추한다는 말이다. 재연하는 데는 무엇보다도 상상력이 필요하다. 특히 살인사건은 더 그랬다.

혹시 놓친 게 있지 않을까, 보고서와 조사서와 판결문 등을 한 자도 놓치려 하지 않으며 읽고 또 읽었지만 별다른 진전 없이 공소 시효가 지나고 말았다.

아내를 지켜주지 못한 죄책감 때문에 15년 동안 재혼은 꿈에도 생각하지 않았다는 남편, 아내와의 시간을 잊지 못해 같이 살던 곳을 떠나지 못했다는 남편, 그런 남편이라면 그토록 사랑하는 아내를 죽인 '누군가' 무죄가 되는 시간이 다가오는 것이 애통하고 절통해서 피가 마르는 듯해야 할 것이다. 그러나 최만식은 그런 남편의 눈이 아니었다.

그의 눈빛은 그녀가 교도소 체험 연수 때 수없이 보았던, 이제 곧 출감을 앞둔 수감자들의 해방감과 기대와 흥분에 들떠 있는 눈빛과 흡사했다.

하지만 거기까지다.

법정에 눈빛을 증거라고 내놓을 수는 없지 않은가?

"아저씨는 아내를 죽인 범인이 누구인지 궁금하지 않으세요?"

"그걸 말이라고 해. 이놈을 오늘이라도 잡으면 모가지를 비틀어 저 죽고 나 죽고 할 텐데. 에잇!"

"아뇨, 아저씨는 절대 범인을 죽일 수 없어요." 이판사판, 안 되면 발악이라도 해보는 수밖에. 최후의 카드를 내밀었다. "아저씨가 범인이잖아요. 아저씨가 아내를 죽였잖아요. 아저씨가 박경자 씨를 목 졸라 죽인 후 바다에 던져버렸잖아요."

소리를 지르면서 하마터면 울 뻔했었다.

"이 아가씨가 보자보자 하니까. 지금 무슨 소리 하는 거야? 증거 있어? 증거 있으면 대 봐!"

"증거요? 있습니다."

"증거가 있다고? 흥, 뻥치고 있네. 15년 전에도 없던 증거가 지금 무슨 수로 생겨. 있으면 어디 내놔 봐."

어떠한 인간도 끝까지 비밀을 지킬 수 없다. 그의 입이 다물고 있다면 그의 눈빛이, 몸짓이 얘기할 것이다.

파란색이 없으면 빨간색이라도 칠해야 한다.

"바로 당신이 증거입니다. 당신이 박경자를 죽였습니다. 그 사실을 당신이 잊지 않는 한, 당신이 바로 그 증거입니다."

'끝났어, 다 끝나버렸다고.'

정말 이렇게 끝내고 싶지 않았다.

대체 왜, 무엇 때문에, 공소 시효 같은 것을 만들어 범죄자를 법이 용서해 준다는 것인지 승주는 도저히 이해가 되지 않았다.

그러나 그게 끝이 아니었다. 지금도 승주는 그 당시를 생각하면 기막힌 타이밍에 머리끝이 쭈뼛 섰다. 그때 만약 포기하고 집으로 와버렸으면 어땠을까? 너무 분해 소래포구에 울고 서 있던 자신을 최만식이 발견하지 못했으면 어땠을까? 그랬다면 최만식의 인생은 백팔십도 달라졌을까? 아니다. 지금 생각해도 그건 아니라고 본다. 자신의 인생을 이끄는 사람은 자신이다. 그걸 최만식이 그날 밤에 증명해 주었다.

"아가씨가 흥미 있어 할 만한 옛날이야기 하나 해 줄까? 그 이야기는 15년 동안 한 번도 하지 않은 건데, 이제 뭐 해도 될 시간이 된 것 같아서 말이야. 나 최만식이 그동안 수많은 생선회를 떴어. 하지만 딱 한 종류는 회는 뜨지 않았지. 왜냐면 말이야······ 그걸 먹고 죽은 사람이 있었거든."

순간, 승주는 뭔가로 뒤통수를 강타 당한 듯 어찔했다. 당장에 김현태에게 전화했다.

"결정적인 증거를 찾았습니다. 공식적인 박경자의 사인은 경부압박사였습니다. 하지만 피해자는 그 전에 복어 독에 중독됐어요. 만약 박경자의 시신에서 복어독이 검출된다면 이건 최만식이 박경자를 죽였다는 결정적인 증거가 됩니다. 왜냐하면 이것은 범인인 최만식만이 알고 있는, 증거이기 때문입니다."

"그래서 자네는 이 사건을 어떻게 할 생각인가?"

"우선 가장 결정타가 될 박경자의 시신에서 복어독이 검출되는지 재검시하겠습니다."

"이미 끝나버린 사건 재검시 허락은 어떻게 받아낼 건지 방법은 있나?"

"……없습니다."

"뭐 그렇다 치고, 그 다음엔?"

"복어독이 검출되면, 최만식을 항소하겠습니다."

"공소만료 된 사건의 피의자를 항소할 방법은?"

"……없습니다."

"이제 알았나? 이 모든 결론은 하나야. 최만식을 잡아도 이미 소용 없단 뜻이네."

하지만 이미 소용 없지는 않았다. 어쨌든 해결했으니까. 승주는 최만식이 절대로 회 뜨지 않는다는 생선이 있다고 했을 때, 단번에 그 생선은 복어란 걸 알았다. 그리고 사건이 일어난 날, 최만식은 복어 독을 먹여 아내를 죽였거나, 적어도 정신은 잃게 했을 것이다. 아마 그 당시 해부에서 복어 독 반응에 대한 언급이 없었던 것은, 누가 봐도 사인이 경부압박사란 걸 알았기 때문에 더 이상의 검시를 안 했을 수도 있다. 그런데 박경자의 시신에서 복어독이 검출된다면…….

그후, 박경자의 유골을 다시 꺼내 유전자 검사를 받기까지의 과정은 말하고 싶지 조차 않다.

어쨌든 몇 백 년 전 시신에서 살아 있을 때 관절을 앓았다는 것을 밝혀낼 만큼의 현대 과학수사의 눈부신 발전 덕택에, 15년 전에 화장해 버린 박경자의 유골에서 테트로토신 0.5밀리그램이 검출되었고 그것이 결정적인 물적 증거로 채택되어 남편을 소환할 수 있었다.

"제가 말했죠. 아저씨가 증거라고. 살인자는 아무리 다른 사람은 속여도 자신만은 속일 수 없어요. 때문에, 다른 사람은 절대 알 수 없는 증거를 가지고 있지요. 이렇게, 아저씨처럼요."

"그, 그래 내가 죽, 죽였다 쳐. 이제와 어쩔 건데, 공소 시효 만료됐잖아. 법대로 해."

아내를 죽이고 15년 동안 그 자리에서 회를 쳐 먹고 살았던 사람답게 두둑한 배짱을 내밀지만 거기까지다.

"아저씨, 중국으로 해외여행 간 적 있죠?"

"있지. 3박 4일 동안. 그게 뭐 어쨌다고?"

"형사소송법 제253조 제3항. 범인이 형사 처벌을 목적으로 국외에 있는 경우 그 기간 동안 공소 시효는 정지 된다……. 무슨 말인지 모르시겠죠? 아저씨가 중국에 여행 갔던 3박 4일은 공소 시효에 포함되지 않는다 이 말입니다. 한마디로 공소 시효가 끝나려면 아직 하루가 남았다 이 말이죠."

그때 최만식의 흔들리던 눈동자를 승주는 지금도 기억 한다.

이 사건 해결 후, 승주는 법은 죽은 자에게도 공평해야 한다는 생각이 더 확고해졌다.

연수 마지막 날, 검사를 지망하는 승주를 김현태가 불렀다.

"현행법에서 고치고 싶은 조항이 있다면?"

"헌법 제27조 4항입니다."

"27조 4항을? 어떻게?"

"현행법은, '형사 피고인은 유죄의 판결이 확정될 때까지는 무죄 추정한다.'입니다. 그것을 전 이렇게 고치고 싶습니다. '모든 범죄인은 무죄가 확정되기 전까진 유죄다.'라고요."

김현태가 승주를 가느다랗게 뜨고 쳐다보며 무어라 했던가.

"이번 박경자 사건은 아주 잘했네. 칭찬할 만해. 하지만 홍승주 군, 이거 하나만은 기억하게. 검사는 법에 근거해서 죄질을 판단하지. 그러려면 절대로 법에 감정적으로 접근해서는 안 되네. 검사는 그 누구보다도 이성적인 판단과 법에 대한 깊은 이해가 필요하다네."

"네."

대답은 그렇게 했지만 그때 승주는 속으로는 다른 생각을 했었다.

'됐어, 드디어 제도권 안으로 첫 발을 내디딘 거야. 그동안의 콤플렉스 따윈 다 잊어도 돼. 홍승주, 여기까지 오느라 수고 많았어. 잘했어. 이제부터 너에게 콤플렉스를 갖게 했던 제도권 안에 있는 사람들을 심판하는 거야. 자, 이제 진짜 시작이야.'

승주는 '쾌차를 빕니다. 김현태'라는 리본을 달고 있는 꽃바구니를 뚫어져라 쳐다봤다.

무슨 대단한 수술도 아니고 맹장 수술 정도에 잊지 않고 저렇게 터무니없이 큰 꽃바구니를 보내다니. 그것이 김현태가 자신에게 충분히, 지금까지 유감 있다는 표현인 것만 같아 영 개운치가 않았다.

"사무장님, 일해야죠. 수사의견서 갖다 주세요."

"일하려고요? 엎어진 김에 쉬어간다고 좀 쉬세요."

"복막염도 아닌데요 뭐."

승주가 농담처럼 던지니 황 사무장도 어쩔 수 없다는 듯, 그럼 다녀오겠다며 나갔다.

그러자 비로소 실내가 조용해졌다. 승주는 오늘 하루를 생각해 보았다. 불과 몇 시간 동안의 일들이 마치 한 사나흘처럼 길게만 느껴졌다.

'그런데 내가 왜 그 시를 읊었을까? 그 시의 마지막은 어떻게 되더라?'

'세상이 우스운 일로 가득하니 그것이라고 아니 우스울 이유가 없기는 하지만…… 이었나?'

승주가 시를 많이 아는 건 특별히 시에 관심 있어서도 좋아해서도 아니었다. 엄마 때문이다. 술에 취하면, 발음도 잘 안 되는 꼬부라진 혀로 시집을 읽곤 하던. 승주는 그 소리가 너무도 싫어 이불 속에 들어가 귀 막고 코 막고 했었는데. 그렇게 귀 막고 코 막았던 시들이 어느새 틈으로 들어와 죽을 것처럼 괴로운 순간에 느닷없이 튀어나왔단 말인가?

보이지 않은 끈이 엄마와 이어져 있는 듯해 진저리가 쳐졌다.

이렇게 병원에 입원한 것도 엄마에게 말하지 않을 것이다. 만약 엄마가 아는 날엔, 온 병원이 엄마의 울음소리로 떠나갈 것이다. 그러고 보면 엄마의 그런 과잉반응에 평생을 질린 덕에 배가 아파 쓰러질 때까지 참고 참았는지도 모르겠다.

그나저나 강희경이란 그 의사에게서 왜 그런 섬뜩한 차가움을 느꼈을까? 그 여자가 특별히 차갑거나 냉정한 분위기는 아니었다. 오히려 수많은 환자들에게 자신을 신뢰하게 만드는 기품 같은 것이 있다고 하는 편이 맞았다. 하지만 그 동안 만나본 그 어떤 살인자보다도 차가운 눈빛을 가진, 소름까지 오소소 돋게 만드는. 왜였을까? 여자 외과의사라는 선입관 때문이었을까? 모르겠다. 어쨌든 강희경이란 그 여자가 자신의 배를 가르고 뱃속에 손을 집어넣어 장기 중의 일부를 잘라냈다는 것이 결코 유쾌하지 않은 것만은 분명했다.

2 돌이킬 수 없는 날

치치칙.

'내 언제고 한 번은 이럴 줄 알았어.'

희경은 차에서 내려서 차의 옆구리를 보았다. 마치 악보의 오선처럼 차의 처음부터 끝까지 몇 줄의 흠이 일정 간격으로 길게 그어져 있었다. 희경은 그나마 남의 차가 아닌 기둥을 긁어서 다행이란 생각이 들었다. 귀찮은 것은 딱 질색이다.

지하 주차장의 불빛은 왜 이렇게들 다들 어두컴컴한지.

차에서 내리자마자 낮은 조도의 형광등 빛 때문인 숨이 콱콱 막혀왔다. 여유라고는 조금도 없는 이 곳 아이빌 오피스텔의 주차장에 드나들 때마다 희경은 넓은 집 놔두고 기를 쓰고 혼자 사는 딸 혜리를 이해할 수가 없었다.

미국에서 돌아온 날부터 호텔로 가버린 딸, 엄마인 자신과는 눈조차 제대로 마주치지 않았다.

'내가 저한테 못해 준 게 뭐 있다고, 싸가지 없이.'

해달라는 것, 아니 해달라고 하지 않은 것까지 다 알아서 해 주었다. 딸은 딱 한 가지만 하면 되었다. 하지만 딸은 그 한 가지도 하지 않았다.

"사는데 꼭 목표가 있어야 돼? 꼭 어떤 사람이 돼야 해? 세상 사람들 다 엄마처럼 생각하지 않아. 그냥 살면 왜 안 되냐고."

목표가 없는 삶을 살다니.

정말이지 희경은 그런 딸을 이해할 수 없었다. 이해할 수 없는 것은 받아들일 수도 없었다. 그래서 딸이 집을 나가겠다고 했을 때, 삼 개월 후에 미국에 있는 대학으로 다시 돌아간다는 조건과 한 가지만 약속하면 허락하겠다고 했다.

새벽이든 한밤중이든 어디서 뭘 하든 전화는 꼭 받을 것.

만약 약속을 어길 시 당장에 생활비를 끊겠다는 엄포까지 놓아서인지, 그리고 한 번은 하루 종일 전화를 받지 않자 가차 없이 카드를 정지시켰다. 그 이후로 딸은 비교적 약속을 잘 지켰다.

그런데 오늘 또다시 전화를 받지 않았다. 전화기가 꺼져 있는 것도 아니고 신호는 가는데 하루 종일 받지 않았다.

마음 같아서는 당장이라도 오피스텔에 가보고 싶었지만, 갑자기 충수가 터져 순식간에 장기에 염증이 퍼진 환자가 들어오는 바람에 충수절제 수술실로 들어 갈 수밖에 없었다. 아무리 급성이라지만 그 지경이면 몇 시간 전부터 고통이 극심했을 것이다. 그 고통을 참아내다니 정말 놀라운 인내력을 가졌다. 직업이 검사라고 했던가. 그 말을 듣는 순간, 왜 한 번도 본 적 없는 그 여자에게 알 수 없는 적의가 일었을까?

"땡."

지하층에서 9층까지 올라오는 동안 엘리베이터엔 아무도 타지도 내리지도 않았다. 딸의 방까지 걸어가는 동안 희경은 또각거리는 자신의 구두 소리가 유난히 크게 들려 괜히 복도를 한번 휘둘러봤다. 7시면 늦은 시간이 아닌데도 아무도 없었다.

909호.

도어 비밀번호를 알고 있지만 벨을 눌렀다.

대답이 없다. 집에 없는 걸까?

딸이 비밀번호를 바꾸지 않았어야 할 텐데…….

"딸깍."

딸은 비밀번호를 바꾸지 않았다. 희경은 문고리를 잡고 문을 열려던 순간, 멈칫했다.

갑자기 차가운 뱀이 등줄기를 쓱 훑고 지나가는 듯한 섬뜩함.

괜히 주위를 둘러보았다. 저기 서 있는 키 큰 화분도, 조용히 닫혀 있는 문들도 어쩐지 사진 속 장면처럼 생명감이 없이 느껴졌다.

"은혜리, 엄마 왔다."

일부러 톤을 높여 딸의 이름을 불렀다.

대답이 없다.

"은혜리, 집에 없니?"

문을 열고 들어서자마자 터질 듯한 음악인지 소음인지 알아들을 수 없는 소리가 온 집 안을 들었다놨다했다. 이 정도 소리가 계속 들렸으면 옆 방에서 난리가 나도 몇 번은 났을 텐데, 고

급 오피스텔답게 방음처리가 잘 돼 있는 모양이었다. 거실에는 아무도 없다. 귀를 막다시피하고 안방 문을 연 순간, 희경은 그 자리에 우뚝 서고 말았다. 그리고 잠시 이게 실제인가 아닌가 눈을 끔벅였다. 더 이상 음악소리도 들리지 않았다. 다시 한 번 눈앞에 펼쳐진 장면이 사진 속의 장면처럼 실체감이 느껴지지 않았다.

어떻게 저것을 실제로 받아들일 수 있단 말인가?

침대 위에 대자로 누워 있는 벌거숭이 남자……. 그의 머리에서 진액처럼 흘러나온 피……. 검붉은 피가 시트에 지도처럼 번져 있고……. 남자의 다리 옆에 있는 피 묻은 볼링공…….

수십 년 동안의 단련된 직감을 발휘할 필요도 없이 희경은 남자가 이미 죽었다는 것을 알아챘다.

남자는 살해당한 것이다!

"흡."

자신도 모르게 손으로 입을 막았다.

의과대학 시절, 첫 해부학 시간 때 시신을 본 이래 거의 하루도 시신을 보지 않은 날이 없을 만큼 죽은 자는 산 자만큼이나 익숙했다. 그런데 지금 이렇게 심장이 벌떡벌떡 뛰는 이유는 왜지? 절대로 봐서는 안 될 것을 본 것처럼, 팔에 소름까지 오소소 돋았다.

"혜리……야."

희경은 남자를 애써 외면한 채 딸을 찾았다. 화장실에도 다른 방에도 딸의 모습은 보이지 않았다.

'집에 없어? 딸도 없는데 저 남자는 왜……?'

남자에게 가까이 가 봤다.

피의 응고상태로 보아 사망한 지 최소한 다섯 시간은 경과한 것 같고, 사인은 두개골 함몰에 의한 뇌손상이 틀림없다. 흉기는, 아아! 흉기는 옆에 있는 피 묻은 볼링공! 18세 딸의 생일 선물로 자신이 사준 볼링 세트에 들어 있던 낯익은 공이다.

남자의 나이는 25세는 넘지 않았을 것 같고, 얼굴은, 역시 모르겠다. 이상하게 죽은 자들은 얼굴이 다 비슷해 보인다. 생전에는 분명히 모두 다른 얼굴이었을 텐데 죽으면 비슷해지는 것이 희경은 항상 궁금했다.

이 남자는 왜 여기서 이렇게 죽어 있을까? 대체 딸은 어디에 간 걸까?

최악의 상황을 상상해 보았다.

딸 혜리가 이 남자를 죽였다? 그리고 너무 무서워 어디론가 피해 버렸다?

아니, 이것은 지나친 추측이다. 아무나 사람을 죽일 순 없다.

우선 딸에게 자초지종을 들어야 한다.

희경은 딸의 전화번호를 눌렀다. 벨 소리가 너무 작게 들렸다. 그제야 지금까지도 귀를 찢는 듯한 음악소리가 계속되고 있다는 것을 알았다.

CD 버튼을 눌러 끄려는데, 버튼에 묻은 피!

'피?'

희경은 손이 벌벌 떨리기 시작했다.

'혜리야, 안 돼, 제발……'

떨리는 손을 버튼을 누르자, 갑작스런 조용함…… 조용해지자 다시 귀가 멍했다. 어디선가 들리는 다른 음악 소리.

'어디……?'

전화기를 들고 소리가 나는 곳을 찾아 다녔다. 베란다도 아니다. 방도 아니다. 화장실도 아니다. 그런데 어디선가 끊임없이 음악소리가 들린다.

희경은 마치 나침반을 들고 방향을 찾는 사람처럼 핸드폰을 들고 조심스레 소리가 나는 곳을 찾아다녔다. 마침내 소리가 나는 곳을 찾았다. '옷장? 저 옷장 속에서⋯⋯?'

최악의 상황을 생각할 겨를도 없이 옷장 문을 열었다.

거기, 옷장 안에 웅크리고 있는 딸의 벌거벗은 모습. 베개를 가슴에 꼭 안은 채.

"혜리야⋯⋯."

딸이 희미하게 고개를 들었다.

초점 없는 멍한 눈. 입가에서 흘러내리는 침. 창백한 피부. 그리고 손에 말라붙은 피!

희경은 눈앞이 캄캄해졌다. 심장이 튀어 나올 것 같았다.

'설마?'

딸은 자신을 쳐다는 보지만 초점을 맞추지 못했다.

"너⋯⋯?"

"잘못 했어요. 다시는 안 그럴게요. 절 잡아가지 마세요."

딸이 손을 싹싹 빌며 옷장 안쪽으로 파고 들어갔다.

"혜리야, 나 엄마야."

"제가 안 그랬어요⋯⋯, 제가 안 죽였어요. 마이클이 자꾸 나한테 약을⋯⋯ 그래서⋯⋯ 아악! 아악!"

딸이 비명을 질렀다. 그리고 그 비명소리를 안 듣겠다는 듯 손으로 자신의 귀를 막으며 마구 머리를 흔들어댔다. 눈을 희번덕거리는 걸 보니 딸은 이미 제정신이 아니었다.

"그만, 그만해!"

"내 잘못 아냐! 내가 안 그랬어! 마이클이 그랬어! 죽여 달라 했어!"

딸을 끌어 당겼지만 딸은 희경을 밀쳐냈다. 그리고 계속 횡설수설 소리를 질러댔다.

"마이클, 썬 오브 비치! 씨팔 새끼!"

희경은 망치로 한 대 얻어맞은 듯 멍해졌다. 어떻게 딸의 입에서 저런 상스런 말이……

딸이 갑자기 옷장 밖으로 튀어 나왔다. 그리고 우뚝 서서 남자를 바라보았다.

마치 남자가 거기 있는 줄 몰랐다는 듯이, 처음 본다는 듯이,

희경은 그 동안 정말로 많은 절망에 빠진 사람들을 봐 왔다. 어쩌면 다시는 깨어나지 못할 수술을 앞 둔 사람, 기껏해야 살 수 있는 날이 2, 3개월 남았다는 말을 들은 암 환자, 사랑하는 사람의 죽음을 눈앞에 둔 사람……. 하지만 지금처럼 죽어 있는 남자를 바라보는 딸의 눈빛 같은 건 본 적 없었다.

공포도 아니었다. 두려움도 아니었다. 차라리 그런 거라면 어떻게 해보겠는데.

공포도 두려움도 없는 텅 빈 눈이었다.

"혜리야."

딸을 조심스럽게 불렀다. 그렇게라도 해야 할 것 같았다. 그렇게라도 하지 않으면 딸이 그 텅 빈 눈으로 멀리 아주 멀리 가버릴 것만 같았다.

딸이 자신을 보았다.

하지만 그 눈 속엔 자신이 들어 있지 않았다.

"혜리야……."

딸이 자신을 돌아봤다.

"엄마……?"

"그래, 엄마야……. 엄마가 여기 있어……."

풀썩.

희경이 잡을 새도 없이 딸이 푹 꼬꾸라졌다.

팔, 허벅지, 손등…… 벌거벗은 딸의 여기저기에 나 있는 주사 바늘 자국. 희경은 차라리 눈을 감아 버렸다.

'세상에 어떻게 이런 일이, 이 지경이 되도록 아무것도 모르고 있었다니.'

종이처럼 창백한 피부. 퍼렇게 멍이 든 것 같은 눈가. 마지막으로 본 일주일 전보다 몰라보게 말라버린 딸.

딸의 숨소리가 점점 고르게 들렸다. 이제야 좀 진정이 된 모양이다.

잠이 깊게 든 딸의 모습을 보니 희경도 정신이 좀 차려졌다. 다시 한 번 오피스텔을 둘러보았다. 여기저기 흩어져 있는 일회용 주사기와 마약, 바로 LSD였다.

'LSD? 하필이면 이걸?'

이 약물은 뇌의 세로토닌 작용을 방해해서 환각을 보이게 한다. 사람들은 마약이 기분을 좋게 만든다고만 알고 있다. 그러나 이 약물의 반응은 그때그때 달라서 최고의 기분을 선사할 때도 있지만, 몸이 조각조각 나는 공포를 느끼게 할 때도 있다. 그만큼 위험하다는 말이다. 더군다나 더 위험한 것은 플래시백 현상까지 생긴다. 즉 약을 하지 않았는데도 약을 한 것과 똑같은 감각 이상을 느끼는 것이다. 정말 약물 중에 가장 위험한 약물인데 이것을 하다니.

'대체 너희들 이 약을 하고 무슨 짓을 벌인 거니?'

'강희경, 지금부터 정신 차려. 여기서 무슨 일이 일어났는지 차근차근 추측해 보는 거야.'

희경은 스스로를 다잡았다.

발가벗고 죽어 있는 남자…… 피 묻은 공…… 약에 취한 딸…….

여기까지가 눈에 보이는 사실이다.

아까 딸은 마이클이란 이름을 불렀다. 미국에서 만난 남자인 건가?

딸이 한 말을 생각해 보았다.

'내가 하지 않았어요. 내가 죽이지 않았어요.'

그래, 딸이 죽이지 않았으리라. 그런 무서운 짓을 저지를 아이가 아니니까.

제3자인 누군가 있었다. 그 사람이 저 남자를 죽이고, 도망가 버렸다.

충분히 그럴 수 있다. 아니, 분명히 그래야 했다.

딸이 남자를 죽이지만 않았다면 다른 것은 아무 문제될 것이 없다.

하지만…….

'잘못했어요. 다시는 안 그럴게요. 절 잡아가지 마세요.'

정말로 가정하기도 싫지만, 딸이 남자를 죽였다면? 일을 저질러놓고 스스로도 너무 두렵고 무서워 그 현실을 외면해 버리기 위해 자신의 몸 여기저기에 주사 바늘을 찔러 댔다면?

아니, 아니다. 그럴 순 없다, 그래서는 안 된다.

하지만…… 정말로 하지만이다.

희경은 자신이 없었다. 딸이 죽이지 않았다는 것을 확신해야 한다.

'그래, 증거를 찾아야 해.'

딸이 저 발가벗고 죽어 있는 남자를 죽이지 않았다는 증거를 찾아야 한다. 그 무엇이라도 좋다. 찾아야 한다. 희경은 허둥지둥 뭔가를 찾았다. 자신이 찾고 있는 것이 무엇인지 정확히 알지 못했지만, 어쨌든 딸이 저 남자를 죽이지 않았다는 증거를 찾았다. 그때 눈에 띄는 디지털 캠코더. 침대 문 뒤쪽에 있는. 녹화 버튼이 끝났다는 불빛이 반짝거리고 있었다.

'제발 여기에 증거가 있다오.'

희경은 동영상을 재생시켰다.

세상에…….

희경은 고개를 돌리고 말았다.

딸과 남자의 정사 장면.

22살, 미국 유학에서 실패하고 돌아온 딸이 남자 경험이 없을 거라곤 생각하진 않았지만 엄마로선 차마 보고 있을 수 없는 장면들이었다.

'미친년, 이따위 것은 왜 찍어?'

"No, I hate it. No!"

딸의 앙칼진 목소리에 희경은 다시 동영상을 봤다. 발가벗고 누워 있는 딸이 먼저 눈에 들어왔다.

'영어?'

"You have tasted it."

남자도 영어로 말했다.

한국말을 못할까? 그렇다면 한국인이 아니란 말인데.

희경은 다시 남자를 봤다. 한국말을 못하는 한국인 2세나 3세? 일본인? 아님 중국인?

"No, no!"

"Come on. Fuck you."

남자의 손에 들려 있는 주사기. 남자는 딸에게 주사를 놓으려 하고, 딸은 싫다고 뿌리쳤다.

남자가 딸의 손목을 강제로 잡아 끌었다. 혜리가 갑자기 화면에서 사라졌다. 남자를 피해 달아난 모양이었다. 남자도 사라졌다. 그들이 사라진 화면엔 두 사람이 심하게 다투는 소리만 들릴 뿐이었다.

그때 갑자기 '퍽' 하는 소리가 들렸다.

그 소리를 듣자 희경은 덜컥 심장이 내려앉았다.

다시 "퍽!"

"안 돼, 혜리야. 안 돼……."

남자가 화면 안으로 들어왔다. 머리에 피가 낭자하고, 이미 남자의 눈에는 초점이 없었다.

방향 감각을 잃은 남자가 비틀대더니 침대 위에 푹 고꾸라졌다. 그리고 온 몸에 경련을 일으키더니 곧이어 움직임을 멈추었다.

"마이클?"

딸의 모습이 화면 속으로 들어왔다. 딸의 손에 들린 피 묻은 볼링공!

세상에 저보다 더 충격적인 장면이 있을까?

세상에 저보다 더 외면하고 싶은 장면이 있을까?

희경은 눈을 가리고 말았다.

"마이클……? 마이클, 왜 그래? 장난이지? 일어나."

딸은 자신이 무슨 일이 저질렀는지 미처 인식하지 못했다.

"마이클, 미안해, 내가 잘못했어. 할게, 네가 원하는 대로 다 할게. 제발 눈 떠."

딸이 남자의 머리를 들었다. 툭, 남자의 머리가 힘없이 처졌다.

"아악!"

딸은 비명을 지르며 그대로 쓰러졌다. 딸이 쓰러지며 캠코더를 건드렸는지 화면이 침대에 누워 있는 마이클의 얼굴을 정면으로 잡았다. 화면을 노려보는 그는 마치 이렇게 말하고 있는 것 같았다.

'자, 똑똑히 보셨죠? 난 당신 딸에게 이렇게 살해당했답니다.'

희경은 한참을 멍하니 앉아 있었다.

지금 자신이 본 것이 사실일까? 아니 사실일 리 없다. 지금 딸이 자신을 놀래켜 주려고, 엄마가 미워서, 싫어서, 지긋지긋해서…….

'혜리야, 됐어 충분해, 아니 훨씬 그 이상이야, 이제 제발 그만 끝내렴.'

"짝!"

희경은 손뼉을 마주쳤다. 어렸을 적 딸하고 같이 했던 얼음땡 놀이. 마치 얼음처럼 얼어 있다가 박수소리와 함께 원래의 모습으로 돌아오는.

'넌 이걸 무섭다고 했었니? 엄마가 박수를 안 쳐줄까 봐. 그래서 얼어 있는 채 있을까 봐 그랬다 했니?'

하지만 이번엔 원래의 모습으로 돌아온 것은 아무것도 없다. 발가벗고 피 속에 누워 있는 저 남자도, 약에 취해 잠들어 있는 딸도. 딸이 남자를 죽였다는 사실도, 변한 것은 아무것도 없다.

'이제 어떻게 하지? 난 뭘 해야 하나?'

희경은 오피스텔 안을 서성거렸다. 아무 생각도 들지 않았다. 머릿속에 뭔가 가득 차 있는 것처럼 무거웠다가 텅 빈 것처럼 아무 생각이 나지 않았다. 찬 물을 한 잔 마셨다가 그대로 뱉어내고 말았다. 속에선 아무것도 받아들이지 못했다.

정말 무엇을 어떻게 해야 할지…….

"딩동."

'무슨 소리?'

"딩동, 딩동."

이번에는 벨이 더 급하게 울렸다.

'사람? 누구지? 안 돼, 그 누구도 여기로 들어와 이 상황을 봐서는 안 돼.'

희경은 본능적으로 마음을 가다듬었다.

하지만 상대는 이대로는 물러설 수 없다는 듯 계속 벨을 눌렀다.

떨리는 마음을 진정하고 어안 렌즈를 통해 밖을 보니, 세탁물을 손에 든 남자가 보였다.

"자, 잠깐만 기다리세요."

희경은 얼른 지갑을 갖고 와 돈을 치르고 세탁물을 받았다.

아무리 침착하려고 해도 손이 덜덜 떨렸다. 자신의 그런 모습을 남자가 빤히 쳐다보고 있는 것 같아 마음이 더 초조했다.

"이 옷 주인한테 무슨 일 있어요?"

"응? 왜?"

"비행기 시간에 맞춰야 한다고 3시까지는 꼭 갖다 달라고 하셨거든요. 근데 몇 번이나 와도 안 계시고, 전화도 안 받으시고 그래서요."

"아니, 아무 일 없는데. 자고 있어."

"자고 있어요? 에이씨. 근데 전화도 안 받고……"

남자가 목을 길게 빼 안을 들여다봤다. 희경은 그런 남자를 몸으로 막았다.

"에이, 이쁜 누나 없네."

남자가 떠나고 나자 희경은 그제야 정신이 좀 들며, 모든 게 현실로 다가왔다.

옷은 청바지와 검은색 가죽 재킷, 남자 옷이었다.

"으음……."

딸이 신음소리를 냈다. 아무리 정신을 놓고는 있을지언정 고통스러울 것이다.

'널 어쩌면 좋으니……. 정말 어떻게 해야 하니……'

딸의 볼을 만져 보았다. 얼마만인가, 이렇게 딸을 만져본 것이.

웃을 때는 고양이 같고, 노래 할 때는 강아지 같은 항상 사랑스러운 아이였다. 그런데 만나기만 하면 서로 잡아먹을 듯 소리치고, 다투고, 물건을 던지고. 어느 때부터인가 서로를 향해 발톱을 세웠다.

일주일 전에 만났을 때도 딸은 바락바락 소리를 질러댔다.

"난 나야. 언제까지 엄마 딸이어야 해? 언제까지, 세상에서 제일 잘난 척하는 위선자인 강희경 딸 은혜리여야 하냐고?"

"위선자? 너 정말 그렇게밖에 말 못하니?"

"엄만 내가 잘나기를 바랐잖아. 엄마의 허영심을 채워줄 수 있는 딸이었으면, 뭘 하든 일 등이고 최고여야 하고, 엄마를 반짝반짝 빛내줄 액세서리 같은 딸이길 바랐잖아."

"그래 그랬다. 그게 뭐가 나쁘니?"

"얼음땡 기억나? 엄마한텐 그것이 놀이였을지 모르지만 난 무서웠어. 엄마가 손뼉을 쳐 줄 때까지 움직여서도 안 되고, 말을 해서도 안 돼. 엄마 눈치만 보며, 내가 엄마 맘에 안 들어 영원히 손뼉을 안 쳐주면 어쩌나 하고 말이야. 이제는 엄마가 박수 쳐 줄 때까지 기다리지 않을 거야. 나 스스로 움직일 거라고."

"은혜리!"

"아빠도 그래서 그랬을 거야. 엄마 옆에서 있으면 숨이 콱콱 막혀서. 그래서……"

딸은 말을 끝까지 하지 못했다.

자신이 뺨을 후려쳤기 때문이다.

분노가 가득 찬 눈물이 그렁그렁 한 눈으로 자신을 바라보던 딸은 문을 쾅 닫고 나가버렸다.

그때 자신이 뺨을 때리지 않았다면, 딸은 무슨 말을 하려고 했을까?

"후……."

희경은 여전히 딸을 이해할 수 없다. 아니 이제는 더 이해할 수 없게 되었다. 하지만 이해할 수 없다고 해서 사랑하지 않는다는 것은 아니다. 딸을 사랑한다. 아니 이런 말은 할 필요조차 없다. 세상에, 딸을 사랑하지 않는 엄마가 어디 있단 말인가.

이제부터 딸의 인생은 어떻게 될 것인가……?

상상만으로도 소름이 끼쳤다.

살인자.

'아악,' 희경은 생각만으로도 숨이 턱 막혔다. 그럴 순 없다, 절대로 그렇게 만들어서는 안 된다. 절대로 평생 '살인자'라는 주홍글씨를 가슴에 새기게 할 수 없다. 하지만 어떻게……? 이미 벌어진 일. 어차피 처음으로 되돌릴 수는 없다.

'그렇다면 이제 나는 무엇을, 어떻게 해야 하지?'

무엇을 어떻게 해야 하는지 당장은 알 수가 없다, 하지만 희경은 지금까지 자신이 살아왔던 그 어떤 순간보다도 냉정하고 침착하고 독해져야 한다는 것은 알 수 있었다.

우선 담요로 남자의 시신을 덮었다.

눈에 보이지 않으니 한결 나았다. 오피스텔 안을 차근차근 둘러보았다.

식탁 위에 먹다 만 피자와 콜라, 잔은 두 개. 다른 사람은 없고 둘뿐이었다는 말이다.

콘솔 위에 놓여 있는 여권과 지갑. 남자의 이름은 마이클 한. 한국 사람인 모양이다. 국적은 미국.

'미국?'

남자의 국적은 미국이다. 누군가 실종 신고를 않는다면, 실종신고를 한다 해도 남자의 신원이 확인되기까지는 한국인보다 훨씬 더 많은 시간이 걸릴 것이다. 왜냐면 외국인은 국내에 개인 데이터가 없을 뿐만 아니라, 결정적으로 지문이 없기 때문이다. 실종자와 시신이 일치한다는 것을 알아내기까지는 시간이 많이 필요하다. 그 시간을 이용한다면…….

옆에 놓여 있는 약봉투를 열어보았다.

해파린 성분의 알약! 이건 혈액응고방지제이다.

남자는 아마 심장질환이나 간질환 병을 앓고 있을 것이다. 이 질환들은 혈액응고가 일어나면 치명적이기 때문에 피가 응고되지 않도록 이 약을 상시 복용해야 한다. 이 약 성분 때문에 남자는 사망 시간이 꽤 지났음에도 불구하고 계속 피를 흘리고 있었던 모양이다.

순간 희경의 머릿속을 스치는 어떤 장면!

어떻게 이런 생각을 다? 너무나 놀랍다.

그런 일이 가능할까? 아니 가능할 리 없다.

희경은 고개까지 흔들며 떠오르는 모습을 털어냈다.

하지만, 뭔가를 해야만 한다면? '그렇게' 해야 하지 않을까?

시체만 없어진다면, 저 남자만 없어진다면 이곳에서 무슨 일이 일어났는지 누가 알 것인가? 시체를 없애고, 동영상을 삭제해 버리고, 그리고 이곳에 남아 있는 남자의 모든 것을 지워버린다면?

가능할까……?

딸은? 딸 혜리가 모든 것을 기억하고 있을 텐데, 어떡하지?

아니 아니다. 그것은 나중에 생각하자. 그런 건 어떻게든 해볼 수 있다. 문제는 지금 머릿속을 스치는 이 생각이 실현 가능성이 있는지부터 냉정히 따져 보는 것이다.

남자는 '그렇게' 처리하면 된다.

희경은 그렇게 결심하자마자, 마치 이미 경험했던 일이거나 한 것처럼 다음 절차가 술술 생각이 났다.

"엄마…… 엄마……."

딸이 자신을 부른다. 물론 무의식중에 부르는 거겠지만, 세상에 딸을 위해 '그렇게' 할 사람은 엄마 외에 또 누가 있겠는가?

딸이 다시 몸을 뒤척였다. 약 기운이 떨어져 의식이 돌아오는 단계이다.

'아니, 아직은 아냐, 아직은 깨어나지 마. 이 일이 다 끝날 때까진 안 돼.'

'혜리야, 죽음보다 더 깊은 잠을 자렴. 그러면 네가 했던 일들은 꿈이 돼 있을 거야. 지독한 악몽이겠지만, 꿈이 돼 있을 거야.'

그때, 요란한 음악소리가 들렸다.

깜짝 놀라 소리가 나는 곳을 찾아보았다. 사이트 테이블 위에 있는 핸드폰! 남자의 핸드폰 같다. 조셉이라는 이름이 액정에 떴다. 노래가 두 번 반복될 때까지 울리다가 끊기더니 연이어 다시 한 번 울렸다가 끊어졌다. 누굴까, 조셉이라는 남자는? 아니 누구든 상관없다. 어쨌든 누군가는 이 남자를 알고 있고, 찾고 있다. 그 일을 하려면 조금이라도 빨리 하는 게 낫다. 시간이 지체되면 지체될수록 복잡해진다.

희경은 딸의 손에 묻은 핏자국을 꼼꼼히, 아주 꼼꼼히 닦았다.

딸에게나 자신에게나 오늘은 아주 긴 하루가 될 것이다. 그리고 그 일이 끝나면 자신은 48년을 살아온 강희경이 아닌 전혀 다른 사람이 되어 있을 것이다. 두렵지 않다. 무섭지 않다. 뭔가 일이 생겼는데 그것을 속수무책 바라만 보고 있는 것이 잘못이다. 잘못은 고쳐야 한다.

그 일을 시작하기 전에 일단 커피를 한 잔 마시기로 했다. 물을 끓였다. 커피 맛을 좌우하는 데는 무엇보다 물의 온도가 중요하다. 온도가 너무 높아서도 낮아서도 안 된다. 가장 적절한 온도를 맞추는 것. 이것이 무엇보다 관건이다.

물이 끓기 시작했다, 불을 끄고 다섯을 셌다. 경험으로 보아 이때 커피를 타면 가장 맛이 좋았다. 뭐든 이렇게 적정한 때가 있다. 그 때를 놓쳐버리면 최상의 것을 놓치게 된다. 아차 하는 순간에 삶과 죽음이 갈리고 만다. 재빠른 판단과 순간의 선택이 그 다음을 가름한다.

희경은, 천천히 아주 천천히 한 모금 한 모금을 음미하면서 커피를 마셨다.

악마처럼 검고 지옥처럼 뜨겁고 천사처럼 순수하고 사랑처럼 달콤한 맛.

강희경, 두려운가? 두렵지 않다.

무서운가? 무섭지 않다.

단지 다시 이런 커피 맛을 느끼지 못할 거라 생각하니 아쉬울 뿐이다. 겨우 다시 알게 된 커피 맛인데 말이다.

* * *

승주는 잠에서 깨어났다. 잠깐, 아주 잠깐 동안 '여기가 어디지?' 하는 생각이 들었다. '아, 나 수술했지.' 하는 생각이 곧이어 들자, 습관처럼 시계를 보았다. 새벽 3시. 잠들기 전까지도 마취가 풀리느라 얼얼하면서도 기분 나쁘게 아프던 배는 이제 숨을 쉬어도 아프지 않았다. 오른쪽 배를 살짝 만져보았다. 좀 과장하자면 뱃속이 약간 허전한 것 같은 느낌이었다. '그러니까 이 속에 있는 나의 일부분이 떨어져 나갔단 말이지.'

기분이 묘했다. 이건 손톱을 자르거나 머리카락을 자르는 것과는 비교 자체가 되지 않는, 뭔가 진짜로 내 것이 떨어져 나가, 남들 다 있는데 혼자서만 뭔가 모자란 사람이 된 듯한 기분이라고나 할까.

'간이 부은 놈, 쓸개 빠진 놈. 그렇다면 난 충수를 절제한 놈 정도?'

"킥킥."

웃음이 나왔다. 웃다 보니 혼자다. 극심했던 고통과 느닷없는 수술, 그리고 무엇보다도 병실에 덩그마니 누워 있는 자신. 외롭다면 외로운 상황인데…… 코끝이 찡해 왔다. 그 동안은 너무 바빠 외로운지 슬픈지 힘든지도 몰랐다. 아니, 아니다. 외롭고 슬프고 힘들지 않기 위해 바빴는지도 모른다.

'일하자 일.'

승주는 황 사무장이 잔뜩 갖다 준 사건 기록을 읽기 시작했다.

"사는 건 죄짓는 일이야."

걸핏하면 엄마가 했던 말이다.

이렇게 분류하기도 힘든 수많은 사건 기록을 조사하고 있자면 엄마의 말이 맞은 것인지도 모르겠다.

화장실에 가고 싶어 침대에서 내려서니 오른쪽 배가 사정없이 당겼다. 허리를 펼 수가 없었다. 이를 악물로 간신히 침대에서 내려와 주렁주렁 달린 링거 병을 밀고 화장실로 가는데, 다시 코끝이 찡해졌다.

'홍승주, 너 혹시 서른두 해 동안 잘못 산 거 아니냐? 어떻게 수술한 첫날부터 링거 병을 질질 끌고 혼자서 화장실에 가는 신세가 됐냐? 깊이 생각해 볼 문제다, 그거.'

간신히 화장실에서 나오는데 복도에서 조심스럽지만 급한 간호사들의 발걸음 소리와 목소리는 낮추었지만 뭔가 일이 일어난 듯한 말소리가 들렸다. '누가 갑자기 위급한 상황이라도 되었나?' 참을 수 없는 호기심에 병실 문을 살짝 열고 보니 밀차에 실려 가는 한 여자의 얼굴이 보였다. 얼핏 보기에도 판다의 그것처럼 내려앉은 다크서클, 창백한 얼굴 때문에 퀭한 두 눈이 더 도드라져 보이는…… '약물 중독이다!' 그것도 아주 심한. 승주는 단번에 알 수 있었다. 이것 역시 그동안 검사 생활로 얻어진 경험 덕분이었다. 그런데 밀차를 급히 따라가는 저 여자.

'강희경? 저 여자가 지금 이 새벽 시간에 왜 여기에?'

차가움은 없고, 어쩐지 당황하고 서두르는 듯하다. 많은 간호사와 의사들이 뒤따라갔음에도 불구하고 순식간에 밀차는 사라져버렸다.

뭔가 이상하다……. 그런데 무엇이?

아픈 배를 움켜쥐고 침대에 누우려는 순간, 무엇이 이상한지 깨달았다. 희경이 의사 가운을 입고 있지 않았다!

다크서클이 심한 여자를 의사로서가 아닌 사적으로 안다는 것일까?

하지만 거기까지. 승주는 더 이상 생각을 계속할 수 없었다. 한 번 요동친 배가 모든 장기가 뒤틀린 듯 다시 끔찍이 아파왔기 때문이다.

3 죄는 미워하되 그 죄를
저지른 사람은 더 미워하라

"선배, 왜 자꾸 시계만 봐요. 빨리 좀 내고 갑시다."

"기다려."

"하, 정말 미치겠네. 집 안에 있는 것이 확실하잖아요. 쳐들어 가자고요."

준석은 핸드폰으로 시간을 확인했다. 11시 42분. 아직 더 기다려야 한다.

"앞으로 18분 후."

"18분 후면 뭐가 어떻게 돼요? 정말 엉치뼈 아파 죽겠네. 벌써 차 안에서 다섯 시간째라고요, 다섯 시간."

"범죄 예방 차원에서 그러는 거니까, 그만 좀 징징거려라."

"으이씨, 시간되면 깨우든가 말든가."

고 형사가 뭐라 중얼거리더니 옷깃을 세우고 눈을 감아 버렸다.

'그래, 차라리 자라, 자. 그편이 조용하겠다.'

준석은 김득만의 호적등본을 다시 한 번 확인했다.

잠시후면 놈의 나이가 열아홉이 된다.

'기다려라, 김득만. 곧 체포해 주마.'

고 형사는 눈을 감자마자 가볍게 코까지 골았다.

머리만 댔다 하면 어디서든 잠들 수 있는 것도 능력이라면 능력이었다.

준석은 별을 보았다. 이렇게 잠복근무를 하다가 팽팽한 긴장감이 조금 느슨해질 때면 별을 바라보곤 했다.

'별이란 관측하는 게 아니다. 그냥 넋 놓고 바라보는 것이다.'

누가 이런 말을 했더라. 아버지였던가?

"강력계 형사가 됐다. 그럼 이제 나와 넌 적이 되겠구나."

'형사가 됐다'는 말을 하기 위해, 고등학교 졸업하자마자 떠난 집을 10여 년 만에 찾아갔을 때 아버지가 쳐다보지도 않고 던진 말이었다.

형사가 된다는 것은 아버지에 대한 선전포고였다. 아버진 자신의 말을 단번에 이해했다. 역시 아버지다.

"그럼 이제 나와 넌 적이 되겠구나……."

아버지가 모르고 있는 것이 있다. 아버지가 종수 형을 '처리'한 이후부터 그들은 계속 '적'이었다.

아버진 정말 어울리지 않게도 꽃꽂이가 취미였다. 정원에 가득한 나무와 꽃을 가꾸는 정성으로 보자면 벌레 한 마리 못 죽이는 여린 마음씨를 가지고 있어야 했다. 하지만 아버진 종수 형이 자신을 배신했다는 것을 알았을 때, 종수 형에게 마당에 피어 있는 수국을 색깔 별로 꺾어오라 하셨다. 그렇게 종수 형이 꺾어 온 수국을 가장 아끼는 검은색 수반에 꽂으시며 말했다.

"수국은 참 재밌는 꽃이야. 처음엔 이렇게 하얀색으로 피지. 하지만 조금 지나면 이렇게 분홍색이 돼. 또 좀 더 지나면 청색으로 변하고. 그래서 사람들은 꽃이 피고 질 때까지 색깔을 계속 바꾼다고 꽃말을 변심이라고 붙였지."

아버지에겐 종수 형이 자신을 배신하고 조직을 떠나버린 부하에 불과했을지 모르지만, 준석에게 있어서는 어린 시절부터 목마 태워주고 말 태워주며 놀아 준 하나뿐인 형이었다. 아버진 모를 것이다. 그 형이 얼마나 조직 생활을 싫어했는지. 빨리 그 집을 벗어나 시골에 홀로 계신 어머니를 모시고 살고 싶어 했는지. 결혼해서 마누라가 끓여주는 된장찌개를 얼마나 먹고 싶어 했는지. 어린 자신은 종수 형이 하는 말을 하나도 이해 못했지만, 아버지가 종수 형을 '처리' 하라는 명령을 내렸고 그것이 '죽여라'라는 뜻이란 걸 나중에 알았을 때, 그리고 그렇게 피 묻은 돈으로 살았다는 것을 알았을 때, 이를 앙 다물며 결심했다. 자신은 이제부터 아버지의 '적'이 되리라. 비열하고 잔인하고 냉혹한 아버지의 세계를 뿌리 뽑으리라. 반드시 힘을 길러 아버지와 그 조직을 처단하리라. 아버지와는 다른 방식으로.

그렇게 아버지의 집에 침을 뱉고 떠났다. 그런데 지금 자신의 꼴은 아직도 좀도둑이나 잡기 위해 잠복근무나 서고 있는 신세다.

별은 차갑게 보였다. 이상했다. 준석에게 별은 여름이건 겨울이건 항상 차갑게 보였다.

'00 : 00'

드디어 새로운 날의 시작이다.

누군가에게는 어제와 똑같은 날이겠지만 김득만으로 보자면 천국과 지옥이 갈리는 날이다.

그에게 있어 어제 체포되는 것과 오늘 체포되는 것은 하늘과 땅 차이다. 이제야 비로소 지은 죄의 대가를 '정당하게' 받을 수 있다.

"고 형사."

코까지 골면서 잘 때는 언제고 그래도 형사라고 이름을 부르자마자 그가 눈을 번쩍 떴다. 형사 특유의 긴장감이 단번에 느껴졌다.

준석도 벌써 온몸의 세포가 뻣뻣이 긴장됨을 느낄 수 있었다. 놈은 어리다, 그래서 더 위험하다. 앞뒤재지 않고 덤벼들 것이다. 그동안의 경험으로 보자면 나이가 많건 적건, 남자건 여자건 상관없이 궁지에 몰린 인간은 위험하다. 자신도 무슨 짓을 저지를지 모르는 순간이 되기 때문이다.

준석은 고 형사에게 턱으로 옥상으로 올라가라는 신호를 보냈다.

3층 빌라 건물의 3층에 위치한 집. 죄를 짓고 사는 사람은 언제 형사가 자신을 잡으러 올지 모르기 때문에 항상 도망칠 곳을 생각해 둔다. 놈이 현관문으로 튀어나오지 않는다면 도망갈 곳은 옥상뿐이다.

어차피 밤늦은 시간, 준석은 정공법을 택하기로 했다.

문을 사정없이 두드렸다.

"김득만, 문 열어, 문 열어라!"

불이 켜지고, 문이 여닫히고, 안에서 웅성거리는 소리가 났다.

아마 놀란 가족들이 난 데 없는 상황에 어찌할 바를 모르고 있는 거겠지.

"안에 있는 것 다 안다, 1초라도 빨리 문 여는 게 신상에 좋을 거다."

소란스럽게 움직이는 소리, 이어 "쿵!" 하는 소리가 들렸다.

'이 소린? 설마 거기로?'

순간 준석은 사정없이 계단을 뛰어 내려갔다. 도시가스 배관이다! 3층 높이에서 그것을 타고 아래로 내려 갈 줄은 짐작도 못했다.

'제기랄.'

반바지에 러닝셔츠 차림의 김득만이 달아나는 모습이 보였다.

"너 새끼 해보자 이거냐."

쫓고 쫓기는 추격전이 시작됐다. 준석은 이를 악물었다. 놈을 놓치지만 않으면 된다. 쫓는 자와 쫓기는 자의 추격전에서는 체력보다는 결국엔 누가 더 의지가 강한가에 달려 있다. 용의자를 잡고자 하는 의지로 치자면 둘째가라면 서럽다. 결국 자신은 저 놈을 잡고 말 것이다. 하지만 놈도 만만치 않았다. 요리조리 잘도 달아났다.

얼마나 쫓고 쫓았을까?

준석은 심장이 터질 것 같았다. 이미 귀에선 아무 소리도 들리지 않았다. 머릿속이 점점 텅 비어갔다.

그때 김득만이 잠깐 멈춰 기침을 했다.

"그만…… 뛰어라. 결국…… 넌…… 나한테 잡히게 돼 있다."

"아이, 시팔."

김득만이 다시 뛰기 시작했다. 하지만 얼마 못 가 고꾸라지더니 아예 대자로 누워버렸다.

'여기까지가 너의 한계다.'

준석은 김득만에게 서서히 다가갔다. 다리의 힘이 풀려 자꾸만 주저앉을 것만 같았지만 간신히 견뎌냈다.

놈과 자신의 손목에 수갑을 채운 후, 준석도 그의 옆에 대자로 누웠다.

쿵쿵쿵 심장 뛰는 소리와 귀에서 우웅거리는 소리가 동시에 들렸다. 눈을 감아보았다. 수많은 비누방울처럼 생긴 형형색색의 동그라미가 날아다녔다.

'비누방울 색깔로 봐선 최소한 이틀 동안은 다리가 후들거리겠군.'

조금 지나자 형형색색의 비누방울이 하나둘씩 퐁퐁 터졌다. 귀에서도 더 이상 소리가 나지 않았다.

준석은 김득만의 코 앞에 핸드폰을 들이댔다.

"지금 몇 시냐?"

"?"

"지금 몇 시냐니까."

"씨팔, 눈 없어요? 궁금하면 직접 보면 될 거 아녜요?"

"네가 봐라."

김득만이 핸드폰을 힐끗 봤다.

"2시 17분이네."

"몇 시 몇 분?"

"에이 진짜, 2시 17, 아니 이제 18분이라고요."

"그 시간, 반드시 기억해 둬라. 너한테 평생 잊지 못할 시간이 될 테니."

"?"

"김득만, 오늘 네 생일이지?"

"형사는 그런 것도 다 알아야 해요?"

"생일 축하한다. 축하 받을 것은 받고, 벌 받을 것은 받고. 그래야 공평하지."

김득만은 그동안 소년원을 세 번이나 들락거린 전과가 있다. 그리고 지금도 가석방 상태에서 또 범죄를 저질렀다.

처음엔 동네 슈퍼에서 돈을 훔치고, 다음엔 여학생을 성폭행하려다 실패했다. 세 번째엔 취객의 지갑을 훔치고, 더불어 사이즈도 맞지 않은 메이커 신발까지 벗겨갔다. 이번엔 PC방에서 아르바이트생을 칼로 위협하고 돈을 갈취했다. 범죄가 점점 적극적이고 대담해진 것이다. 하지만 그런 죄를 저지를 때마다 만19세가 안 되었다는 이유로 소년법상으로 분리돼 보호처분과 보호감찰을 받았다.

'쓰플.'

한마디로 죽을 똥을 싸다시피 해서 잡아다줘도 아직 어리다는 이유로 풀어줘 버리는 것이다.

바늘도둑이 소도둑 된다는 말은 뭐 멋으로 있는 줄 안다.

죄를 저지른 자는 나이에 상관없이 그 죄에 합당한 벌을 받아야 한다. 피해자를 생각해 보라. 가해자가 나이가 어리다고 피해나 고통이 덜하다고 그 누가 말할 수 있겠는가? 가해자의 인권?

나이? 그런 건 개나 물어가라. 죄는 그냥 죄일 뿐이고 한 번 죄인은 영원한 죄인일 뿐이다. 그 이상도 그 이하도 아니다.

준석은 형사 생활 3년 동안 정말이지 반복되는 범죄를 질리도록 봤다. 될성부른 나무는 떡잎부터 알아본다고 범죄를 저지를 가능성이 있는 녀석들은 애당초 싹부터 잘라버려야 한다.

법은 피해자 편이라야 한다. 가해자 편이 돼서는 안 된다.

하지만 실상은 그렇지 않았다. 법이 피해자 편이었다면 아버진 꽃꽂이 대신 교도소에서 기도를 하고 있어야 했다.

그때 터져 나오는 기침. 뭔가 뭉클한 것이 올라왔다. 뱉어보니, 피가 섞인 가래였다.

'쓰플.'

아버지를 향해 욕을 날렸다.

'쓰플.'

이번에는 최 반장을 향해 욕을 날렸다.

역시 이틀쯤 지나자 뻣뻣한 근육이 풀리는 듯했다. 그 동안 뻣뻣한 몸으로 김득만의 체포 보고서를 신속히 작성해 제출했다. 현재 가석방 상태란 가중치가 붙은 놈은 재고할 여지도 없이 곧바로 검찰에 송치되었다.

"이거였어? 씨팔, 나한테 시간을 물어본 이유가 이거였냐고요."

"그래, 새꺄. 난 네가 소년 범죄인지 뭔지 하는 이유로 풀려나는 것을 더 이상 두 눈 뜨고 볼 수 없거든. 벨이 꼴려서."

준석이 왜 집요하게 체포된 시간을 확인하게 했는지 늦게야 이유를 안 김득만은 분개했지만, 이미 돌이킬 수 없는 상황이다.

"형사면 다야, 형사면 다냐고. 치사하게. 너 이 새끼 두고 봐, 내가 이대로 당하고 있을 줄 알아? 빵에서 나온 날이 네 제삿날이야, 이 새끼야."

김득만이 이를 바드득 갈며 준석을 끝까지 노려보며 끌려 나갔다.

"봤지? 고 형사, 저래서 한 번 죄인은 영원한 죄인이라는 거야."

고 형사는 고개를 절레절레 흔들며 자기 자리로 갔다. 그리고 심사가 뒤틀렸는지 괜히 가만 있는 컴퓨터를 쳐댔다.

준석은 그가 무엇 때문에 심사가 뒤틀렸는지 알고 있다.

'너도 지금 그 말을 하고 싶은 거지?'

'한 번 조폭의 아들은 영원한 조폭의 아들이다.'

그때까지 아무 말 없이 돌아가는 사태를 보고 있던 최 반장이 준석에게 서류를 탁 던지며 말했다.

"실종 신고다. 냄새는 안 나지만 그래도 조사해 봐라."

실종 신고? 냄새는 안 나지만? 또 자신을 개 무시한다. 이 신고서도 일부러 자신을 엿 먹이기 위해 조사계에서 집어 들고 왔을 것이다. 틀림없다.

준석은 부글부글 끓어서 더 이상 참을 수 없었다.

"반장님, 드릴 말씀이 있는데요."

"장준석. 아직 실종 사건 조사 안 나갔냐?"

여전히 장준석이다. 장 형사가 아닌.

"저 강력계 형사 3년차입니다."

"그래서?"

"좀도둑이나 쫓고, 실종자 조사나 할 군번은 지나도 수십 번 지

58

나갔다는 뜻입니다."

"그게 불만이었어? 그럼 형사 짓 그만 둬. 쥐꼬리만 한 월급에 뭐 먹을 거 있다고 붙어 있어? 조폭 아들이면 조폭 아들답게 조폭이 돼야지."

"반장님!"

"감나무에 무화과 열리는 것 봤어?"

"전 아버지와는 아무 상관없다고 몇 번을 더 말씀드려야 합니까?"

"고 형사, 장준석 아버지 회사 이름이 뭐랬지?"

"내일 파이낸셜입니다."

"파이낸셜은 개뿔. 영어를 쓰면 고리대금업자가 은행장이라도 돼? 그냥 사채라 그래. 대한민국 최고의 사채업자에다 조폭 아들이 강력계 형사도 되고, 대한민국 참 많이 변했어."

고 형사가 낄낄 웃다가 준석과 눈이 마주치자, 얼른 다른 일을 하는 척했다

"장준석, 너 스파이지? 너네 아버지 스파이 맞지?"

"?"

"아니면 네 아비부터 잡아와 봐. 너는 아들이니까 어렸을 적부터 아비 비리를 누구보다 잘 알고 있을 거 아냐. 아비 잡아들이면 부하들도 감자처럼 줄줄이 엮어 들어 올 테고. 거기가 보물창고인데 말이야, 보물창고. 그리고 아버지와 상관없는 아들이 세상에 어디 있어? 헛소리 작작하지 말고 빨리 나가서 일이나 해."

준석은 어금니를 눌러 화를 삭였다. 맘 같아서는 책상이고 뭐고 확 엎어버리고 싶었지만 만약 그랬다간 정말로 형사를 그만둬

야 할지도 몰랐다. 벌써 징계를 두 번이나 먹었다.

'뭐? 조폭 아들답게 조폭이나 되라고? 무슨 김일성 부자인 줄 아나.'

피는 피로 씻을 수 없다. 물로 씻어야 한다.

그래서 준석은 아버지의 '공식적인 적'이 되는 길을 택했다.

그때 10여 년 만에 아버지를 찾아 갔을 때, 아버지가 좋아하는 깨강정을 사 가지고 갔었다.

"아버지, 이것은 나라에서 준 돈으로 사 온 겁니다. 한 달 동안 열심히 도둑놈 잡으니까 열심히 일했다고 나라에서 월급을 줬습니다. 정정당당하고 떳떳한 돈으로 산 깨강정 맛이 피 냄새 나는 돈으로 산 깨강정 맛과 어떻게 다른지 아버지께서 직접 느껴보시라고 사 왔습니다."

아버지의 분노가 터질 줄 알았다. 하지만 그때 아버지는 어떻게 했던가. 눈을 감고 정말로 음미하듯 깨강정을 씹더니 그대로 뱉어내며 말했다.

"밥을 먹으면 똥도 싸는 법. 똥이 더럽다고 피할 수만은 없지."

이건 자기 합리화의 개똥철학 그 이상도 그 이하도 아니다.

준석은 그렇게 법 밖에 있는 아버지의 세계를 떠나, 법 안의 세계로 들어갔다.

성명 : 마이클 한 (남)

생년월일: 1990년 3월 21일

주소 : 147th sp. Tacoma. Wa. USA

신고일 : 2012년 1월 13일.

신고자 : 조셉 한 (마이클 한의 형)

신고내용 : 2012년 1월 5일 미국으로 출국 예정이었던 마이클 한이 13일까지 숙소인 호텔에 돌아오지 않자, 형이 실종 신고를 함.

　이름과 주소를 보아하니 유학생이거나 이민 2세쯤 되겠고, 이런 경우 일주일 정도면 실종이라기보다는 가출일 확률이 높다. 이 따위 것으로 실종 신고를 내다니, 대한민국 형사가 그렇게 할 일이 없는 줄 아나?

　"5일 19시 40분, 워싱턴 행 예약이 돼 있었습니다. 출발 시간 10분 전까지 전화했습니다. 받지 않았어요. 할 수 없이 혼자 떠났습니다. 그 전에도 두 번 그런 적이 있었거든요. 이번에도 그럴 수 있다 생각했습니다."

　조셉 한은 친동생의 실종에 대해 진술한다고 하기에는 지나치다 싶을 정도로 객관적인 태도를 견지했다. 마치 자신은 동생이 어디에 있는 줄 알지만 가르쳐 줄 수는 없다는 듯 말이다.

　"그런데 미국에 가서 호텔에 확인해 보니 나흘 동안 돌아오지 않았습니다. 핸드폰은 꺼져 있고요. 뭐, 그 정도만 되어도 실종 신고를 하진 않습니다." 마치 준석의 생각을 읽은 듯 조셉 한이 말했다. "신고를 하게 된 결정적인 이유가 있습니다."

　"이유라면?"

　"신용카드." 조셉 한은 손가락으로 '딱' 소리까지 냈다. "일주일 동안 신용카드를 사용하지 않았습니다. 단 한 번도요. 마이클에게는 있을 수 없는 일이죠. 그래서 오늘 제가 한국으로 다시 들어왔습니다."

조셉 한이 살짝 눈썹을 찡그리며 짜증난다는 표정을 지었다.

그 마이클, 돈 문제로 속 꽤나 썩힌 모양이군.

"그 정도면 신고를 해야 한다고 생각했습니다."

"실종 신고를 하기 위해서 한국까지 다시 온 거라고요?"

"뭐. 어머니가 걱정하셔서……"

"동생과 한국에서 얼마나 머물렀나요?"

"동생은 15일, 저는 3일 됐습니다. 같은 호텔에 있었지만 룸은 따로 사용했습니다."

"무슨 일로 한국에 들어왔습니까?"

조셉이 살짝 고개를 갸웃했다. 무어라 표현하면 좋을지 생각하는 눈치였다.

"저는 일 때문에 왔고, 동생은 모릅니다."

"몰라요?"

"동생과 전 서로 사적인 말은 절대로 하지 않습니다."

'형과 동생이면 누구보다도 사적인 관계 아닌가? 그런데 둘은 사적인 말은 하지 않는다니. 형제는 잘났다, 로군.'

"짐작 가는 것도 없습니까?"

"없습니다."

"여자 친구는요?"

"모릅니다."

생각도 해보지 않고 단번에 답이 나왔다.

'그러시겠지.'

사적인 말을 하지 않는 형제에게 무엇을 기대하겠는가?

조셉 한이 종이 한 장을 내밀었다.

호텔 이름과 룸 넘버, 신용카드 번호, 여권번호와 사진이 일목요연하게 정리돼 있었다.

'SSN? 이건 뭐지?'

"SSN은 미국 시민권 번호입니다."

이 남자, 묻고 싶은 것을 미리미리 알아서 대답해 준다.

준석은 다시 한 번 남자를 쳐다봤다. 나이는 서른 정도. 똑 떨어지는 양복, 그 양복의 어깨 깃만큼이나 각진 턱선, 치켜뜨는 눈빛이 만만치 않은 인상이다. 그에 반해 사진 속의 마이클 한이라는 친구는 그런 형의 맘에 들기엔 너무 부드러운 턱을 가지고 있었다.

"저는 오늘 출국합니다. 이건 제 명함입니다. 연락할 일이 있다면 언제든지 좋습니다."

조셉 한이 탁자에 명함을 놓았다.

'명함을 탁자 위에 놨다 이거지.'

보통은 명함을 상대의 손에 준다. 하지만 저렇게 탁자 위에 놓는 것은 은연 중에 상대를 무시하는 행위다.

준석은 명함을 보지 않았다.

'눈에는 눈. 이에는 이. 네가 무시하면 나도 무시한다.'

용의자를 검거할 때는 직감과 행동이 절대적이지만, 검거한 용의자를 심문할 때는 미묘한 심리싸움으로 미리 제압해야 한다. 참고인을 조사할 때는 더욱 더 그렇다. 그래야 원하는 것을 하나라도 더 캐낼 수 있다.

조셉 한이 명함에 눈길조차 주지 않은 준석을 바라봤다.

그리고 처음으로 자신의 사적인 얘기를 꺼냈다.

"출국 때까지 동생의 향방을 조금이라도 알 수 있었으면 좋겠군요."

'향방이 아니라 행방이겠지.'

"동생은 한국말을 전혀 못합니다. 미국에서 태어나고 자랐거든요."

"형은 한국말이 능숙하군요."

"부모님께 배웠습니다. 동생은 배우려 하지 않았고요."

"뭐 하나 물어봐도 되겠습니까?"

"네."

"아까 일 때문에 한국에 왔다고 했는데 그 일 혹시 세탁에 관한 거 아닙니까?"

"네?"

"검은 돈이나, 회색 돈을 하얀 돈으로 세탁하는 뭐 그런 거 말입니다. 어디선가 자꾸 구린 돈 냄새가 나서 말입니다."

여기까지.

한 방 먹은 듯한 표정의 조셉 한에게 준석은 악수를 청했다.

얼결에 조셉 한이 준석의 손을 맞잡았다.

준석은 그를 보자마자 돈 냄새를 맡았다. 깨끗한 냄새가 아닌 비열한 돈 냄새가. 어렸을 적부터 너무나 익숙한 냄새이다. 협박과 폭력과 은폐가 섞여 있는. 돈이라 해서 절대로 똑같은 냄새를 풍기지 않는다. 그의 표정을 보아하니 얼추 접근한 것 같았다.

"실종 일주일이면, 동생이 제 발로 걸어오지 않는 이상, 21시까지는 동생의 행방을 찾기는 어려울 겁니다."

준석은 동생의 실종 신고를 하는 형의 태도치곤 너무나 객관

적이고 냉정한 그가 얄미웠다. 그리고 이런 일이나 하고 있는 자신이 한심했기에, 홧김에 한 방 먹였을 뿐이지 사심이 있어서 그런 건 절대 아니었다.

'1/5 09 : 11'

통화 기록지에 찍힌 마이클 한의 마지막 통화 시간이다. 그 후로 통화 기록이 없는 걸로 보아 전화기를 꺼두었든가 아니면 배터리가 다 되어 저절로 꺼졌든가 했을 것이다.

"네, 현대 세탁소입니다."

'뭐? 세탁소?'

픽, 웃음이 나왔다.

'돈 세탁하는 건 아니겠지?' 일단 수사 대상에서 미루어 두었다.

'1/4 22 : 37'

마이클 핸드폰의 마지막에서 두 번째 통화자의 번호로 전화했다.

"지금 전화기는 고객님의 사정으로……"

마이클과 통화한 상대의 핸드폰은 고객님의 '사정'으로 꺼져 있었다. 그 사정이 뭔지는 모르겠지만 이런 시답잖은 사건은 빨리 결론을 내고 싶었다. 그리고 강력계 형사에 걸맞게 살인사건을 맡아 보고 싶어 미칠 지경이었다.

어쨌든 가장 최근에, 그리고 가장 많이 통화한 번호는 미뤄두고, 이번엔 가장 빈번하게 전화가 온 번호로 전화를 걸었다.

헬로 어쩌고저쩌고 영어로 대답했다. 이거야 원.

65

"마이클 한이라고 아십니까?"

'한국말을 못 알아듣나, 왜 대답이 없어?'

"……누구세요?"

20대의 남자 목소리. 한국말이다.

"송파 경찰서 강력계 장준석 형사입니다."

"강력계 형사? 마이클 죽었어요?"

순간, 준석은 머리끝이 쭈뼛해졌다. 단번에 죽었냐고 물어본다. 뭔가 있다는 말이다.

"지금 전화 받으시는 분은 마이클 한과 어떤 관계입니까?"

"저 마이클과 친구예요. 이름은 챈스예요."

'챈스? 뭔 이름이 그래?'

"신촌역 입구 2번 출구로 나오면 커피숍 있습니다. 한 시간 후 괜찮습니까?"

실종 신고 때문이라는 말은 꺼내지 않았다. 뭔가 큰 사건처럼 강하게 밀어붙여야 한다. 챈스의 호기심을 한껏 부추길 필요가 있다.

"한 시간까지 안 걸려요. 삼십 분이면 갈 수 있어요."

만약 마이클에게 무슨 일어났다면 적어도 챈스는 용의선상에서 제외다.

약속 장소에 준석이 도착하니, 챈스가 먼저 아는 척을 했다. 급히 나오느라 그랬는지 아님 원래 옷차림이 그런 건지 겨울인데도 불구하고 거의 반바지 수준의 바지와 민소매 윗옷을 입고 있었는데 드러난 팔뚝의 문신을 보자 준석은 자신도 모르게 피식 웃음이 나왔다. 원래는 전갈을 새기려 했겠지만 아무리 봐도 전갈보다는 가재에 불과해 보이는 조악함하며, 왠지 그가 하는 말은 잘 가려 들어야 될 것 같은 인상이었다.

"마이클 죽었죠, 그렇죠?" 준석이 의자에 앉기도 전에 남자가 허겁지겁 말했다. "조만간에 이런 일 벌어질 줄 알았어요. 그러게 내가 말릴 때 들었어야지. 그 자식이, 머리는 상당히 좋거든요. 근데 그 머리를 좋은 쪽에 쓰는 것이 아니라, 만날 그쪽으로만 돌리는 거예요. 하지만 또 그쪽 애들도 만만치 않거든요, 나는 놈 위에 기는 놈 있는 거죠."

"그 쪽이라면 어디?"

"빤하죠."

"빤한 어디 쪽."

"아, 그거 있잖아요."

"글쎄, 그 빤한 그쪽이 어디냐고."

"형사님도 모르세요? 형사님이시잖아요."

'이런 엿 같은.'

"마이클 여자 친구랑 같이 어울렸지?"

"그 자식 여자 친구 있어요? 어쩐지 내 전화를 안 받을 때부터 수상했어."

'아주 잘하는 짓이다.'

"넌 뭣 때문에 마이클한테 그렇게 자주 전화했냐?"

지금까지와는 달리 멈칫했다.

"부탁한 걸 마이클이 안 구해 줘?"

이럴 땐 넘겨짚는 게 상수다.

"부탁하지 않았어요."

고개까지 흔들며 부인한다.

"다 알고 왔으니까 불어."

"부탁하려고 했지 부탁한 건 아니라니까요. 근데 자식이 내 전화를 자꾸 씹잖아요."

"필로폰?"

"에이, 형사님 너무 구식이시다. 옷에만 유행 있는 거 아니거든요."

"요즘 뭐가 유행인데?"

"모르죠."

"너 계속 이런 식이면 나한테 죽는다. 확 잡아 처넣어버리는 수가 있어. 한국 감방 맛 좀 볼래?"

"정말 몰라요. 하지만 필로폰이 아닌 것만은 저도 안다고요."

'그래 그것은 믿어주마.'

"왜 전화를 받자마자 마이클이 죽었냐고 물어봤지?"

"형사라 했으니까요. 마이클이 죽지 않았으면, 마이클한테 하지 왜 나한테 했겠어요."

"그래, 미안하다. 내 생각이 엄청 짧았다."

"근데요 마이클 어떻게 죽었어요?"

"안 죽었다."

"네? 왜요?"

준석은 자신을 빤히 쳐다보는 그 친구란 놈을 한 대 쥐어박을 뻔 했다.

"친구가 살았다면 다행이다 해야지 왜냐고 물어보면 친구가 아니지."

"친구까진 아니거든요."

친구나 형이나 어째 다들 그 모양들인지.

"그리고 나는 놈 위에 기는 놈이 아니고, 기는 놈 위에 나는 놈 있다고 하는 거다. 뭐든 알려면 똑바로 알아라. 아님 아예 모른다고 하던가."

뭔가 어수선하긴 했지만 전혀 소득이 없는 것은 아니었다. 그러니까 적어도 마이클이 약을 직접 했거나, 관련된 것만은 틀림없다. 그렇다면 뭔가 냄새가 날 수도 있다.

마이클이 가장 빈번하게 건 번호로 다시 전화해 보았다.

"지금 이 번호는 고객님의 사정으로……"

마이클이 약을 한다는 정보를 입수해서일까? 아까와 같은 멘트이지만 준석은 왠지 조금 다르게 느껴졌다. 그리고 밤도 아니고 잠깐은 핸드폰을 꺼둘 수 있지만 이렇게 장시간 꺼져 있는 것도 이상했다. 자신으로 말하자면 샤워할 때조차도 핸드폰 소리가 들리도록 문을 살짝 열어두지 않는가?

"송파 경찰서 장준석 형삽니다. 메시지 들으시면 전화 부탁드립니다."

일단 음성 메시지를 남겨두고, 마이클이 묵었다는 호텔로 향했다.

하루 저녁 숙박비가, 최 반장 말대로 형사 월급을 '쥐꼬리'로 치자면 3분의 1을 잘라내야 묵을 수 있는 그런 호텔이었다.

호텔에서 얻을 수 있는 것은 별로 없었다.

12월 21일 체크인. 입국 도장 날짜와 동일한 걸로 보아 오자마자 숙소를 잡은 모양이다. 도대체 보름 동안 이곳에 있으면 호텔비는 얼마란 말인가? 어림잡아도 자신의 오피스텔 보증금과 얼추 비슷하다.

"체크인 할 때부터 1월 5일까지 예약했습니까?"

"네. 그렇습니다."

호텔 지배인이 최대한 정중하게 대답했다.

"그전에도 이렇게 나가서 며칠 동안 안 들어 온 적이 있었습니까?"

"장기 투숙 고객님 경우는 체크인아웃을 늘 확인하지는 않습니다. 룸서비스를 시키지 않으면 특별히 체크가 되지 않습니다."

컴퓨터로 마이클 한의 룸을 체크해 보았다.

"이 고객님 같은 경우는 전혀 룸서비스를 받지 않으셨네요."

"여자와 같이 온 적은요?"

"아까 말씀드린 것처럼 우린 고객님의 프라이버시를 지켜드리는 것을 최우선으로 합니다."

"그렇게 장기 투숙 고객이 연락이 없으면 경찰에 신고해야 되는 거 아닙니까?"

"저희 측에선 최대한 기다리는 시간이 있습니다. 그런데 젊은 분이고 해서…… 아무래도 젊은 분들은 며칠씩 그렇게 연락이 닿지 않다가 나중에 오시는 경우가 많아서요. 나흘 동안 연락을 해봤지만 핸드폰이 계속 꺼져 있어서, 신고하려고 하는데 마침 고객님의 형님이 전화를 하셨습니다. 룸은 그대로 유지하라고 하셔서 저희 측에선 그렇게 하고 있었습니다."

"청소하시는 분한테 뭐 이상한 것이 발견됐다는 말을 들은 적은 없습니까?"

룸에서 약을 했다면 일회용 주사기 같은 것을 버렸을 수도 있다. 호텔 지배인은 즉각 눈치챘다.

"없습니다."

마이클 한이 묵었다는 방은 먼지 하나 없이 깔끔했다. 소지품이라 해 봤자 옷 몇 벌이 든 가방 하나가 전부였다. 가방 여기저기를 찾아봐도 약에 관련된 것은 없었다. 그리고 워싱턴 행 비행기 티켓. 그러나 여권은 없었다. 그 날 형과 같이 떠날 예정이었다면 호텔에 들러야 했을 것이다. 소지품으로 봐선 대체 한국에 무슨 일로 왔는지 짐작도 할 수 없었다. 실종되지 않았다면 그 날 이 가방을 들고 워싱턴으로 갔을 텐데. 책 한 권, 선물 하나 없다.

준석은 조셉에게 전화를 했다.

"동생이 마약하는 것을 알고 있었습니까?"

"몰랐습니다."

항상 대답은 즉각 나왔다.

"미국에서도 몰랐습니까?"

"그런 일로 말썽을 일으킨 적은 없기 때문에 몰랐습니다."

"동생은 학생입니까?"

"……."

처음이다. 즉각 대답을 하지 않은 것은.

"Trash!"

"?"

"한국말로는 알아서 해석하십시오."

71

조셉이 처음으로 영어를 사용했다. 동생을 '쓰레기'라고 표현하다니. 동생을 향한 무시와 비난과 적의가 동시에 느껴졌다. 마이클 한을 찾으면 물어봐야겠다. 동생은 형을 뭐라 부르는지.

"하지만 꼭 찾아야 합니다."

"왜죠?"

둘 사이에 뭔가 이해관계가 있다. 동생이 있어야만 반드시 자기에게 이익이 되는 것이 있다. 그래서 '쓰레기'지만 찾아야만 하는 것이다. 준석은 지금까지의 조셉의 태도를 보고 그런 추측을 했다. 하지만 그의 대답은 준석의 추측을 보기 좋게 빗나갔다.

"동생이니까요."

뭘 그런 당연한 것을 물어보느냐는 듯한 어조였다.

4 없어도 되는 비장이라면

두 번 다시 떠올리기 싫은 '잘한 짓'도 있다. 원했던 대로, 계획했던 대로, 완벽하게 해냈는데도 그 때문에 더 끔찍한 '잘한 짓'도 있다. 당장 똑같은 일이 다시 눈앞에 벌어진다고 해도 또 그렇게 할 수밖에 없으리라. 일말의 의심 없이, 후회 없이 잘한 짓임에도 불구하고, 할 수만 있다면 그것을 기억하는 뇌의 한 부분을 도려내고 싶을 만큼 떠올리기 싫은 일……. 선택의 여지가 없었다. 방법은 딱 하나밖에 없었다.

희경은 뭔가를 자꾸 잊은 것 같았다. 그날 이후, 집을 나설 때도 그랬고, 일을 끝내고 병원을 나설 때도 어쩐지 뭔가를 놓고 나온 것처럼 자꾸 뒤돌아봤다. 처음엔 차 키나 핸드폰이 아닐까 확인하곤 했었다. 하지만 놓고 나온 물건은 없었다.

오늘 아침도 마찬가지. 출근하기 위해 막 차에 올랐을 때 희경은 깜빡 잊은 게 있는 것 같아 차에 앉아 하나하나 체크해 보았다. 차 키, 지갑, 핸드폰 모두 있다.

'뭐지? 뭘 두고 나온 거지?'

그러면서 차에 시동을 건 순간, 차 기름 냄새가 확 끼침과 동시에 희경은 깨달았다. 잊어버린 것은 물건이 아니다. 자신 안에서 빠져 나간 그 무엇이다. 그 무엇의 실체는 모르겠지만, 윤리나 도덕, 양심 따위가 아닌 것은 분명하다. 그럼 뭘까……? 모르겠다. 아직은 알 수 없지만 분명히 빠져 나간 그 무엇이 느껴진다.

인간의 마음속에는 저울이 있다. 그 양끝에는 선과 악이, 배신과 연민이 분노와 슬픔이 있다. 우리는 이 저울이 평행이 되도록 유지해야 한다. 자칫 조금이라도 한쪽으로 기울어지면, 그때는 걷잡을 수 없이 쏠리게 된다. 한쪽으로 쏠리지 않게, 조심조심 살얼음을 딛듯, 줄타기를 하듯, 그렇게 한걸음씩 살아나가야 한다. 그렇지 않으면 모든 것이 뒤엎어져 버리고 만다.

"오늘 기분은 좀 어떠니?"

병원에 입원한 지 8일째, 딸은 눈을 감고도 잠을 잤고 눈을 뜨고도 잠을 잤다. 여전히 초점 없이 멍한 눈, 뭔가를 쳐다는 보지만, 보이는 것이 무엇인지 전혀 알지 못했다. 희경은 차라리 그런 상태가 다행이라고 생각했다. 스스로가 감당할 수 있는 한계가 넘어선 일을 저질렀다. 저렇게라도 해서 피할 수 있다면 피하게 하고 싶었다. 아니, 그 기억을 싹 지워버리게 하고 싶었다.

희경은 표주박처럼 생긴 아보카도를 반으로 쭉 잘랐다. 노오랗게 잘 익었다. 이 과일은 익었는지 안 익었는지 껍질만 봐서는 전혀 알 수 없다. 이렇게 속을 갈라봐야 알 수 있다. 겉으로 봐선 멀쩡한 사람도 속을 갈라보면 손 댈 수 없을 정도로 병이 진행되어 버린 것처럼, 속을 봐야 알 수 있는 것이다. 과일의 속살에 소금을 살살 뿌렸다. 과일답지 않게 지방질이 많아 버터 맛이 났다. 그래서 딸은 소금을 뿌려 먹으면 더 맛있다고 했다.

"너 좋아하는 아보카도야."

딸은 이번에도 역시 한 숟가락도 받아먹지 않았다. 눈의 초점으로 봐선 아직 사물을 구별 못하는 게 분명하다. 하지만 유독 자신이 주는 것은 이렇게 거부했다. 목소리로 구분하나 싶어 말을 않고 준 적도 있었다. 역시 그때도 고개를 돌려 버렸다. 이성이 아닌 본능적으로 거부하는 것이다.

'그렇게도 엄마가 싫은 거니…….'

아까부터 뒤에 서 있었던 김 간호사를 불렀다.

"김 간호사."

"네, 과장님."

딸은 김 간호사가 주는 것은 잘 받아먹었다. 김 간호사는 마치 그것이 자기 잘못이라도 되는 듯 어찌 할 바를 몰라 했다.

"그럼 수고 좀 해 줘."

"네."

딸의 병실을 나왔다.

약에 취해 몸도 제대로 가누지 못한 혜리를 병원으로 데리고 왔을 때, 닥터 박이 혜리를 다른 병원에 입원시키는 게 어떻겠냐며 조심스럽게 물었더랬다. 물론 희경은 닥터 박이 자신의 입장을 고려해서 한 말이란 걸 충분히 안다. 하지만 그럴 거면 처음부터

이 병원에 데리고 오지도 않았다. 희경은, 딸 혜리를 옆에 두어야만 할 이유가 분명히 있었다. 딸이 언제 정신이 돌아올지 모른다. 그 순간, 자신은 딸 옆에 있어야 한다. 그리고 반드시 말해 줘야 한다.

'넌 끔찍한 악몽을 꾸었을 뿐이야.'

딸이 입원한 지 하루도 지나지 않아, '천하의 외과의사 강희경의 딸이 약에 중독돼 정신병동에 입원했다.'는 소문이 의사, 간호사는 물론이고 병원 관계자, 심지어는 환자들 사이에까지 쫙 퍼졌다. 그 소문은, '여자가 남자도 하기 힘든 수술을 척척해 내니 혼자 살 수밖에 없지.' 식으로 갖다 붙이더니, '독종 강희경도 자식만은 마음먹은 대로 할 수 없는 없다.'는 동정인지 야유인지까지로 확대됐다. 예전의 그녀라면 이런 것들을 그냥 넘기지 않았을 것이다. 어떤 방법으로든 소문의 진원지를 따져, 그 상대가 예상치 못한 방법으로 불이익을 주었을 것이다. 하지만 지금은 모든 것이 바뀌었다. 하루 종일 먹지 않아도 배가 고프지 않은 소소한 일상에서부터, 세상에 일어난 모든 일이 자신과는 아무 상관없는 일처럼 여겨지는 것까지 그 날이 있기 전후가 완전히 바뀌었다. 어제만 해도 그렇다. 비가 오기에 우산을 썼다. 그런데 지나가는 사람들이 자신을 힐끔힐끔 쳐다봤다. '왜지? 왜 다들 날 힐끔거리지?' 순간 알았다. 비는 이미 그쳤다. 그런데 자신만이 계속 우산을 쓰고 있었다.

'정신 차려, 강희경. 네가 쓰러지면 혜리도 쓰러져.'

희경이 진료실로 들어오자마자 간호사가 따라 들어와 책상 위에 차트를 올려놓으며 말했다.

"오늘 수술 스케줄입니다."

"몇 시, 누구부터지?"

"10시, 김병기 환자입니다."

김병기, 남, 23살, 비장에 8센티가 넘는 물혹이 생겨 비장을 적출해야 한다. 열어봐야 정확히 알 수 있겠지만 그 정도 수술이면 혜리가 점심을 먹는 것을 지켜볼 수 있을 것이다.

"다음은?"

"이수정 환자입니다."

"이수정? 그 환자는 다음 주 아냐?"

"그게…… 오늘로 변경됐답니다."

'뭐야? 과장인 나한테 말도 않고 스케줄을 변경해?' 틀림없이 병원 경영진 줄을 이용해 수술을 앞당겼을 것이고, 오늘 수술 예정이던 다른 환자는 어떤 이유를 핑계로 뒤로 미뤄졌을 것이다. 하지만 희경은 이번에도 그냥 넘어갔다.

"알았으니까 나가봐요."

"네?"

간호사가 오히려 놀라 잘못 들은 게 아닌가 싶어 빤히 쳐다보았다.

"왜, 뭐가 잘못되었어?"

"그게 아니라……."

'과장님이 확실히 딸 때문에 이상해지긴 이상해졌어.'

고개를 갸웃거리며 나가는 간호사의 뒷모습에서 이런 말이 읽혀졌다.

상관없다. 지금은 누가 뭐라 하던 신경 쓰이지 않는다. 반드시 지켜야 할 것이 있는 사람은 사소한 것은 정말로 사소한 것일 뿐이다.

희경은 책상 서랍 맨 아래 칸을 열어 딸의 핸드폰을 꺼냈다. 그 날 이후 핸드폰을 꺼두었다. 그리고 하루에 한 번 메시지가 있나 없나만 확인하고 다시 꺼두었다. 만약 누군가 마이클의 실종을 알아차리고 실종 신고를 한다면, 제일 먼저 마이클의 핸드폰을 추적할 테고 그러면 딸의 번호가 뜨겠지. 경찰은 명백한 증거가 없는 이상 아직 마이클이 실종인지 가출인지 확신하지 못한 상황일 테고. 그런 상황에서 함부로 타인의 핸드폰 인적 상황을 조사할 수 없기 때문에 일단은 메시지를 남겨 이쪽에서 연락이 오기를 기다릴 것이다. 이제까진 아무 메시지가 없었다. 그렇다면 아직 마이클 쪽에서 실종 신고를 안 했다는 말인데…….

그 일이 있은 후 8일째다. 오늘도 아무 메시지가 없기를 바라며 핸드폰을 켰을 때, 희경은 쿵 하고 심장이 내려앉았다.

'음성 메시지(1)'

누가 무슨 말을 남겼을까? 비밀번호를 모르기 때문에 확인해 볼 수는 없다. 하지만 느낌이 왔다. 이 음성 메시지는, 지금까지는 아무것도 아니었다고 말해 줄 것이다……. 이제부터 진짜 싸움이 시작되었다고 말해 줄 것이다……. 처음부터 다시 시작해야 된다고 말해 줄 것이다…….

지금부터는 모든 것을 계산해서 행동해야 한다. 그 어느 것 하나 섣불리 행동해서도 말해서도 안 된다. 그리고 가장 좋은 방법은 평소와 똑같이 행동하는 것.

"과장님, 수술실 호출입니다."

깊게 숨을 들이마셨다. 그리고 천천히 내뱉었다. 그렇게 몇 번을 반복하자 떨리는 가슴이 훨씬 진정이 됐다.

남자의 배에 메스를 대고 누르는 순간, 그리고 사르르 남자의 배에서 피가 배어 나오는 순간, 울컥 구토가 일었다. 한 번도 없었던 일이다. 그동안 수없이 많은 배를 갈랐고, 수없이 많은 장기를 적출해 내었다. 그때마다 인간의 겉모습만큼이나 속 모습도 다르다는 것을 매번 느껴왔다. 사실 희경에게 있어서는 인간의 겉모습인 눈, 코, 입만큼이나 심장, 간, 폐 같은 속 모습도 익숙했다. 그런데 지금 내부 깊숙한 곳에서부터 시작된 이 비릿한 느낌은 무엇이란 말인가? 눈을 감고 호흡을 멈췄다. 그러자 비위기가 조금 가라앉았다. 그러나 남자의 배 안에서 횡경막과 왼쪽 신장 사이를 비집고 보통사람보다 두 배는 큰 비장을 본 순간, 또 다시 구토가 일었다.

'읍.'

희경이 심상치 않다는 것을 눈치 챘는지 같이 수술 중이던 닥터가 희경의 팔을 가만히 잡고 괜찮으냐는 눈빛으로 그녀를 봤다. 희경은 괜찮다는 듯 짧게 고개를 끄덕여 주었다. 호흡을 멈춰가며 간신히 비장을 적출해 나갔다.

인간에게는 없어도 하등의 문제가 되지 않는 장기가 있다. 신장과 비장이다. 신장은 본래 두 개가 있지만 하나만 있어도 문제가 되지 않는다. 그러니까 하나는 있어야 된다는 말이다. 하지만 비장은 그렇지 않다. 비장은 적혈구를 저장해 두고 부족하면 방

79

출하는 역할을 담당하는데 드러내 버리면 다른 장기가 그 기능을 대신한다. 완벽하게 없어도 된다. 그렇다면 왜 이렇게 없어도 되는 장기가 있어서 인간을 괴롭힐까.

희경은 그 동안 수많은 비장을 적출해 냈다. 하지만 지금까지는 한 번도 이런 생각까진 해 본 적이 없었다.

'어떻게 '남자'를 완벽히 없애버릴까……?'

그날 이후 한 순간도 머릿속을 떠나지 않고 괴롭히는 그 생각이 지금 자신을 이렇게까지 하게 한 것인지도 모른다.

'남자'도 비장처럼 없어도 되는 거라면 이것처럼 완벽하게 제거해 버리고 싶다. 하루라도 빨리…….

연두부같이 흐물거리는 비장을 트레이에 놓자마자 희경은 수술실에서 빠져 나와 화장실로 달려갔다. 며칠 동안 먹은 것이 별로 없어서인지 넘어 온 것도 별로 없었다. 쓰디 쓴 소화액까지 다 게워내는데 언젠가 본 영화의 한 장면을 떠올랐다.

한 가족이 한적한 시골집으로 여행을 온다. 그리고 해질녘, 이웃집에서 달걀을 빌려달라고 두 명의 남자가 온다. 달걀이 없다고 했던가. 모르겠다. 남자들이 갑자기 여자를 사정없이 때리기 시작한다. 그때까지 본 적조차 없는 남자들에게서 아무 이유 없이 구타를 당한 여자는 기절 직전까지 간다. 그리고 남자들이 잠깐 자리를 비웠을 때 여자는 곧바로 구역질을 해댄다.

'왜……?'

영화를 볼 때는 그 여자를 이해하지 못했다. 그런데 지금은 울면서 구역질하던 여자가 이해가 됐다. 그 여잔 끔직한 고통을 경험한 자신을 그대로 받아들이기가 너무 싫어서 거부했던 것은 아니었을까……? 그리고 이제는 무자비한 폭력을 당하기 이전의 자신으로는 되돌아 갈 수 없다는 것을 느꼈던 것은 아닐까……? 그 영화의 끝은 어땠더라? 마지막에 그 여자는 남자들의 폭력으로부터 탈출했던가? 모르겠다. 기억이 나지 않는다.

희경은 비틀거리며 일어섰다. 그 여자가 남자들의 폭력으로부터 탈출했든 안 했든 상관없다. 이제 더 이상의 구토는 없을 것이다. 스스로를 받아들여야 한다. 최선이라 선택했던 길을 가야 한다. 설사 그 최선이 최악이라 할지라도 이제는 그 길을 가는 수밖에 없다.

거울을 보며 얼굴을 정리하고 있을 때 핸드폰이 울렸다. 딸의 컬러링이다. 전화가 올 것이라 예상했기 때문에 딸의 핸드폰을 켜 두었다.

"네, 은혜리 핸드폰입니다."

최대한 일상처럼 받았다.

"송파 경찰서 장준석 형사입니다."

드디어 올 것이 오고야 말았다.

관자놀이가 툭툭 뛰었다.

"은혜리 씨라고 하셨습니까?"

"본인이 아니고요, 저는 엄마입니다. 그런데 무슨 일로 경찰서에서……?"

"물어 볼 것이 있어서 그렇습니다. 은혜리 씨 좀 바꿔 주십시오."

"지금은 곤란합니다."

"곤란해요?"

"병원에 입원해 있습니다."

"입원이요? 어디 병원입니까?"

희경은 잠깐 생각하다가 말해 주었다. 망설일 필요가 없다.

"지금 제가 그곳으로 가겠습니다. 한 시간쯤 걸릴 겁니다."

"그런데 경찰서에서 우릴 아일 왜……?"

"가서 말씀드리겠습니다."

와서 무슨 말을 할지 짐작할 수 있다.

마이클과 어떤 사이냐? 마지막으로 만난 때가 언제냐? 혹시 지금 그가 어디에 있는지 아느냐?

하지만 전화 속의 남자는 그 어느 것 하나도 답을 듣지 못할 것이다.

막상 형사란 사람과 통화를 하니 생각만큼 떨리지 않았다. 아니, 오히려 차분하다고 할 정도였다. 다행이었다.

장준석이라 했나? 전화 속의 형사는 의욕에 넘친 활기찬 목소리였다. 목소리 속에는 사람의 나이와 키와 몸무게가 다 들어 있다. 워낙 많은 사람들의 몸을 진찰하다 보니 목소리만 듣고도 상대의 건강 상태까지도 짐작할 수 있다. 그렇다면 이 남자는 짐작해 보건데, 나이는 서른 한두 살, 키는 최소한 175센티미터 이상. 몸무게는 75에서 80킬로그램 사이. 건강 상태 양호, 만약 있다면 병이라고 할 것도 없는 소화 불량 정도일 테고. 약간 고음의 활기찬 목소리가 자신의 일에 대한 강한 긍지를 드러내고 있다.

조심해야 한다. 어느 것 하나 허투루 넘어가서는 안 된다. 큰물에만 둑이 무너지는 것은 아니다. 틈새에서 새어 나오는 작은 물에도 무너진다. 그것을 잊어서는 안 된다.

* * *

남편 은창식, 15년 전에 교통사고로 사망.

딸 은혜리, 어렸을 적부터 강희경의 속을 어지간히 썩이다가 미국 유학, 2개월 전에 돌아와 마약에 중독돼 현재 특별실에 입원.

어떤 수단과 방법을 동원하는지는 모르겠지만, 황 사무장은 필요하다면 용의자의 집에 숟가락 개수뿐만 아니라 젓가락 개수까지도 알아낼 정보력을 가진 사람이다. 그리고 더 중요한 것은 그가 캐낸 정보 중 틀린 것이 거의 없다는 것이다.

"남편이 교통사고로 병원에 실려 왔는데 혼자 온 것이 아니라네요."

"?"

"내연의 여자랑 같이 왔답니다, 여자는 현장에서 즉사한 모양입니다."

'강희경은 남편의 교통사고에 더 놀랐을까? 아님, 내연의 여자와 같이 있었다는 것에 더 놀랐을까?'

승주는 희경의 차가운 눈빛이 잊혀지지가 않아 괜히 그런 생각까지 들었다.

"이야기는 여기서 끝나지 않습니다."

"?"

"더 쇼킹한 것은……"

승주는 황 사무장이 무슨 말을 할 것인지 말하지 않아도 짐작이 되었다. 검사 생활 2년 만에 어느덧 인간의 이면을 너무나 잘 알게 되었다. 그것도 어둡고 축축하고 비밀스런 이면들을.

"친구였답니다. 초등학교 때부터 대학까지 가장 친했던. 둘의 그렇고 그런 관계를 강희경 과장만 모르고 있었다네요. 둘 다 죽어도 싸다고 할 수도 없고, 이것 참."

강희경은 그날 남편과 친구만 잃은 게 아니었을 것이다. 인간에 대한 신뢰와 경외 어쩌면 아무것도 모르고 있었던 자신에 대한 연민까지도 잃었을지 모른다. 그래서 그런 눈빛을 가지게 됐을까? 일로는 성공했을지 모르지만 가정적으론 불행하다 할 수 있겠다. 하긴 뭐 새삼 놀랄 일도 아니다. 어차피 인간은 모든 것을 다 가질 순 없으니까.

그때 노크 소리와 동시에 이겨라가 들어왔다. 그러곤 주렁주렁 링거 병을 달고, 환자복을 입은 승주를 보더니 눈을 동그랗게 뜨면서 "휘이익" 하고 휘파람을 날렸다.

"충수 절제했다며? 덕분에 살이 쪼금 빠졌겠네."

"어떻게 문병 오면서 맨손으로 오나?"

"미국 출장에서 도착하자마자 여기로 달려왔다, 봐주라." 이겨라가 캐리어 가방을 툭툭 치며 말했다. "재판 도중에 병원에 실려 간 검사라…… 하여튼 넌 특이해."

승주는 이겨라를 곱게 흘겨봤다.

"이겨라, 이름이 너무 노골적이죠? 아들에 대한 아버지의 적극적인 사랑의 표현이라고 생각해 주시면 감사하겠습니다."

이름 때문에 신입생 환영회 때부터 그렇게 법대의 명물이 되었다는 승주의 4년 선배. 사법연수 직후 그는 판검사가 될 거라는 모두의 예상을 뒤엎고 곧바로 변호사를 택했다. 그리고 이 남자는 이름값을 하느라 그랬는지 자신이 맡은 사건은 이제까지 승률은 9전 8승이었다. 그것도 살인사건만 수임했다. 나쁘지 않은 승률이다.

"이겨라라는 이름, 자식에 대한 아버지의 사랑의 표현이 아냐. 콤플렉스야. 한 번도 이겨본 적이 없는 인생을 산 사내의."

승주의 사법시험 최종 발표 날, 합격을 축하하는 자리에서 이겨라가 했던 말이다. 그것이 자신을 향한 관심의 고백이란 것을 승주는 알았지만 모른 척했다. 누군가가 자신에게 관심을 갖고, 누군가를 사랑하게 되고, 그런 것들이 솔직히 지겹다. 하지만 어쨌든 그가 그렇게 말했을 때, 모두의 예상을 뒤엎고 비난을 감수하며, 변호사를 택한 그를 조금은 이해할 수 있을 것 같기도 했다.

이겨라가 탁자 위의 꽃바구니를 발견하곤, 그 크기에 일단 놀랐다가 김현태라는 이름을 보고 씩 웃었다.

"과장된 관심인가?"

"나야 알 수 없지. "

"그럼 저는 두 분만 남겨두고 이만 퇴장하렵니다."

그때까지 모른 척하고 있던 황 사무장이 손을 흔들며 퇴장했다.

"사무장님 또 오버하시네. 하여튼 넘겨짚는 거 하나는 끝내주신다니까."

"방귀는 뀌었냐?"

이겨라가 빙긋 웃으며 말했다. 그것도 농담이라고 하는지, 원.

"지금까지도 못 뀌었으면 가스 차 죽었게."

그래 농담은 농담으로 받아버리자. 배도 아프고 힘도 없고, 자꾸 눈꺼풀이 내려오는 게 나 수술 환자 맞다. 승주는 말하는 것도 생각하는 것도 다 피곤해졌다.

"나 잔다. 선배도 나 봤으니까 가."

"알았으니까 나 신경 쓰지 말고 잠이나 자셔."

승주는 눈을 감았다. 이겨라가 나가는 소리. 잠시 후 다시 들어오는 소리, 커피 냄새. 의자에 앉는 기척. 저 남자는 지금 날 바라보고 있을까……? 간간히 그런 기척들을 느끼며 승주는 한발 한발 잠 속으로 들어갔다.

한 남자와 한 여자가 교통사고를 당한다. 여자는 현장에서 즉사하고 피투성이가 된 남자는 병원에 실려 온다. 남자를 본 여의사가 놀라 소리를 지른다. 이윽고 뒤따라 들어오는 밀차. 역시 피투성이가 된 여자가 실려 있다. 그 여자를 본 여의사, 마치 못 볼 것을 본 듯 소리조차 지르지 못하고 멍하니 서 있다.

꿈인지 실제인지 승주는 계속 반복되는 이 장면에 눈을 뜨지도 못하고 감지도 못하고 시달렸다.

5 삶과 죽음의 교차로

병원이란 곳은 참 이상하다. 사람들이 병원에 온 이유는 살기 위해서일 것이다. 하지만 병원만큼 사람들이 많이 죽는 곳도 없다. 살기 위해 와선 죽는다. 그래서일까? 준석은 병원에 들어설 때면 마치 삶과 죽음의 교차로에 서 있는 기분이었다.

지금도 그렇다.

준석은 '신경정신과 입원병동'이라는 팻말을 보고 자신이 잘못 찾아왔나 싶어서 병동과 병실을 재차 확인했다. 은혜리의 엄마란 사람이 불러준 병실이 틀림없다.

정신과라면……?

갑자기 머릿속에서 파팍, 불꽃이 일었다. 그 횡설수설하던 마이클의 친구 챈스의 제보에 따르면 마이클은 약을 했다. 그리고 마이클과 가장 빈번하게 통화했던 은혜리가 지금 이곳 신경정신과에 입원해 있다.

'뭔가 있어! 냄새가 나! 이런 걸 형사의 직감이라고 하나?'

준석은 정말 그랬으면 좋겠다고 생각하며 병실 문을 노크했다.

"네."

단 한마디였지만 전화 속의 목소리와 같다는 것을 준석은 단번에 알아챘다.

병실 문을 열고 들어서자마자 준석은 우선 은혜리가 생각보다 훨씬 심각해 보이는 것에 놀랐다. 종이 인형처럼 창백한 모습으로 침대에 누워 있는 은혜리, 똑똑 떨어지는 링거액만 아니라면 죽은 사람이라 해도 믿을 만큼 핏기 하나 없다. 눈을 감고 있긴 하지만 잠을 자고 있다가보다는 어딘가 깊고 어두운 미로 속을 헤매고 있는 것 같은.

준석은 그렇게 누워 있는 은혜리를 보자, 갑자기 까맣게 잊고 있었던, 어릴 적 그 매미의 촉감이 떠올랐다.

몇 살 때인지는 모르겠다. 어쨌든, 집 마당에 있는 커다란 후박나무에 매미가 거꾸로 매달려 있는 것이 눈에 띄었다. 어린 준석은 종수 형에게 목마를 태워 달라고 졸랐다. 종수 형의 목에 올라 조심조심 숨 죽여 매미를 잡는 순간, 어? 매미가 가벼웠다. 왜 이렇게 가벼워? 매미를 살펴보는데 속이 텅 비어 있었다! 겉모습 그대로 말라버린 매미! 준석은 빨대를 꽂은 거미가 매미를 빨아 먹는 장면이 떠올랐다. 눈물을 터트리고 말았다.

"으앙, 종수 형, 거미가 매미 다 빨아먹어 버렸어."

겉모습은 있지만 속은 텅 비어 있던 그 매미처럼, 육신은 있지만 텅 빈 정신으로 은혜리의 모습은 한 눈에 보기에도 간단한 상황으로 보이진 않았다.

"저는 은혜리의 엄마 되는 강희경입니다."

여자가 자신을 소개했다.

외과과장 강희경.

여자가 입고 있는 병원 가운에 새겨진 이름이었다.

"송파 경찰서 강력계 장준석 형삽니다."

준석은 명함을 주며 말했다.

희경이 명함을 빤히 쳐다봤다.

사람들은 경찰서 강력계라는 명함을 받으면 일단 긴장부터 했다. 하지만 여자에게서는 긴장감이 느껴지지 않았다.

"딸에게 물어볼 말이 있다고 하신 것 같은데 보시다시피 딸이 아픕니다. 그런데 형사님께선 무슨 일로 저의 딸을 찾아오셨습니까?"

"마이클 한이라는 이름을 들어보신 적 있습니까?"

"환자로 물어보시는 겁니까, 딸과 관계된 사람으로 물어보시는 겁니까?"

역시 대형 병원 외과과장은 아무나 되는 게 아니다.

"뭐 어느 쪽이라도 상관없습니다."

희경이 잠깐 생각했다.

"……없습니다."

"직업적으로 하루에도 수십 명을 대하실 텐데, 그 이름을 다 기억하세요?"

"물론 다 기억은 못하겠지요. 하지만 마이클 같은 외국인 이름 정도는 기억할 수 있습니다."

"그럼 이 사진을 좀 봐주시겠습니까?"

준석이 마이클의 사진을 건네주었다.

희경이 사진을 보았다. 준석은 그녀의 표정을 찬찬히 보았지만 이렇다 할 변화가 없었다.

"모르는 사람입니다."

희경의 목소리는 단호했다.

"은혜리 씨가 왜 입원했는지 여쭤 봐도 될까요?"

"그보다 왜 이런 질문을 하시는지 먼저 말씀해 주시는 게 순서 아닐까요?"

차분하고 지적이면서 신뢰감을 주는, 그러면서도 단호한 말투였다.

준석은 아차, 싶었다. 접근 방법이 틀렸다. 이런 말투를 가진 참고인에게는 다짜고짜 들이대서는 안 된다.

"이름은 마이클 한. 나이 23세. 미국 국적을 가진 이 한국인 2세가 실종됐다는 신고가 접수됐습니다. 마이클은 1월 5일, 그러니까 지금으로부터 8일 전, 19시 40분 워싱턴 행 비행기가 예약돼 있었고요. 그런데 비행기도 타지 않았고 이후로 연락도 두절됐습니다. 호텔에선 출국 예정 하루 전에 나가서 들어오지 않았다고 합니다. 그 날 이후 핸드폰도 꺼져 있고요."

희경은 창밖을 바라보며 등 뒤로 준석의 말을 들었다.

"핸드폰 번호로 추적해 본 결과 따님인 은혜리 씨와 가장 통화를 많이 한 것은 물론, 마지막 통화자도 따님 번호였습니다."

"그 마지막이 언제였습니까?"

"1월 4일 22시 37분입니다."

준석은 수첩을 보지 않고도 정확히 말할 수 있었다.

희경은 상황을 정리해 보는 것 같았다.

"병동을 보시고 짐작은 하셨겠지만, 딸은 LSD 중독 치료를 받고 있습니다."

"LSD라면……?"

"흔히들 마약이라고 하죠."

창밖에서 시선을 떼지 않은 채 말했다. 병명을 말하는 톤이 엄마라기보다는 의사로써 말하는 것 같았다.

'저 말투로 죽음을 앞에 두고 한없이 약해진 사람들에게 수술을 할 것인가 말 것인가 결정을 내리게 했겠군. 물론 집도할 자신의 성공 가능성을 충분히 고려하면서.'

준석은 왠지 그녀의 차분함이 차가움으로 느껴졌다.

"따님인 은혜리 씨는 언제 병원에 입원했습니까?"

희경이 돌아서며 대답했다

"6일 입원했습니다."

"어떻게 병원에 입원하게 됐습니까?"

"'어떻게'라뇨?"

희경의 목소리가 날카로웠다. 무슨 말인지 몰라서 묻는다기보다는, 지금 내 딸과 마이클의 실종이 무슨 관계라도 있단 말이냐고 따지는 듯한 뉘앙스였다.

"과장님께서 직접 병원에 데리고 오셨습니까? 아니면 누군가의 신고로 오게 됐습니까?"

그렇다고 물러설 수 없다.

"그런 것까지 대답할 이유는 없다고 봅니다."

단호하다.

"물론 그렇긴 합니다만, 만약 마이클 한의 행방이 계속 드러나지 않는다면, 저희로선 은혜리 씨를 조사할 수밖에 없습니다. 병원도 그렇잖습니까? 환자 가족이 딴죽을 걸면 끝까지 해명해 줘야 하잖아요."

그때 김 간호사가 주사와 주사액이 든 트레이를 들고 들어왔다.

"과장님, 혜리 씨, 주사 투여 시간입니다."

"투여해요."

"제가요?"

김 간호사가 희경을 바라보자 그녀가 고개를 끄덕였다. 김 간호사가 링거액이 떨어지는 선에다 주사액을 투여했다. 준석은 김 간호사와 희경의 대화가 어딘가 이상했다. 아까, 간호사가 '제가요?' 하고 물었다. 그 말은 평소에는 희경이 놓았다는 말인데……의사인 엄마가 딸에게 주사하는 것이야 하등의 이상할 게 없지만, 묘하게 그것이 신경에 거슬렸다.

"지금 투여되는 저 약은 헤로포리돌이라는 마약입니다. 마약을 치료하기 위해선 또 다른 마약을 투여해야 하지요. 강한 것을약하게 희석시켜 결국은 원래의 것을 없애버리는 거지요."

'뭐든 한꺼번에 끊어버리면 금단증상이 일어난다 이거지?'

준석도 희경도 잠시 은혜리를 바라봤다.

저 투명한 액체는 은혜리의 몸 속 곳곳에 배어 있는 약물을 희석시킬 것이다. 하지만 아무리 희석시켜도 완전히 없앨 수는 없다. 원래 있는 것은 있는 것이다.

"마이클 한이라고 했나요? 형사님은 무슨 근거로 그 남자가 실종됐다고 생각하십니까?"

'무슨 근거냐고?'

준석은 잠깐 당황했다. 보통은 형사가 살해됐다고 하면 살해된 것으로, 실종이라고 하면 실종으로 아무 의심 없이 받아들였다. 그런데 왜냐고 묻는다.

"호텔에서 나간 이후 현금 카드 사용 기록이 없습니다."

준석은 솔직히 대답해 주었다. 만만치 않은 상대에게서 뭔가를 이끌어내려면 일단 사실은 사실대로 말해 주는 것이 상책이다.

"신고자인 형의 말로는 그전까지는 한 번도 그런 적이 없었답니다."

"그랬군요……"

희경이 딸의 머리를 쓰다듬었다. 그 동안 미동도 없이 누워 있던 은혜리가 얼굴을 찡그렸다. 살아있긴 하다.

"따님을 병원에 데리고 온 사람은 누구였습니까?"

지금으로선 은혜리가 누구와 어디에 있다가 병원에 실려 왔는지가 관건이다. 혹시 마이클 한과 같이 있었는지도 모른다.

희경은 준석의 집요함에 안 되겠다 싶었는지 대답했다.

"딸은 오피스텔에서 혼자 살고 있습니다. 딸이 병원에 입원하기 전 날, 하루 종일 전화를 받지 않았습니다. 전 급성천공성충수염 수술 환자의 예후를 보느라 자리를 비울 수 없어서 오후 7시경이 되서야 딸의 오피스텔로 갈 수 있었고요. 가봤더니…… 저지경이 돼 있더군요. 일단 집으로 데리고 왔는데, 아무래도 입원시키는 게 좋겠단 생각이 들어 병원으로 데리고 갔습니다."

"이상하군요. 과장님처럼 의사라면 딸을 보면 병원에 입원할 상태인지 아닌지 금방 알아차릴 수 있었을 텐데 굳이 집으로 데리고 가셨습니까?"

희경이 준석을 조용한 눈으로 쳐다봤다.

"의사 딸이 저 지경이 되도록 약을 했다는 것을 알리고 싶지 않았습니다."

뭐, 충분히 그럴 수 있겠다 싶었다.

"그때 따님이 혼자 있었습니까?"

다시 희경이 준석을 조용히 쳐다보더니 쐐기를 박듯이 말했다.

"네. 혼자 있었습니다."

"은혜리 씨의 오피스텔 주소를 물어봐도 되겠습니까?"

준석은 '은혜리'라는 이름에 힘을 주어 말했다.

"만약 실종됐다는 남자와 딸이 연관성이 있다는 것이 밝혀지면 그때 말씀드리죠."

역시 만만치 않다.

그때 희경의 핸드폰이 울렸다.

"알았어."

여자가 전화를 끊으면 말했다.

"수술 스케줄이 잡혀 있어서요."

희경이 병실 문을 잡고 서 있었다.

'빨리 나가라 이거지.'

나가기 전, 준석은 은혜리를 돌아보았다. 마치 '후' 불면 날아가 버릴 종이 인형처럼 저렇게 여려 보이는 스물두 살의 여자가 왜 약을 하게 되었을까? 아니, 부유한 집안의 세상 물정 모르는 스물두 살이기 때문에 약을 했을지도 모른다. 저 지경이면 하루아침

94

에 된 상태는 아닌 것 같은데, 하루에도 수십 명씩 환자를 보는
저 엄마는 자신의 딸이 저 지경이 될 때까지 몰랐을까?

"김 간호사, 여기 아무도 없어요."

준석이 나가자마자 희경의 목소리가 들려왔다.

'이곳에 다시 오지 말아요.'

그 말을 준석은 그렇게 이해했다.

6일, 마이클 한의 실종 추정 이틀 후 새벽, 은혜리가 병원에 입
원했다. 하고 많은 날들 중 하필이면 하루 사이에 남자는 실종되
고, 여자는 약에 취해 병원에 입원했다. 물론 그 둘이 연관성이
있을지 없을지 아직은 모른다. 가장 많은 정보를 얻겠다 싶었던
은혜리는 저렇게 누워 있고, 실종자의 친구란 놈은 횡설수설이나
해대고……. 신고된 신원미상 변사체도 없다. 어디서 사고사 당한
것도 아니고, 세상이 싫어 산으로 들어갈 놈도 아닌 것 같고, 대
체 이놈은 어디에 처박혀 있는 거야?

준석은 현대 세탁소에 다시 전화했다.

"잠실이요?"

세탁소의 위치를 확인한 준석은 의아했다. 호텔에 세탁물을 맡
기지 않고 굳이 세탁소에다 맡겼다는 것도 조금 삐걱거리는데, 세
탁소의 위치가 호텔과는 꽤 거리가 있는 곳이기 때문이다.

세탁소로 찾아가기 위해 막 차를 출발시키려는 순간, 어디선가
응급차가 요란스럽게 사이렌을 울리며 준석의 차 앞에 멈춰 서
는가 싶더니, 흰 가운을 입은 사람들이 우르르 몰려와 재빨리 차
뒷문을 열고 환자를 들것에 싣고 순식간에 사라져버렸다. 그리고
응급차는 또 어딘가를 향해 급히 떠나버렸다. 이 모든 일들이 어

찌나 후다닥 일어나고 사라져버렸는지 정말 눈 깜짝할 순간이란 말이 맞았다.

맞다, 사람들은 저렇게 살기 위해, 살리기 위해 죽을힘을 다한다. 그런데 스물셋인 남자와, 스물둘인 여자는 마약을 했다. 참을 수 없는 고통을 잊기 위해서였을까, 극단적인 희열을 맛보기 위해서였을까? 뭐래도 상관없다. 누군들 외면해 버리고 싶은 순간이 없을까? 누군들 극단적인 희열을 맛보고 싶은 순간이 없을까? 하지만 보통은 고통은 견디고 희열은 갈망하며 그렇게 살아간다. 그렇게 억지로 만들진 않는다.

준석은 정말 이따위 약이나 하는 놈들의 뒤꽁무니나 캐는 일은 정말이지 빨리 종결시켜 버리고 싶었다.

* * *

'장준석 형사라 했나……?' 전화 목소리로 자신이 예측했던 범위에서 크게 벗어나지 않았다. 단지 평균 이상의 외모를 가졌다는 것을 제외하면. 그 정도면 탤런트를 한다 해도 누가 뭐라 하지 않았을 텐데 굳이 남의 뒤나 캐고 다니는 형사를 하는지 알 수 없었다.

희경은 형사와 나눈 대화를 곰곰이 반추해 보았다. 형사의 말로 미루어보아, 남자의 형이 실종 신고를 했고, 그 날 워싱턴으로 갈 예정이었나 보다. 그래, 세탁물을 가지고 왔던 남자가 말했지.

"비행기 시간에 맞춰야 한다더니……"

아아, 마이클 한이라는 그 남자가 그 옷을 입고 워싱턴으로 갔다면 얼마나 좋을까. 그 날 그곳에서 아무 일도 일어나지 않았다면. 그래서 딸도 자신도 그 일이 있기 전으로 되돌아갈 수만 있다면.

하지만 희경은 고개를 저었다.

지금 와서 그런 것을 생각해 봤자 아무 소용 없다. 있었던 일을 없었던 일로 만들 수는 없다. 단지 지금 자신이 해야 하는 것은, 최대한 끝까지, 있었던 일을 아무 일 없었던 것으로 만드는 수밖에.

형사는 딸이 언제 어디에서 병원에 입원했느냐고도 물었다.

그 날 희경은 약 기운에 축 처져 있는 딸을 오피스텔에서 집으로 데리고 왔다. 그리고 병원 응급실에 전화해 응급차를 불렀다. 오피스텔에서 응급차를 부를 수 있었지만 희경은 그렇게 하지 않았다. '만약'을 위해서였다. 그런데 역시, 그 '만약'의 질문을 형사가 했다.

시간이 필요했다. '그 일'을 할 시간의 틈이.

물론 모든 경우의 수를 가정해서 최대한 어긋나지 않도록 철저히 계산하고 행동하긴 했지만 그래도 모르는 것이다. 그래서 자신의 차로 딸을 병원에 데리고 갈 수 있었지만 굳이 응급차를 집으로 부른 것도 집에 있었다는 것을 보여주기 위해서였다.

또 뭐였지?

남자를 실종으로 보는 이유였나? '일주일 동안 현금 카드 사용 내력이 없어서'라고 했다. 그전에 그런 적이 없었다는 설명까지 덧붙이며. 그 정도면 충분히 실종 신고를 낼만 하다.

거기까지는 생각 못했다. 희경은 서랍 속에서 남자의 지갑을 꺼냈다 이 지갑을 어딘가에 슬쩍 떨어트려놓았다면 누군가 주워 신용카드를 사용했을 텐데……. 그러면 수사가 좀 더 늦춰질 수도 있었을 텐데……. 수사가 하루라도 늦춰지면 늦춰질수록 유리했다. 남자를 완전하게 사라지게 할 수 있는 기회가 그만큼 생기기 때문이다.

살아있는 남자건 죽은 남자건 나타나지 않는다면 이 사건은 영원히 미제로 남을 수밖에 없다. 아무리 남자가 백 날 천 날 나타나지 않아 수사한들, 결국은 거기까지이다. 시체가 없는데 무슨 명분으로 타살로 결정짓고 수사를 한단 말인가?

희경이 그 일을 없었던 일을 만들어버리고자 결심했을 때, 결국은 남자의 시체가 관건이란 결론이 내려졌다. 시체를 얼마만큼 완벽하게 없애버리느냐에 따라 자신과 딸의 운명이 달려 있었다. 그래서……. 그렇게 했다. 어떻게 한 번도 겪어보지 못한, 아니 상상조차 하지 못한 상황에서 그런 생각이 떠올랐는지, 지금 생각해 봐도 놀라울 뿐이다.

인간은 뭐든 할 수 있고, 뭐든 될 수 있다. 상황이 주어지면 살인자도 될 수도 있고, 또 시체 유기자도 될 수 있다. 단지 그런 극단적인 상황이 주어지지 않았기 때문에 그럴 수 있다는 사실을 모르고 살아갈 뿐이다.

사진 속의 남자는 아주 건강하고 밝은 청년이었다. 그 사진을 보았을 때, 희경은 처음으로 자신이 얼마나 무서운 일을 저질렀는지 실감되었다. 약을 하고, 섹스 동영상을 찍고, 그러다 발가벗고 죽은 한 남자가 아니라, 이렇게 하얀 이를 드러내며 활짝 웃고 건강한 팔다리로 수영도 하고 테니스도 쳤을 살아있는 남자였던 것이다.

남자의 신용카드.

혹시 이게 어긋남의 시작은 아닐까?

불안했다. 마치 그 불안을 없애려는 듯 희경은, 마이클의 신용카드를 잘게 잘게 가위로 잘라 변기에 넣고 물을 내렸다. 지금 느껴지는 모든 불안도 함께 휩쓸려 내려가 버리기를 바라면서 희경은 신용카드가 휩쓸려 사라진 자리를 오랫동안 바라봤다.

6 모든 주검은 여백을 남긴다

"마이클 한이요? 저희야 고객의 이름까지는 잘 모르죠. 다 주소로만 말해요."

"5일 이곳과 통화한 기록이 있습니다."

"김 군아, 배달 전표 가지고 와 봐라."

김 군이 배달 전표를 갖고 왔다. 준석은 마이클의 전화전호와 일치한 전표를 찾아내, 보여주자 주인이 금방 기억해 냈다.

"아, 이 옷, 기억해요. 위아래 모두 최고의 고가품 남자 옷이었죠."

준석이 전표를 보니 가죽 재킷과 청바지, 티셔츠, 팬티였다. 고가품 남자 옷이라면 마이클 것일 확률이 높고, 또 적어도 1월 5일에는 이곳에 있었다는 말이 된다.

"팬티까지 세탁을 맡깁니까?"

"이 동네는 오피스텔이 많아 속옷까지 맡기는 경우가 꽤 있어요."

아이빌 오피스텔 909호.

마이클의 거처는 아닐 테고 또 다른 누군가가 있었다는 말인데.

'5, 2, 꼭!' 이라는 메모.

"이건 뭡니까?"

"5일 2시까지 반드시 갖다 달라는 시간 약속이죠."

됐다, 마이클이 5일 2시까지는 이곳에 있을 예정이었다.

"그래서 갖다 주었습니까?"

"아, 그게 진짜 짱 났어요." 김 군이 끼어들었다. "두 번이나 갔었는데 전화도 안 받고 집에도 없고……"

"그래서 못 주었나?"

"아니, 주긴 줬어요."

"몇 시에?"

"한 7시 30분쯤 되었나?"

"남자가 직접 받았어?"

"아뇨. 어떤 아줌마가 받던데요?"

아줌마?

"어떤 아줌마?"

김 군이 눈을 끔벅거렸다. 준석의 질문을 정확히 이해하지 못한 것 같았다.

"글쎄요, 파출부나 뭐 그런 아줌마 같진 않고요……. 나이는 4, 50대 정도? 아, 생각났다. 그 아줌마요 파란색 정장을 입고 있었어요."

정장? 자기 집이 아니거나 혹은 밖에서 금방 들어왔다는 소리다.

"제가요, 옷 하나는 기가 막히게 기억하거든요. 직업병인 거죠, 뭐,"

그러곤 히히 웃었다.

4, 50대에, 파란색 정장 차림이라……. 그때 준석의 머릿속에 문득 희경의 모습이 떠올랐다. 바로 핸드폰으로 희경이 근무하는 병원 사이트에 접속했다. 그리고 의료진 사이트에 뜬 희경의 사진을 김 군에게 보여줬다.

"아, 맞아요, 이 아줌마예요."

'맞다고?'

"확실해?"

준석이 묻고 싶은 말을 주인이 먼저 물어주었다.

"하늘에 대고 맹세해요."

준석은 가슴이 뛰기 시작했다. 마음이 급했다.

"옷을 맡긴 사람은 남자였습니까? 영어로 말했을 겁니다."

마이클은 한국말을 못한다고 했다.

"남자였는지 여자였는지 잘 모르겠지만, 영어로 주문 받은 기억은 없는데요."

주인이 고개를 갸웃하며 대답했다.

"옷을 가지러 갔을 땐 누나가 줬어요."

김 군이 또 끼어들었다.

"누나?"

102

"그 누나 무지 예뻤어요."

"남자는 없었어?"

"보지는 못했고요, 목소리만 들렸어요. 둘이 막 영어로 말하던데요."

영어로 말했다면 마이클이 틀림없다.

"그 누나는 몇 살쯤 돼 보였지?"

"절대로 스물다섯은 안 넘었어요. 장담할 수 있어요."

은혜리가 틀림없다!

"그때가 몇 시였지?"

"오전 10시쯤 됐나?"

오전 10시라면 전날부터 오피스텔에 있었을 수도 있다. 아침부터 남의 집에 와 팬티를 벗어 세탁소에 맡기진 않을 테니까. 수사란 조각 퍼즐 맞추기와 같다. 사건의 시간과 동선과 알리바이를 가지고 맞추는 것이다. 틈과 틈 사이는 추측과 상상과 관찰로 메우면서.

마음이 급했다. 뭔가 있다. 진짜로 있다.

준석은 오피스텔로 가는 발걸음만큼이나 머릿속에서 여러 가지 상황들이 재빠르게 꿰 맞춰졌다.

아이빌 오피스텔 909호에서 옷을 준 예쁜 누나는 은혜리였을 것이다.

은혜리가 세탁소에 전화를 한다. 이때 천만다행으로 마이클의 핸드폰을 사용했다. 만약 은혜리 본인의 것을 사용했다면 이렇게 금방 드러나지 않았을 것이다.

김 군이 은혜리에게 세탁물을 받아간다. 김 군은 남자의 모습은 보지 못했지만 목소리는 들었다고 했다. 둘이 영어로 말을 했다. 이것 역시 그 둘에게 고마워해야 할 부분이다. 마이클이 있었다는 정황이 되기 때문이다.

오후에 두 번이나 집을 찾아갔지만 아무도 없었다. 그리고 7시 30분쯤, 김 군은 옷을 배달할 수 있었다. 이때 옷을 받은 사람은 강희경이다. 그녀가 은혜리의 오피스텔에 7시쯤에 도착했다고 했으니까 시간은 맞다.

그 시간 마이클과 은혜리가 오피스텔에 있었을까? 만약 있었다면 희경은 마이클을 안다. 처음 만났다면 이름까지는 모르더라도 어쨌든 남자를 아는 거다. 하지만 그녀는 마이클의 사진을 보고서도 모른다고 했다. 이게 아주 중요한 포인트다. 만약 마이클이 집에 있었는데 희경이 모른다고 했다면, '뭔가'가 있다는 것이다.

만약 그 둘이 집에 없었다면? 희경은 남자 옷을 받게 되고, 그 옷이 누구 것인지 궁금해 하지 않았을까?

희경이 오피스텔에 도착했을 때 은혜리는 이미 약에 취해 있었다고 했다. 약에 취해 있는 딸……, 팬티까지 배달된 남자 옷……, 짐작되는 상황이다.

마이클은 2시까지 세탁소에서 배달된 옷을 입고, 호텔에 들러 비행기 표와 짐 가방을 들고 비행기 시간에 맞춰 떠날 예정이었다. 마이클의 형 조셉은 비행기 시간 십 분 전인 7시 30분까지도 마이클이 전화를 안 받았다고 했다. 7시에 은혜리가 혼자 있었다는 희경의 말이 맞다면 마이클은 이미 오피스텔을 떠났다는 말이다. 2시까지 옷을 갖다 달라고 해 놓고, 옷도 받지 않은 채 떠나버렸다? 만약 그랬다면 마이클의 옷은 오피스텔에 남아 있어야 한다. 물론 워싱턴으로 떠나지 않은 마이클이 나중에라도 옷을 가지러 왔을 수도 있지만. 어쨌든 2시 이전에 그곳을 떠났다면 적어도 오피스텔에는 마이클의 다른 옷이 있었다는 말이 된다. 여벌의 옷을 둘 정도라면…… 마이클과 은혜리는 보통 이상의 관계일 것이다.

관건은 희경이 오피스텔에 도착했을 때 마이클 한이 그곳에 있었느냐 없었느냐이다.

그것은 CCTV가 말해 줄 것이다.

우선 아이빌 오피스텔 909호가 은혜리의 오피스텔이 맞는지 확인부터 해야 했다.

"입주자 성함이요? 규칙상 말씀드릴 수 없습니다."

준석은 딱 잘라 말하는 관리인에게 신분증을 보여주었다. 관리인은 의심스런 눈초리로 준석과 신분증 속의 사진을 번갈아 보더니 퉁명하게 말했다.

"은혜리 씨로 되어 있는데요."

'빙고!' 그럴 줄 알았다.

당장이라도 쫓아 올라가 집 안을 샅샅이 뒤져보고 싶다는 아쉬움을 간신히 누른 채, 준석은 마이클의 사진을 보여주었다.

"은혜리 씨에게 이 사람이 자주 찾아왔죠?"

관리인은 사진을 흘낏 보더니 무뚝뚝하게 말했다.

"저희는 입주자님들의 개인 생활에 대해선 전혀 모릅니다."

여기저기서 다들 개인의 프라이버시는 지켜준다고 난리다.

지금 마이클이 어디 있는지 모르겠지만 적어도 5일 오전 10시에는 어디 있었는지는 알아냈다.

준석은 다시 희경의 병원을 향해 차를 몰았다. 처음엔 그저 참고인 조사차 은혜리를 만나러 갔다면 지금은 뭔가의 '혐의'를 가지고 간다. 지금으로선 그 혐의는 은혜리보다는 강희경 쪽으로 더 쏠렸다. 일주일째 실종된 남자를 마지막으로 만났을 수도 있는 사람이다.

희경은 수술 스케줄이 있다고 했다. 준석은 외과병동의 수술 목록을 훑어보았다.

집도의 강희경.

있다. 지금 수술 중이다. 이 병원은 수술하는 장면을 갤러리에서 가족이나 의사들에게 공개했다. 밖에서 희경이 끝내고 나오길 기다리느니 직접 보고 싶었다. 준석은 가족도 아닌지라 밖에서 서성이고 있을 때, 갤러리 안에서 남자가 나오더니 흐느끼며 벽을 사정없이 쳤다. 차마 들어가지 못하고 밖에서 초조해 하고 있던 중년의 여자가 그런 남자를 막으며 같이 울었다.

"자네라도 정신을 차려야지, 민지 어미가…… 아이고 민지야. 내 새끼 불쌍해서 어쩔거나……"

남자를 말리던 중년의 여자가 더 큰 소리로 울었다. 벽만을 치던 남자가 감정을 조금 추스르더니 다시 안으로 들어갔다. 준석은 남자를 호위하듯 바짝 붙어 따라 들어갔다. 그렇게 들어오는 준석을 아무도 신경 쓰지 않았다.

베란다에서 아래를 내려다보듯 갤러리 유리를 통해 보이는 곳에서는 수술이 한창이었다. 큰 수술인 듯, 의사 세 명에 간호사가 다섯 명이나 되었다. 모두 똑같은 옷을 입고 있었지만 준석은 희경을 금방 가려낼 수 있었다. 환자는 오른쪽 다리를 내놓은 채 하얀 천에 덮여 있었다. 다리를 보아하니 성인 여자 다리였다. 그 때 희경의 옆에 있던 의사가 전기톱을 작동시켰다.

"위이잉" 하고 전기톱이 돌았다. 저것으로 설마 다리를 절단?

의사가 전기톱을 남자의 무릎 위에 갖다 댔다.

"윙" 소리. 곧이어 들리는 "빠지직, 빠지직."

마치 정육점에서 전기톱으로 뼈를 자를 때처럼 뼈가 잘려나가는 소리.

좀전의 남자가 참다못해 다시 뛰쳐나가고, 뒤이어 형을 부르며 동생이 따라 나갔다. 강력계 형사 3년차로서 나름대로 시체를 봐오긴 했지만, 준석 역시 살아있는 사람의 뼈와 살이 잘리는 소리에는 인상이 저절로 써졌다. 절대 익숙해지기 힘든 소리였다.

의사가 여자의 절단된 다리를 옆에 있는 희경에게 건네주자, 그녀는 방금 절단된 부위를 자세히 살펴보았다. 위에서 보기에도 노르스름한 뼈가 보였다. 희경은 그 뼈에 손가락을 대고 표면을 살펴보았다. 그리고 잘되었다는 듯 고개를 끄덕였다. 순간 고글 사이로 언뜻 보이는 희경의 눈빛, '어디서 봤더라? 어디선가 분명히 본 적이 있는데……' 아주 강하고 집요하고 본질을 꿰뚫는 듯한 저 눈빛, 어디서 봤는지는 기억이 나지 않지만 피하고 싶은 눈빛인 것만은 틀림없다.

그런 준석의 느낌이 전해졌을까. 희경이 갤러리를 올려다보았다. 순간, 준석과 희경의 눈이 마주쳤다.

'당신이 여길 왜……?'

그녀의 눈이 그렇게 묻고 있었다.

희경이 수술실에서 나오자마자 가족들이 우르르 몰려가 환자의 상태를 물었다. 희경이 간략하게 상황을 설명했다.

준석은 조금 떨어져 그런 그녀의 모습을 봤다. 아무리 수술이라지만 사람 다리를 주무르는 그녀를 봐서인지 걸어오는 희경을 보자 준석은 괜히 목이 타는 것 같았다.

"아주 놀랍고 멋지고 충격적이었습니다."

왜일까? 자신도 모르게 비꼬아졌다. 그러거나 말거나 희경은 준석으로 쳐다보지도, 걸음을 멈추지도 않았다.

"과장님, 외과의사의 아드레날린과 살인자의 아드레날린 분비량은 같다는 말을 들어 보신 적 있습니까?"

"놀랍고 멋지고 충격적이라 하셨나요? 형사님에겐 그 장면이 그렇게 보일지 모르지만, 전 지금 아주 피곤하답니다. 아무리 잘라내야 할 다리라도 말이죠, 사람 다리를 자르고 봉합하는 것은 쉬운 일이 아니거든요. 그럼."

희경이 가볍게 고개 숙여 인사하고 준석을 지나쳐갔다.

"그날, 과장님은 7시경에 따님의 오피스텔이 가셨습니다. 그리고 30분 후쯤에 세탁물을 받으셨습니다."

잠깐, 멈칫하는 듯했다.

"가죽 재킷과 청바지, 티셔츠와 팬티, 남자의 옷이었죠."

준석은 그녀의 등 뒤에 대고 계속 말했다. 희경이 걸음을 멈추었다. 하지만 뒤돌아보지는 않았다.

"그 옷은 과장님이 이름조차 들어 본 적이 없다 하셨던, 마이클 한의 것이었습니다."

"앞으로 저를 만나시고 싶으면 공식 절차를 밟아주세요."

희경이 뒤돌아 서서 준석을 빤히 보며 말했다.

"아까 외과의사와 살인자의 아드레날린 분비량이 같다고 하셨던가요. 만약 그렇다면, 본질은 같지만 그것을 해소하는 방법이 다르다는 말이겠군요."

자신을 바라보는 저 눈빛, 이제야 생각났다.

그것은 마치 준석의 아버지가 꽃꽂이를 하기 위해 꽃을 가위로 자르고, 그 잘린 표면을 찬찬히 보는 눈빛과 흡사했다. 원하는 곳은 잘 잘랐는지, 표면은 매끄러운지, 연민과 강박이 혼재된 그것과 닮아 있었다.

밤 10시가 넘었다.

준석은 희경을 다시 만나고, 그녀의 눈빛이 아버지의 그것과 흡사하다는 것을 느낀 순간, 당장 무조건 오피스텔을 조사해 보고 싶어졌다.

내일 오피스텔 압수 수색 영장을 발부 받을 때까지 기다리고 있을 수가 없다.

다시 오피스텔을 향해 차를 몰았다.

'지금 떠납니다. 조금이라도 단서를 찾으시면 연락주시기 바랍니다.'

가는 도중에 받은 조셉 한으로부터 온 문자.

동생을 쓰레기라고 부르면서도 동생이니까 찾는다는 형과 동생 관계. 형제가 없는 준석은 그 갈피갈피의 애증까지는 잘 알 수 없지만, 처음으로 자신도 형이나 동생이 있었으면 그런대로 괜찮았겠다는 생각이 잠깐 들었다.

* * *

어떻게 알았을까? 예상은 하고 있었다. 아이빌 오피스텔도, 세탁소도 그리고 마이클 한의 옷을 자신이 받았다는 것도 모두 알아 낼 거라 생각했었다. 하지만 이렇게 빨리 올 줄은 몰랐다. 모든 일이 너무 빠르게 밝혀진다.

아직 가장 결정적인 일을 처리하지 못했는데…… 만약 그 일을 하기 전에 사건이 드러나 버린다면? 아니, 그럴 순 없다. 그래서 안 된다. 절대로.

그러기 전에. 그렇게 되기 전에 자신이 할 수 있는 일을 해야 한다.

희경은 여전히 창백한 모습으로 누워 있는 딸 혜리를 보았다.

그때 김 간호사가 헤로폴리돌과 주사기를 가지고 왔다.

"과장님, 혜리 씨 주사 투여 시간입니다."

김 간호사가 희경에게 트레이를 주었다.

희경이 체온기를 꺼내는 것을 보고 김 간호사가 나갔다.

김 간호사가 나간 후, 희경은 주머니에서 주사기와 '다른' 용액을 꺼냈다. 그리고 주사기에 그 용액을 집어넣었다. LSD다.

딸은 당분간은 약에서 회복돼서는 안 된다. 약에서 깨어나면 저 안 깊숙이 묻어버렸던 끔찍한 기억이 떠오를 것이고, 자신이 마이클을 죽였다고 자백이라도 하는 날엔 끝이다.

만약, 정말로 그런 일이 있어서는 안 되지만 그래도 만약에, 딸이 살인을 저질렀다고 자백한다 해도 단지 망상일 뿐이라고 주장할 수 있어야 한다. 그러기 위해서는 뒷받침해 줄 수 있을 LSD 수치가 나와야 한다.

희경은 혜리에게 LSD를 주사했다.

이건 딸의 인생에 열쇠가 될 것이다. 열쇠란 열기 위해서만 존재하지 않는다. 잠그기 위해서도 존재한다.

혜리의 담당의인 닥터 최가 이상하게 수치가 낮아지지 않는다며 고개를 갸웃거리는 것도 무리가 아니다. 그리고 미안해 할 필요 없다. 자신은 딸이 회복되는 것을 바라지 않으니까.

희경은 헤로포리돌 용액이 든 주사기를 눌렀다. 용액이 어린아이의 오줌발처럼 위로 솟구쳐 올랐다. 그러자 마치 기다렸다는 듯이 그 오줌발만큼이나 가느다란 기억 하나가 따라서 솟구쳤다.

언젠가 이것과 똑같은 장면을 본 듯한 기시감.

'어디서 봤더라?'

갑자기 명치 끝이 막힌다. 바늘로 콕콕 찌르듯 숨을 쉴 수 없을 정도로 따끔거린다.

'헉.'

희경은 그대로 주저앉고 말았다.

기억 하나가, 저 멀리 희미했던 기억 하나가 점점 다가온다……. 잊고 있었다고 생각했는데, 정말이지 이제는 까맣게 잊었다고 생각했는데……. 정신은 잊고 있었지만 몸은 잊고 있지 않았을까? 무서운 영화를 볼 때 무서운 장면이 나오기도 전에 몸이 먼저 오그라드는 것처럼, 기억은 가물가물한데, 그렇게 몸이 먼저 반응하는.

'괜찮아……. 그건 진실이었어……. 넌 너 자신을 용서 했잖아……. 이제와 다시 떠올릴 필요 없어…….'

하지만 여전히 따끔거리는 명치. 일어설 수가 없다.

그때 갑자기 혜리가 눈을 번쩍 떴다. 그러고는 벌떡 일어나 앉았다.

"혜리야……?"

'어디지?'

자신이 어디에 있는지 알아내려는 듯 주위를 두리번거렸다.

'엄마?'

눈 속에 희경이 들어 있다. 엄마를 알아보았을까? 그러나 그것도 잠시.

혜리의 눈은 점점 공포로 가득 찼다. 마치 자신의 눈에만 보이는 어떤 장면을 보듯이, 잊고 있었던 어떤 것을 기억하듯이.

"아악!"

혜리가 갑자기 소리를 지르기 시작하더니 얼굴을 가리고 흐느끼기 시작했다.

"마이클 죽지 마, 죽지 마. 내가 잘못했어."

아무리 강한 마약으로도 지울 수 없는 기억이 있다. 영원히 오지 않았으면 했던 순간이 왔다. 귀를 막고 눈을 막고 입을 막고 싶은 순간이 왔다.

"혜리야, 엄마 말 잘 들어. 지금부터 엄마가 하는 말을 똑똑히 들어."

소용 없었다.

"하라는 대로 다 할게. 죽지만 마……. 아악!"

아직 약에 취해 있는 혜리를 힘으로 당할 수 없었다. 어디서 그런 힘이 솟아나는지 말리는 희경을 밀치고 링거 병을 던져 산산

조각 내어 버렸다.

　그때 김 간호사가 급히 들어왔다.

　"과장님. 왜 그래요? 무슨 일이에요?"

　"괜찮아, 나가 있어."

　"최 과장님 호출할게요."

　"그럴 필요 없어."

　"조금만 기다리세요, 제가 빨리……"

　"그럴 필요 없다니까!"

　나가려던 김 간호사가 놀라 돌아봤다.

　"괜찮아, 내가 알아서 할게. 김 간호사는 나가 있어."

　김 간호사가 머뭇거리다가 나갔다.

　"혜리야, 지금부터 엄마 말 잘 들어, 넌 아무 짓도 안 했어, 아무 일도 일어나지 않은 거야. 넌, 단지 꿈, 그래 꿈을 꿨을 뿐이야. 그건 꿈이었어. 알았니? 실제론 아무 일도 일어나지 않았어."

　혜리가 희경에게 애써 초점을 맞추었다.

　"엄마?"

　"그래."

　"진짜 엄마 맞아……?"

　"엄마 말 이해했지?"

　"아악!"

　혜리가 다시 소리를 지르더니 희경을 힘껏 밀어버렸다.

　"나가, 싫어, 보기 싫어, 나가란 말이야!"

　"찰싹!"

　희경은 딸의 뺨을 세게 때렸다.

'넌 정말 이 엄마가 그렇게도 싫니? 대체 내가 너에게 잘못한 게 뭐니?'

갑자기 뺨을 맞은 혜리가 멍하니 희경을 쳐다봤다.

"찰싹!"

희경은 다시 한 번 딸의 뺨을 때렸다.

"잊지 마, 넌 악몽을 꾸었을 뿐이야."

희경은 숨을 깊게 들이 쉬었다가 천천히 내뱉었다.

'강희경 정신 차려! 지금 네 감정은 중요하지 않아. 아니, 네 감정 따위 없어. 딸이 지금까지 널 어떻게 여겼던, 그리고 앞으로 어떻게 여기든 그런 것은 중요하지 않아. 넌 그저 저 아이의 삶을 지키기 위해서라면 무슨 짓이든 해야 하는 거야. 단지 그것만을 생각해야 해.'

혜리가 덜덜 떨었다. 오한이 났을 때처럼 온 몸을 떨며, 이까지 딱딱 마주쳤다. 멍하게 뜬 눈에선 하염없이 눈물이 흘러내렸다.

지금 딸 혜리는 극단적으로 혼란스러울 것이다. 머릿속에 떠오르는 장면이 진짜인지 아닌지, 둔탁한 볼링공의 촉감이 실제인지 아닌지, 피 속에 쓰러져 있던 남자가 실제인지 환영인지 분간이 안 갈 것이다.

"추워……."

지금 딸의 눈에는 무엇이 보일까?

희경은 딸을 안아 주었다.

희경의 몸까지 떨릴 정도로 혜리의 몸은 떨렸다.

지금 딸 혜리는 자신이 상상할 수 없는 끔찍한 공포와 싸우고 있다.

114

혼란스러운 기억 때문에 두렵고 무섭기도 하겠지만, LSD는 공포를 더 두렵게 만든다. 그 공포가 얼마큼인지 보통 사람은 짐작조차 할 수 없다. 어떤 중독자는 굵은 가시가 가득 박힌 선인장으로 자신의 몸을 마구 긁어대기도 하고, 또 다른 중독자는 유리를 박살내 그 유리조각에 맨몸을 비벼대기도 했다. 차라리 육체를 고통스럽게 함으로써 정신적인 공포를 잊어버리려는 것이다.

공포는 사람을 비이성적으로 만든다.

비이성적인 사람은 무엇이든 할 수 있다.

이 아이를 지켜주기 위해서라면 무엇이든 할 수 있다.

'혜리야 안 돼. 헝클어진 실의 끝을 찾아선 안 돼.'

희경은 지금까진 세상에 그 어떤 관계에 있어서도 다른 사람의 십자가는 대신 질 수 없다고 생각했다. 아무리 부모와 자식간이라 한들, 대신 살 수도, 대신 죽어 줄 수도 없다. 신 앞에 섰을 때 결국은 단독자가 될 수밖에 없다고 믿었다.

그런데…… 딸이 이렇게 자신의 품 안에서 떨고 있다. 희경은 이제야 알 수 있었다.

세상에 다 끊어도 끊을 수 없는 것이 있다. 그것은 탯줄이다.

그 누구도 다른 사람을 위해 대신 살 수도, 대신 죽을 수도 없다. 하지만 자식을 위해서라면 어미는 대신 죄는 짊어질 수 있다. 진실을 외면해 버릴 수도 있다. 진실을 거짓이라 우길 수 있다. 비록 그것이 어미 자신은 파멸로 이끌지언정, 그럴 수 있다. 그래야 한다.

여기서 뒤돌아보면 안 된다. 뒤돌아보면, 돌이 된다.

이미 화살은 시위를 떠났다.

어미가 딸을 위해 선택한 화살이다.

7 사라진 시체

준석은 강력계 형사 생활 3년여 동안 수없이 많은 집을 급습했다. 주로 잡범을 취급하다 보니 때로는 문을 때려 부수고 쳐들어가기도 했고, 때로는 담을 넘어 들어가기도 했다. 드물긴 하지만, 지금 이곳 은혜리의 집처럼, 당장 조사하지 않으면 큰일 날 것처럼 관리인을 반 설득하고 반은 협박해 들어 간 적도 있었다. 하지만 어떻게 들어가든, 지금처럼 깔끔한 실내는 처음이었다. 뭐랄까. 거실은 사람 냄새가 나지 않았다. 마치 인테리어 잡지 속에서나 나올 듯한, 생활이 묻어 있지 않은, 누구에겐가 보여주기 위한 것 같은. 스물두 살에 혼자 사는 다른 여자의 집을 들어 가 보지 않아 비교는 못해 보겠지만, 어쨌든 지나치게 깔끔했다. 그런 곳에 멀뚱히 서 있자니 머릿속엔 이런 광고가 떠올랐다.

지저분한 집이 있다. 통째를 삶아 소독하고 싶다. 집을 번쩍 들어 스팀기에 넣어버린다.

이 집이 그렇다. 집 전체를 소독해 버린 것 같다.

"흥."

준석은 콧방귀가 껴졌다. 마치 이곳에 들어오면, 당장이라도 마이클이 어디 있는지 단서라도 잡을 듯, 하다못해 마이클이 여기 있었다는 꼬투리라도 찾아 낼 듯 의기양양했던 자신이 우스웠다.

그러나 안방 문을 열고, 불을 켠 순간, "으악!" 준석은 자신도 모르게 비명을 질렀다.

믿을 수 없는 광경.

침대 위 시트에 가득 번진 피…… 벽에 방사형으로 흩뿌려진 핏자국…… 뒹굴고 있는 피 묻은 실내화…… 열려진 장롱 문…….

선뜻 방으로 들어서지지가 않았다. 강력계 형사 교육을 받을 때 슬라이드로, 사진으로 수없이 봤던 범죄 현장. 일반인에게 공개되지 않은 그 현장은 상상보다 훨씬 끔찍하고 잔인했었다. 하지만 지금 눈앞에 있는 핏자국에 비하면 그건 새 발의 피다. 덜덜 떨렸다.

이건 범행 현장이다!

직접 보는 범행 현장은 그야말로 머리카락이 쭈뼛 서며 등 뒤가 서늘해졌다.

이제 어떻게 해야 하지?

신고를 해야 하나? 아니, 자신이 강력계 형사인데 누구한테?

잠깐, 그런데 이상 한 것이 있다. 뭐지? 맞다, 사람이 없다! 침대 시트 위에 넓게 퍼진 핏자국과 벽에 방사형 핏자국은 있는데 사람이 없다! 이건 누가 봐도 범행 현장이다. 그런데 사람이 없다니 어디로 갔단 말인가? 누군가 다쳤을까? 그래서 피를 흘렸을까? 그렇다면 저 벽에 묻어 있는 핏자국은 뭐란 말인가? 이리저리 생각해 봐도 이건 범행 현장이고, 누군가 다쳤다면 아주 심하게 다쳤을 것이고, 아니면 죽었다! 저 피는 마이클의 것일까? 샘플을 채취해 검사해 보면 내일이라도 밝혀낼 수 있다. 만약 마이클 것으로 판명난다면 이건 단순한 실종 사건이 아니다.

준석은 최 반장에게 전화를 했다.

"장준석, 수색 영장은 발부 받아 들어 간 거야?"

무슨 말인지 안다. 수색 영장 없이 남의 집에 들어 간 것은 아무리 형사라도 무단 침입 죄가 된다.

"그게, 저……"

"지금까지 넌 거기에 없었던 거다, 알았어?"

"알겠습니다."

"금방 갈 테니까 아무것도 손대지 말고 있어."

제기랄, 떽떽거리기는. 실종 신고 하루 만에 범행 현장까지 찾아낸 게 누군데. 이번에야 말로 본때를 보여줘야겠다. 하지만 최 반장이 그렇게 말한 이유는 충분히 이해가 간다.

법은 점점 피해자 편이 아니라 가해자 편이 되어간다. 아무리 형사가 수사를 위해 들어 왔다 치더라도 수색 영장 없이 발견한 증거물은 증거물로 효력을 발휘하지 못할 수도 있다. 그 이전에 무단 가택 침입죄가 성립되기 때문이다.

범인을 잡자는 것인지 말자는 것인지 정말 지랄 맞다.

최 반장이 수색 영장을 갖고 올 것이고, 준석은 그가 도착하기 전에 나름대로 수사를 시작했다.

이곳저곳을 유심히 살펴보는데, 이상한 것은 방 안에서 모든 일이 벌어진 듯, 거실이나 복도에는 핏자국이 없었다. 목욕탕에도 없다. 물론 루미놀 검사를 해보겠지만, 일단 육안으로는 오로지 방 안에만 있다. 방만 뺀다면 이렇다 할 범행의 흔적 같은 것이 보이지 않았다. 깔끔하게 정리된 집, 싱크대에 씻지 않은 컵 하나 없다.

마이클의 옷을 찾아봤다. 보이지 않는다. 옷이 없다는 것은 그가 입었거나, 누군가 없애버렸거나 둘 중에 하나일 테고.

옷장 속에 가지런히 걸려 있는 아르마니 블랙라벨 정장, 샤넬 재킷에 에르메스 니트, 색깔별로 주르르 걸려 있다. 모두 은혜리 옷이겠지. 남자 옷은 보이지 않았다. 그리고 사이드 테이블에 놓여 있는 여성용 세이코 시계.

세이코 시계라······.

'그래, 나도 이것과 똑같은 시계가 있었지.'

준석이 집을 나올 때 가장 망설였던 것도 그 시계다. 다른 건 다 미련 없이 두고 나오겠는데, 그 시계만은 망설여졌다.

고등학교 입학 때 엄마가 준 마지막 선물. 결국은 두고 나왔다. 아버지 집에서 그 아무것도 갖고 나오고 싶지 않았다. 할 수만 있다면 아버지의 아들이라는 것마저도 두고 나오고 싶었으니까.

어쨌든, 옷이고 구두고 백이고 스물두 살 여자가 갖고 있기엔 지나치게 호사스럽다. 부자 부모를 둔 덕분이니 모든 것을 명품으로 채운다고 해도 나쁠 것은 없다. 하지만 꼭 좋은 것만도 아니다. 신경정신병원에는 상대적으로 부유층 환자가 많다고 하지 않던가. 노력 없이도 뭐든 소유 할 수 있다는 것은 진짜 욕망을 박탈

해 버린다. 욕망이 없는 인간은 무기력하다. 무기력은 인간을 한없이 약하고 초라한 존재로 전락해 버리게 한다.

강남의 요지에 자리 잡은 이 아이빌 오피스텔 주인 은혜리는 아르마니 블랙라벨 옷을 입고 세이코 시계를 차고 발리 구두를 신고, 그리고 마약을 했다. 너무나 방음이 잘 돼 있어 현실감조차 느껴지지 않은 이 진공 속 같은 집에서, 현실을 도피한 채 무기력한 인간이 되어 버린 것이다.

그리고 너무나 무기력한 나머지 '뭔가'를 저질렀다.

대체 이곳에서 무슨 일이 있었던 걸까?

그 여자, 강희경은 딸의 오피스텔 안방에서 무슨 일이 벌어진 것을 알고 있을까? 만약 알고 있다면 이 일과는 무관한 걸까? 아니, 이곳을 이렇게 방치했다는 것은 모르고 있었을 수도 있다. 희경이 은혜리가 이 집을 나간 후에 마이클이 이곳에 온다⋯⋯. 그리고 '무슨일'을 당한다⋯⋯, 그럴 수도 있지 않았을까?

어쨌든 지금으로써 가장 관건은 이 피가 마이클 것이냐 하는 것이다.

워싱턴의 시간이 몇 시인지 모르겠지만, 준석은 조셉 한에게 전화를 했다. 가장 기본 적인 것을 알아 둘 필요가 있다. 사실 저 피를 검사해 봐도 마이클의 것인지 아닌지 대조해 볼 수가 없다. 정작 마이클이 없으니 말이다.

"네, 장준석 형사님."

미국에서도 즉각 받았다. 이 남자는 전화를 옆에 끼고 사는 모양이다.

"마이클의 혈액형이 어떻게 됩니까?"

"무슨 단서가 잡혔습니까?"

"아직 말할 단계는 아니고 미리 알아둘까 해서요."

"cis -AB형입니다."

'cis -AB형! 앗싸. 운은 내 편이야!'

cis -AB는 말하자면 AB형이면서 진짜 AB형이 아니다. 그러니까 A형과 O형의 부모에게서 태어난, 짝퉁이다. 부모의 혈액형 조합에서 나올 수 없는 혈액형을 지녀 아내가 바람을 피워 태어난 아이로 오해하기에 딱 좋은. 뭐, 신의 장난이라 할 수밖에 없는 혈액형이다.

"마이클의 머리카락이나 칫솔을 찾아 유전자 검사를 의뢰하겠습니다. 만약 없으면 제 것이라도 해서 내일 이메일로 보내드리겠습니다. 또 필요하신 것 없습니까?"

어쨌든 머리는 기가 막히게 잘 돌아간다. 누군지는 모르겠지만 조셉 한의 상사는 일 처리 하나는 기가 막히게 빠른 부하 직원을 두고 있다.

"일단은 없습니다."

"저…… 혹시 훼손된 시체가 발견되었습니까? 그러니까 얼굴을 알아볼 수 없다거나……"

"아닙니다."

"다행이군요. 언제든지 좋습니다. 필요하신 것 있으시면 즉각 연락주세요."

"그렇게 하죠."

그러겠다는 말은 진심이었다.

"아, 잠깐만요. 마이클은 선천성 심장질환을 앓고 있습니다."

"심장질환이요?"

"만약, 혈액 검사를 한다면, 약 성분이 나올 겁니다. 녀석이 빼먹지 않고 복용하고 있었다면요."

이런 게 금상첨화가 아니면 뭐가 금상첨화이겠는가. cis -AB혈액형에 심장질환까지 앓고 있는 혈액 성분이 나올 확률은 그야말로 하늘에 별 따기, 아니, 하늘에 별 붙이기 정도 될까?

"휘익."

준석은 그럴 상황이 아닌데도 불구하고, 휘파람까지 나왔다.

준석이 전화를 끊자마자 최 반장과 고 형사가 들어왔다. 압수수색 영장을 들고 문을 열어주는 관리인이 그런 당신은 누구냐는 듯 의아한 눈길을 보였지만, 준석은 모른 척했다. 최 반장은 안방 여기저기를 꼼꼼히 살펴보았다.

"틀림없이 마이클 한이 이곳에서 당했습니다."

"장준석, 이제 그만 이 사건에서 손 떼."

"이건 단순한 실종 사건이 아닙니다. 지금 손 떼면 안 됩니다."

"떼라면 떼!"

"이건 살인사건입니다. 반장님도 벌써 감 잡으셨잖아요."

"고 형사."

"네?"

갑자기 이름이 불린 고 형사가 깜짝 놀랐다.

"이 사건, 고 형사가 맡아."

"네?"

고 형사가 최 반장과 준석의 눈치를 슬금슬금 봤다.

"반장님?"

"장준석, 이런 사건은 너한테 안 어울려."

"왜요? 왜입니까?"

"네 아버진 많은 사람을 죽였어. 그것도 손에 피 한 방울 묻히지 않고. 살인자 자식은 살인자를 잡을 수 없어."

또 아버지다.

"쾅!"

준석은 벽을 주먹으로 힘껏 쳤다.

"아뇨. 전 절대로 이대로 그만 못 둡니다. 살인자의 자식도 살인자를 잡을 수 있다는 것을, 반장님께 꼭 보여 드리겠습니다."

참을 수 있는 만큼 아니, 참을 수 없을 만큼 참았다. 부모만 자식을 선택할 수 없는 것이 아니다. 자식 또한 부모를 선택할 수 없다. 그것을 어쩌란 말인가?

다음날 준석은 경찰서로 출근하기 전에 은혜리의 병실로 찾아갔다. 그녀를 만나고 싶어서라기보다는 희경을 만나기 위해서였다. 압수 수색 영장 발부서도, 소환장도 받기 전에 먼저 그녀를 만나고 싶었다. 은혜리는 여전히 창백한 모습으로 누워 있었다. 만약 마이클이 누군가에게 살해당했다면 은혜리는 절대로 아닐 것 같았다. 지금 봐서는 컵 하나 던질 힘도 없어 보였다. 형사가 와 있다는 간호사의 연락을 받았는지 희경이 병실로 왔다.

"병문안도 아니실 테고 아침 일찍부터 웬일이시죠?"

"따님이 병원에 입원한 이후 오피스텔에 가신 적이 없으십니까?"

희경이 준석을 깊이 바라봤다. 준석도 질 수 없었다. 희경이 뭐 숨길 건 없다는 듯 대답했다.

"갔었습니다."

"무엇 때문에 가셨죠?"

"딸의 핸드폰을 가지러…… 아, 그리고 골프 가방도 가지고 왔습니다."

"골프 가방을요?

"라운딩 약속이 잡혀 있었는데 생각이 나서……"

"핸드폰과 골프 가방은 어디에 있었습니까?"

"그게 중요한가요?"

"네. 중요합니다."

희경이 잠깐 생각하더니,

"핸드폰은 거실에 있는 콘솔 위에 있었고, 골프 가방은 소파 옆에 있었습니다."

"그럼 방에는 안 들어가셨습니까?"

들어갔는지 아닌지 생각해 보는 것 같았다. 준석의 그런 희경을 하나라도 놓칠 세라 주목했다. 그녀는 5일에 딸은 혼자 집에 있었다고 말했다. 그녀의 말을 믿는다면, 사건은 다음에 일어났다는 말인데, 6일 그녀가 그곳에 갔을 때 방에서 아무것도 발견하지 못했다면, 그날까지는 마이클이 오피스텔에 오지 않았다는 계산이 나온다.

"정확하게 기억나진 않지만 안 들어갔을 겁니다."

"그러니까 방에 들어가지 않았다는 말씀이신가요? 그렇다면 방에서 무슨 일이 있었다 해도 몰랐다는 말이네요."

"도대체 왜 이런 질문에 내가 대답해야 하죠?"

그때 희경의 핸드폰이 울렸다. 희경이 전화를 받았다. 표정으로 보아 고 형사에게서 어젯밤의 상황을 듣는 것 같았다. 경찰서에 출두해 참고인 조사를 받으라는 말을 들을 것이다.

"방에서요? 아니요, 몰랐습니다……. 딸이 꼭 가야 합니까? 병원에 입원해 있어서요……. 네, 연락드리겠습니다."

전화를 끊은 희경이 준석을 쳐다봤다.

"이게 정말인가요?"

믿을 수 없다는 표정이었다.

"네. 따님의 방 침대와 벽, 바닥에서 '다량'의 핏자국이 발견됐습니다."

준석은 일부러 '다량'이란 말에 힘을 주어 말했다. 뭔가 사건이 있었다는 것을 강조하기 위해서였다.

"벽에까지요?"

"네."

"대체 누가, 무엇 때문에 거기에 가서 그랬을까요? 모를 일이군요."

정말로 모를 일이라는 듯 희경이 고개를 저었다.

"사람은 없었다고 하는데……"

'그렇습니다. 사람이 없어서 당신과 당신 딸은 집주인과 현거주자로써 참고인 출두 명령을 받은 겁니다. 안 그랬다면 당신 딸은 당장에 체포 영장을 받았을 겁니다.' 하지만 준석은 그런 말은 하지 않았다. 그 피가 마이클 한의 것이라 추측하지만 검사가 나오기 전까지는 신중해야 했다.

"형사님은 그게 실종된 남자의 것이라고 생각되세요?"

"검사 결과가 나오면 알 겁니다. 누가 되었든, 따님의 침대에서 다량의 피를 쏟았다는 사실은 변하지 않습니다."

"정말 모를 일이네요."

희경은 모르고 있는 것 같았다. 예상은 했었다. 희경이 오피스텔에서 피를 발견했다면 신고했으리라. 물론 이 경우는 은혜리나 자신과는 상관없을 때이다. 하지만 그녀는 그날 방에 들어가지 않았다고 한다. 한마디로 방에서 무슨 일이 일어났어도 몰랐다는 말이다. 물론 지금까지의 가정은 희경의 말이 진실이라는 조건 하에 추측한 것이다. 수사에서는 거짓말도 진실만큼 중요하다. 거짓말을 한다는 것은 나중에 사실이 밝혀졌을 때 옭아맬 수 있는 단서가 된다. 준석이 서둘러 희경을 만나러 온 것도 그것 때문이다. 거짓말이라도 좋다. 아니 거짓을 말하면 더 좋다. 거짓말을 한다는 것은 진실을 알고 있다는 말이니까.

희경이 진실을 말했는지 거짓을 말했는지 아직은 모른다. 이제부터 하나하나 밝혀낼 것이다. 하지만 절대로 쉽지는 않을 것이다.

범행 현장은 있는데 피해자가 없다.

한마디로 선물 포장지만 있고 선물은 없다는 말이다.

준석은 병원을 나와 경찰서에 들어오자마자 휴가서를 냈다. 이 사건에 집중하기 위해선 이 방법밖에 없다. 최 반장은 틈을 주지 않기 위해 더 많은 사건을 던져줄 것이다. 이제는, 슈퍼마켓에서 라면이나 훔치고 똥이나 싸두고 가는 그런 잡범이나 이상 심리자를 쫓아다닐 수 없다. 기필코 마이클 한을 찾아내야 한다. 살아 있다면 살아 있는 놈의 멱살을 끌고 올 것이고, 죽었다면 죽은 시체를 최 반장 앞에 끌어다 놓을 것이다. 그래서 살인자의 자식도 살인자를 잡아 강력계 형사가 될 수 있다는 것을 반드시 증명할 것이다. 최 반장은 휴가서를 집어 던지며, 꼼수에 넘어갈 것 같으냐고 화를 냈다. 그러거나 말거나 준석은 조사실로 갔다. 고 형사가 아이빌 오피스텔에서 가지고 온 CCTV를 볼 준비를 하고 있었다.

"선배?"

"난 여기서 쉴 거거든, 비디오나 보면서. 그러니까 틀어."

"저 징계 먹습니다."

말은 그렇게 해도 고 형사는 속으론 잘됐다고 생각하고 있을 것이다. 영화를 보는 것도 아니고 CCTV 확인 작업은 만만치가 않다. 하루치를 조사하기 위해선 하루치를 꼬박 봐야 한다. 나중엔 눈이 따갑고 눈물이 줄줄 난다.

"이 사건은 내가 해결해도, 네가 해결한 걸로 할 테니까, 빨리 틀기나 해."

"그 말 정말입니까?"

"그렇게 진짜와 거짓도 구별 못해 어떻게 형사 짓을 해 먹고 사냐?"

아이빌 오피스텔의 구조는 기역자로 한 층에 모두 12세대가 있다. 23층 건물이니 하루에도 수백 명이 오르내린다고 봐야 한다. 은혜리의 집이 909호이니 9층에서 타고 내리는 사람들을 중심으로 살펴보면 된다.

고 형사가 엘리베이터에 설치되었던 CCTV를 틀었다. 준석은 긴장했다. 지금부터 보려는 이 CCTV 안에는 많은 사실이 들어 있을 것이다. 곳곳에 설치된 CCTV, 핸드폰, 자동차 속도 카메라 등등. 법이 가해자 편이 될수록 사람들은 더 많이 감시 받고 흔적을 남기게 되고 행동 범위가 노출된다. 개인의 사생활 보호가 가장 중요시되는 현대사회에서 증거 확보라는 명목 아래 사실은 개인의 사생활이 더 많이 노출되는 아이러니가 양산된 것이다.

그때 최 반장이 자료실로 들어왔다.

"야, 장준석, 여기 왜 있어?"

"휴가 차 비디오 봅니다."

"너 새끼, 한번 해 보자 이거야?"

"너무 미워하지 마십쇼, 반장님. 저 아버지까지 버리고 나온 놈입니다."

최 반장이 두고 보자는 듯 노려봤다.

"고 형사, 마이클 형에게 전화해서 마이클 혈액형 알아보고, 유전자 검사 부탁해 봐."

준석은 귀가 번쩍 뜨였다. 최 반장이 건네준 고 형사의 손에 들린 서류를 빼앗다시피 봤다. 국립 과학수사 연구소에 의뢰한 검사 마이클의 검사 결과 서류였다.

'혈액형 cis -AB!'

거기에 해파린 성분.

'마이클 역시 너였구나!'

오피스텔에서 채취한 모근 검사로 유전자 검사 결과도 나왔다.

준석은 급히 이메일을 확인해 봤다. 조셉이 이메일을 보내왔다. 마이클 한의 유전자 검사 결과였다. 정말 일 처리 하나는 끝내주는 친구다.

"고 형사, 이거 마이클 유전자 검사인데 국과수에 보내서 오피스텔에서 발견과 것과 일치하는지 알아봐. 그리고 마이클 cis-AB형이야. 아, 그리고 마이클은 심장질환을 앓고 있었어. 여기 이 해파린 성분은 아마 심장질환자들이 먹는 약 성분일 거야."

준석은 최 반장을 무시하고 고 형사에게 말했다.

"선배 이걸 언제 다……"

최 반장이 문을 쾅 닫고 나가버렸다.

오피스텔에 발견된 피와 마이클의 혈액형이 같다!

첫 단추는 꿰어졌다. 이제 마지막까지 하나씩 하나씩 채워나가면 된다.

오늘로 마이클 실종 추측일로부터 9일째, 드디어 실마리가 보이기 시작한다.

CCTV는 1월 4일 22시 37분부터 확인 들어갔다. 마이클과 은혜리가 마지막으로 통화한 시간이다. 얼마 보지 않았을 때, 마이클이 엘리베이터에 탔다.

"스톱!"

준석은 '실존하는' 마이클을 봤다. 실종 사건은 끝까지 실종인 경우도 허다하다. 그렇게 사건이 미제로 마무리되어 버리면, 그 사람을 실제로 보지 못한 경우로 끝나 버리기 때문에, 유령을 쫓았나 하는 마음에 잠시 허탈하다. 하지만 지금처럼 화면 속에서나마 살아 있는 실종자를 보게 되면 반갑기조차 하다.

"마이클, 유령 아니네."

고 형사도 그런 의미에서 한 말일 게다

'1월 4일 23 : 32'

은혜리와 통화 후 이곳으로 온 모양이다. 마이클은 가죽 재킷과 청바지를 입고 있었다. 세탁소에 맡긴 옷이 틀림없다.

다시 화면을 돌렸다.

마이클은 9층에서 내렸다. 은혜리의 집은 909호다. 그리고 오전엔 세탁소 김 군이 나타날 때까지 더 이상 화면에 나타나지 않았다. 그 집에서 잤다는 말이다.

'1월 5일 10 : 42'

세탁소 김 군이 탔다. 10시경이라더니 실제로는 11시에 가까운 시간이다. 이때가 은혜리의 전화를 받고 옷을 받으러 왔을 것이다. 잠시 후, 마이클의 옷을 들고 김 군이 다시 탔다. 이어 초밥 집 종이봉투를 든 배달원이 내렸고, 다시 피자집 배달원이 내렸다. 준석은 그들이 들고 있는 상표를 확인하고 적었다. 9층에서 내리긴 했지만 은혜리의 집으로 배달 온 건지 다른 호수로 배달 온 건지 확인해 봐야 한다. 지금까지 은혜리도 마이클도 CCTV에 잡히지 않는 걸로 보아 이들이 집에 틀어박힌 채 시켜먹었을 가능성이 높다. 물론 그 외 다른 사람들도 타고 내렸다.

14시와 15시쯤에 다시 김 군이 탔다가 내렸다. 두 번 다 옷을 들고 있는 것으로 보아 배달 왔다가 전해주지 못하고 돌아가는 길인 것 같았다.

'19 : 02'

드디어 강희경의 모습이 보였다! 준석은 가슴이 두근거렸다. 지금까지 마이클과 은혜리가 화면에 잡히지 않았다. 그렇다면 둘은 집에 있다는 말이고, 희경이 집에 갔을 땐 둘 다 집에 있었다는 말이다!

그로부터 20분 후, 김 군이 엘리베이터에 나타났다, 손에 옷이 들려 있다. 잠시 후, 다시 탄 김 군 손엔 아무것도 없다. 이때 희경이 옷을 받았을 테고.

그리고 '20 : 30'

희경이 은혜리를 안고 탔다. 은혜리는 거의 희경에게 안겨 있다시피 했고, 몸을 가누기 힘들어 보였다. 앞뒤를 맞춰보면 희경은 이때 그녀를 집으로 데리고 갔을 것이다. 김 군이 왔다 간 지 한 시간이 흘렀다. 그 한 시간 동안 희경은 무엇을 했을까?

왜, 무엇 때문에 앰뷸런스를 오피스텔로 부르지 않고 이미 약에 취해 있는 은혜리를 집으로 데리고 가야 했을까? 누군가에게 보이고 싶지 않은 장면이 오피스텔 방 안에 있던 것은 아니었을까? 만약 이때 마이클이 집 안에 있었다면 어떤 상태로 있는 걸까?

"선배?"

고 형사도 똑같은 생각을 하는 것 같았다.

그 시간 이후로도 마이클은 화면에 한 번도 나타나지 않았다.

6일 오전 10시쯤 희경이 다시 화면에 잡혔다가, 5분 후 다시 엘리베이터에 탔다. 이때가 은혜리의 핸드폰과 골프 가방을 가지러 왔을 때였을 것이다.

이후 마이클과 희경 둘 다 신고일인 13일 오전까지 CCTV 화면에 한 번도 잡히지 않았다

테이프를 보고 있는 사이 국과수에서 유전자 검사 결과가 통보되었다.

오피스텔에서 채취한 피와 미국에서 보내온 유전자 백 퍼센트 일치.

은혜리의 오피스텔에서 발견된 피는 마이클의 것이다!

설마가 현실이 됐다.

준석과 고 형사는 한참을 아무 말 없이 눈만 마주치고 있었다. 둘의 머릿속에는 거의 같은 추측이 꼬리에 꼬리를 물었다.

마이클은 어디로 갔을까?

부상을 입었다? 그렇게 많은 피를 흘렸다면 분명히 부상을 입어도 크게 입었다는 말이고, 각 병원이나 경찰서에 신원 미상자들을 조사해 봤을 때 신고된 것이 없었다. 저렇게 많은 피를 흘리고 스스로 병원에 찾아갔다는 것도 그렇고, 무엇보다 만약 피를 흘리며 병원에 갔다면 적어도 방에서 현관까지는 피를 흘리며 갔을 것이다. 하지만 방 안에서 마이클을 누군가 꽁꽁 싸매서 옮긴 듯 피는 방 문 밖 어디에서도 발견 되지 않았다.

마이클이 죽었다? 죽이고 누군가 그의 시체를 옮겼다? 그가 자살을 했거나, 사고사를 당했다면 시체를 옮길 필요가 없었을 것이다. 그를 옮겨야만 했던 이유는 하나뿐, 죽였기 때문이다!

준석은 사건을 정리해 보았다.

첫째, 은혜리를 용의자로 봤을 때이다. 피가 벽으로 방사형으로 튀겼다는 것은 무기를 사용했다는 것이다. 피의 방사 형태로 보아 흉기는 칼이나 뾰쪽한 물건보다는 무겁고 피가 닿는 면적이 넓은 물건일 확률이 높다. 그렇게 파리하고 힘없이 보이는 여자가 70킬로그램이 넘는 남자를 죽일 수 있을까? 불가능하진 않다. 침대에 피가 퍼져 있는 것으로 보아 자고 있을 때라면 가능하다. 그렇다면 시체도 은혜리가 옮겼을까? 상식적으로 봤을 때 이건 불가능하다고 봐야 한다. 사람은 죽으면 훨씬 무거워진다. 9층에서 지하나 1층까지 여자 혼자서 남자의 시체를 옮기기란 쉽지 않다. 더구나 엘리베이터에 찍히지 않았다. 계단으로 남자를 옮겼다? 누군가 조력자가 있어야 한다. 게다가 그녀는 6일 이후에는 병원에 입원해 있었다. 물론 몰래 나가 시체를 운반했을 수도 있겠지만 그보다는 다른 누군가가 옮겼다는 것이 더 맞지 않을까?

그 다음은 강희경을 용의자로 봤을 때이다. 5일에 강희경이 오피스텔에 갔을 때 마이클이 있었다. 어떤 이유로 그녀가 마이클을 죽였다. 그런 다음 시체를 옮겼다. 역시 여기서 막힌다. 강희경도 혼자서는 건장한 남자를 옮길 수 없다. 강희경이나 은혜리의 부탁을 받은, 혹은 공범이 마이클을 옮기기 위해서라면 어떻게 해서든 CCTV에 찍힐 것이다. 하지만 CCTV상에는 13일 오전까지 그 어떤 의심이 갈 만한 행동을 한 남자도 없었다. 계단에는 CCTV가 설치돼 있지 않다고 했다. 그러면 누군가, 계단으로 그 무거운 가방을 끌고 9층에서 1층이나 지하까지 끌고 갔을까? 이곳은 사람들이 빈번하게 드나드는 곳이다. 막말로 죽은 남자를 들쳐메고 계단으로 내려간다면 누구든지 이상하게 생각할 것이다.

죽은 사람을 남의 눈에 띄지 않게 처리하는 것은 의외로 어렵다. 단순히 쓰레기를 버리는 것과는 차원이 다르다. 죽은 자는 수동적일 거라 생각하지만 인간은 죽어서도 어떤 식으로든 자신의 존재를 드러낸다. 토막 내서 유기해 버린 시신도 하다못해 손 하나, 장딴지 하나라도 그 존재를 세상에 보여준다. 죽은 자가 죽어서 말을 하는 것이다.

희경이 골프 가방을 오피스텔에서 내왔다. 그 속에 죽은 마이클을 넣었다?

아무리 우기고 구겨도 키 175에 몸무게 70인 남자를 그 안에 넣고 완벽히 지퍼를 채울 수는 없다. 그리고 무엇보다도 희경이 골프 가방을 든 자세나 모습을 보아 그 안에 사람이 들어 있다고 상상하는 것은 억지였다.

그렇다면 마이클은 대체 어떻게 된 거란 말인가?

일단 사건은 성립이 되었다. 23세 미국 국적을 가진 한 남자가 10일째 실종되었다. 이후 신용카드를 사용하지 않았다. 마지막 통화자의 오피스텔로 들어가는 CCTV에 찍힌 후 나오지 않았다. 그 오피스텔의 침대와 벽에서 실종자의 혈액형과 같은 피가 다량 검출되었다.

은혜리를 용의자로, 강희경을 참고인으로 불구속 영장이 발부되었다.

준석은 소환장을 받는 희경을 직접 보고 싶었다. 지금까지 그녀는 지나치게 차분하고 냉정했다. 처음 마이클 한을 모른다고 했을 때는 모르니까 그럴 수 있겠다 싶었다. 하지만 돌이켜 생각해보면 그때 이미 그녀가 죽였든 죽이지 않았든 마이클의 존재를 알고 있었다고 봐야 한다. 그러고도 그렇게 차분할 수 있었다면, 적어도 그런 상황이 올 것을 미리 예측하고 있었거나 아니면 어떤 순간에도 결코 당황하지 않는 냉혈한이거나. 둘 중 하나이다.

"남자를 찾았나요?"

희경은 소환장을 내미는 경찰관에게 묻지 않고 준석에게 물었다. '정말 끈질기게 귀찮은 남자로군.' 하는 표정이 역력했다.

"아직 못 찾았습니다."

"그런데 무엇 때문에요, 왜 딸과 내가 이런 영장을 받고 조사를 받아야 하죠?"

희경의 목소리 톤은 높아졌지만, 놀라서라기보다는 진짜로 궁금해서 묻는 것 같았다.

"따님인 은혜리의 오피스텔에서 발견된 피와 마이클의 혈액형과 유전자가 일치하기 때문입니다. cis -AB형으로. 거기다 해파린 성분까지."

희경이 깜짝 놀랐다. 더 이상 설명하지 않아도 희경은 누구보다 잘 알 것이다. 그 혈액형과 그 성분이 함께 나올 확률이 얼마나 희박한지는.

"그럼 그 남자가 딸의 방에서 무슨 일을 당했다는 겁니까? 왜요? 왜 딸의 방에서죠?"

'그걸 지금 나에게 묻는 겁니까? 당신과 당신 딸이 알고 있을 텐데요.'

하지만 이번에도 준석은 말하지 않았다.

"CCTV를 조사해 보니 4일 밤 12시경에 마이클이 은혜리 씨 오피스텔에 들어갔습니다. 이후로 지금까지 나오질 않았습니다."

"?"

"5일 과장님이 갔을 때 마이클이 집에 있었습니다. 그렇죠?"

"없었다고 말했을 텐데요. 그리고 그런 말투는 불쾌하군요."

불쾌하다는 말을 할 때조차도 희경은 차분했다.

"과장님은 마이클 한을 알고 있습니다. 옷까지 받으셨습니다, 그런데 왜, 모른 척하십니까?"

"무슨 근거로 그 옷이 남자의 것인지 제가 알고 있었다고 말하

135

는 겁니까? 아니 됐습니다. 이런 말 하고 있을 필요도 없겠군요."

희경이 소환장을 흔들며 말했다.

"법이 참 제멋대로군요."

그러곤 조금의 흐트러짐도 없이 또각또각 걸어가 버렸다.

저렇듯 강인한 뒷모습을 보일 수 있는 것은 조사해 봤자 아무것도 안 나올 거라는 자신감 때문일까?

준석은 하나하나 사건의 앞뒤를 맞추어 보았다.

생각할수록 사건의 앞뒤, 아니 양 옆까지 들어맞았다. 그런데 마지막 남은 매듭이 풀리지 않는다. '시체가 어디로 갔느냐'이다.

"선배는 정말로 그렇게 약한 은혜리가 마이클 한을 죽였다고 생각해요?"

"그래."

"왜 강희경은 아닌데요?"

"강희경은 7시 2분에 오피스텔에 도착했어. 20분에 세탁소 김 군이 CCTV에 잡혀. 김 군은 강희경이 파란 정장을 입고 있었다고 했어. 만약 강희경이 마이클을 죽였다면, 그가 흘린 피의 형태로 보아 피가 튀겼을 거야. 물론 옷을 갈아입고 죽였을 수도 있지. 하지만 18분 만에 옷을 갈아입고, 사람을 죽이고, 또 옷을 갈아입기엔 시간이 너무 짧다고 생각되지 않아?"

"비 옷 같은 것을 뒤집어쓰고, 죽인 다음 벗어 버렸다면요?"

"그럴 수도 있겠지. 하지만 강희경은 세탁소에서 배달 올지는 모르고 있었을 거야."

"이후에는요, 선배 말대로라면 한 시간 후에 강희경이 은혜리를 부축하고 화면에 찍히잖습니까. 한 시간이면 그런 일들이 충분히 가능하죠."

"충분히 가능하지. 하지만 역시 아냐."

"?"

"목격자가 나타나버렸어. 김 군이라는. 강희경은 바보가 아냐. 만약 죽으려고 맘먹었대도 다음으로 미루었을 거야."

고 형사가 고개를 끄덕였다.

"이번 사건이 계획적인 것 같아, 우발적인 것 같아?"

"당연히 우발적이죠."

"이유는?"

"만약 은혜리나 강희경이 마이클을 죽이려고 계획했다면 다른 방법을 사용하지 않을까요? 뭐 약물이나 독극물 같은, 그리고 장소도 그렇고요."

"바로 그거야. 우발적으로 벌인 사건을 수습하기엔 시간이 너무 짧아. 난 그렇게 봐. 어떤 이유에서 은혜리가 마이클을 죽였어. 나중에 강희경이 그 현장을 보게 되지. 그리고 그 시체를 강희경이 처리했고. 문제는 시체인데."

그때 준석의 머릿속을 스치는 장면.

수술실에서 환자의 다리를 자르면서도 아무 표정 없던 희경의 얼굴.

혹시, 강희경이? 설마? 아무리 외과의사라 배를 가르고, 다리를 잘라 내기를 눈 하나 깜빡이지 않고 한다 해도, 이건 다르다. 목적이 다르면 수단도 다 같다고 할 수 없다. 하지만 그럴 수 없다고, 그럴 리 없다고 고개를 흔들면 흔들수록 떨쳐 내지지 않은 그것.

준석은 고 형사에게 기어코 말하고 말았다.

"루미놀 검사해 봐야 하지 않겠어?"

고 형사의 눈이 커졌다. 준석의 생각을 알아차린 것이다. '어떻게 그런 일을……' 하지만 그 역시 준석처럼 '어쩌면……' 이라는 생각을 했다.

인간이란 원래 선하고 착하다고? 강력계 형사 1년만 해보라. '그런 말 따위 개나 물어가라'이다. 단지 그런 상황을 접해 보지 않았을 때까진 자신이 착하고 선한 줄 안다. 거기까지다. 자신에게 불리하다고 판단됐을 땐 숨어 있던 본성이 나온다. 그 본성은 악하고 독하고 더할 수 없이 잔인하다. 궁지에 몰린 인간은, 꼭 그래야 한다는 당위성만 스스로 납득이 되면 무슨 짓이든 한다.

고 형사가 아무 말 없이 차를 몰았다.

준석도 고 형사도 은혜리의 오피스텔에 도착할 때까지 한 마디도 말을 하지 않았다.

은혜리의 오피스텔에 고 형사가 먼저 들어갔다. 그리고 준석이 따라 들어갔다. 어디까지나 공식적으론 휴가 중인 준석은 고 형사의 선배로써 우연히 가다가 들른 것으로 되어 있다. 큰일을 작은 일로 망칠 순 없다.

고 형사가 루미놀 용액을 꺼냈다. 우선 욕실부터 루미놀 용액을 분사하기 시작했다. 시체를 절단했다면 이곳에서 했을 것이고, 피 한 방울에도 반응하는 루미놀 용액에 걸릴 것이다.

하지만 결론적으로 말하자면, 루미놀 반응은 나타나지 않았다.

샅샅이 조사했다. 변기 안은 물론, 수채 구멍에 고여 있는 물까지 퍼냈다. 희경이 아무리 철저하게 목욕탕 전체를 비닐로 덮고 그 일을 했다 해도, 어딘가에 피는 튄다. 인간의 피는 몸 밖으로 배출되기 시작하면 상상 외로 엄청나게 양이 많아서 곳곳에 스며든다. 언젠가 이와 비슷한 현장을 조사하는 것을 옆에서 거든 적이 있었다. 용의자는 완벽히 현장을 청소했다. 그리고 정말로 하마터면 놓칠 뻔했다. 그런데 피는 구멍을 통해 샤워기 안으로 스며들어 있었다. 씻어는 내겠지만 눈에 보이지 않게 여전히 묻어 있었던 것이다.

베란다도 싱크대도 물을 흘러 보낼 수 있는 모든 곳을 다 검사해 봤다. 하지만 진청색 불꽃은 더 이상 피어나지 않았다.

골인 지점이 뒤로 쭉 밀려 난 것 같은 느낌이라고나 할까. 허망하기조차 했다.

이것도 아니다.

그럼 대체 희경은 어떻게 마이클의 흔적을 완벽히 없애 버렸단 말인가?

하늘로 솟았나, 땅으로 꺼졌나. 들어올 때는 찍히고 나갈 때는 투명 인간이라도 돼서 CCTV에 찍히지 않았단 말인가?

이럴 것을 미리 알고 희경은 그렇게 자신만만했던 걸까? 그녀가 마이클을 모른다고 한 건 사실일까? 그것도 아니면 은혜리나 강희경과는 상관없는 제3자가 있는 걸까?

준석은 무거운 마음으로 조셉 한에게 전화했다.

"동생의 행적을 찾았습니다."

"살아있습니까?"

살았느냐고 즉각 묻는다. 아마 여러 가지로 생각이 많았던 모양이다.

"아직 모릅니다."

"……왜요?"

"동생이 마지막으로 있었던 집에서 다량의 혈액은 발견됐는데,
마이클이 없습니다."

차마 시체라고는 말할 수 없었다.

"형사님이 보시기엔 어떻습니까?"

"……살해돼 시체가 유기된 것으로 봅니다."

"……."

한참 말이 없다.

"용의자는 있습니까?"

"있긴 합니다만……"

"그럼 재판은 열리겠군요."

준석이 뭐라 대답하기도 전에 조셉 한이 전화를 끊어 버렸다.

'뭐 이런 싸가지가. 전화해 준 성의도 모르고.'

준석은 이래저래 화가 나 루미놀 용액만 힘껏 벽에 던져 버렸다.

* * *

생각보다 빠르다. 남자가 오피스텔에 왔다는 것을 알고, 핏자국
이 발견되자마자 마치 피 냄새 맡은 굶주린 늑대들처럼 달려들어
단번에 오피스텔에서 발견된 피와 마이클 한이 동일인이라는 것
까지 밝혀냈다. 지금쯤이면 루미놀 용액을 뿌려가며 다른 곳에서
핏자국을 찾기 위해 혈안이 돼 있을 것이다. 하지만 그들은 방 외

에는 그 어느 곳에서도 피를 찾을 수 없을 것이다.

피에 대해서라면 외과의인 자신이 누구보다도 잘 안다. 사람들은 피는 절대로 지울 수 없는 것이라고 안다. 하지만 그건 하나만 알고 둘은 모르는 것. 타인의 상식에 자신이 속고 있다. 모든 것에는 반대급부가 있다. 수술실에서 사용하는 사브 용액은 핏자국을 말끔히 지울 수 있다. 인턴시절 수술이 끝나고 뒤처리를 할 때 이 용액을 사용해 피를 지워내곤 했다. 세상에 안 지워지는 것이란 없다.

루미놀 용액을 남자의 이동 경로를 따라 뿌렸다. 루미놀 용액은 범죄를 찾기 위해 이용되기도 하지만, 이렇게 범죄를 지우기 위해서도 이용된다. 불을 끄니 진청색 불빛이 여기저기서 빛났다. 사브 용액으로 꼼꼼히 닦아냈다. 천만다행이 남자의 이동 경로는 짧아서 핏자국은 그렇게 많지 않았다. 아주 정성을 들여 하나하나 그 불꽃을 지워 나갔다. 그렇게 지워가며 희경은 생각했다. 딸의 뇌 속의 어디쯤에 있는 기억도 이렇게 용액을 뿌려 지워버릴 수만 있다면 얼마나 좋을까. 아니, 딸뿐만 아니다. 자신의 그 옛날 기억도 이렇게 지워버릴 수만 있다면……

핏자국을 지우는 것은 범죄 현장을 교란하는 의미에서뿐만 아니라 경찰의 심리를 건드리는 일이기도 하다. 방 외의 어떤 장소에도 핏자국이 발견되지 않는다. 그러면 당연히 생각할 것이다. 남자를 어떻게 옮겼을까? 여기서 그들은 딜레마에 빠질 것이다. 혜리나 자신은 여자다. 여자들이 핏자국을 남기지 않고 남자를 운반하기란 어려울 거라고 판단한다. 공범이 있거나 어쩌면 제3자가 있을 거라고 생각할 수도 있다. 상대적인 박탈감에 빠질 것이다.

그러곤 본질을 잃는다. 강하게 믿었던 것이 드러나지 않으면 처음부터 아무 일도 없는 것을 괜히 의심을 한 것이 아닌지 스스로를 의심한다.

거기서 끝이다. 그러면 끝난다.

꼭 있으리라 믿었던 것이 없으면, 그때는 지금까지 자신이 확신했던 모든 것이 한꺼번에 와르르 무너진다. 스스로가 스스로를 믿지 못하게 된다.

그 옛날 자신이 그랬던 것처럼.

그리고 절대로 찾아낼 수 없는 한 가지.

남자의 시체.

그것만 찾지 못하면 된다.

병원에서 수많은 의료분쟁을 봐왔다. 그리고 알았다. 법에서 요구하는 것은 딱 한 가지, '증거'였다.

증거만 없으면, 사건도 없었다.

심지어는 살해자가 사람을 죽였다고 자백을 해도 '시체'나 범행에 사용한 흉기가 없으면 구속하지 못한다. 살해자가 살해했다는 증거가 없는 것이다. '시체'라는 증거가.

법이란 그런 것이다. 얼마나 간단명료한가.

법이란 만인에게 평등한 것 같지만 사실은 그렇지 않다. 인간이 만든 인간의 저울은 어느 쪽으로든 조금은 기울게 돼 있다.

희경은 시간이 문제이지 어차피 일이 여기까지 오게 되리란 걸 짐작했다. 우리나라 형사는 바보가 아니다. 언젠가는 남자가 실종됐다는 것을 알게 되고, 핸드폰 추적으로 딸의 오피스텔에 왔다는 것도 알아낼 것이고, 세탁소에서 자신이 남자의 옷을 받았다

는 것도, CCTV를 조사해 남자가 오피스텔을 떠나지 않았다는 것
도 알아차릴 줄 알았다. 이 모든 정황을 근거로 압수 수색 영장을
발부 받아 루미놀 반응 검사까지 하리란 것도. 그리고 딜레마에
빠지리란 것도.

이제 자신은 이렇게 말하면 된다.

'그날 밤, 딸과 자신은 떠났다. 그리고 그 이후는 모른다.'

물론 그 형사는 믿지 않겠지.

오피스텔에 가 딸의 핸드폰과 골프 가방을 갖고 나온 것도 다
계산된 행동이었다. 형사들은 남자가 어떻게 운반되었는지 영원
히 알지 못할 것이다.

그렇지만 아직은 안심해서는 안 된다. 남자를 완벽하게 처리하
기 전에는…….

하지만 또 너무 완벽해서는 안 된다. 만약, 정말로 그런 일을 일
어나서는 안 되지만, 세상일은 모르는 거니까. 진짜 진실을 감추
기 위해선 몇 개의 가짜 진실이 필요하다.

한 가지 떡밥. 형사들을 낚기 위한. 이 떡밥을 던질 상황이 오
질 않기를 정말이지 간절히 바라지만, 만약 필요하다면 이것을 던
져야 되겠지.

* * *

"지난 13일 마이클 한이라는 한국계 미국인 실종 사건이 접수
됐답니다. 처음엔 실종 사건 수사로 시작됐는데 수사 중에 뜻밖
에 살인사건으로 추정되는 증거들이 나왔다네요. 실종자의 행적

을 조사해 본 바, 마지막 행적이 은혜리라는 여자의 오피스텔이었다는데. 그럼 은혜리가 누구냐? 놀랍게도 강희경의 딸, 그러니까 검사님을 수술한 강희경 외과과장의 딸이라 이 말입니다. 은혜리야 지금 상태가 워낙 그러니 제외하고 문제는 강희경은 모든 정황사실들을 모르쇠로 일관하고 있답니다."

이것이 황 사무장의 레이더에 걸린 강희경 관련 사건이었다.

승주는 깜짝 놀랐다. 은혜리와 강희경이 살인사건에 연루? 자신이야 워낙 하는 일이 그런지라 살인이나 강도, 강간 이런 일들에 익숙하다지만 보통사람들은 스스로 혹은 가족이 그런 사건에 관계될 일이 평생 가야 한 번이나 있을까 말까다. 그런데 자신의 배 속을 째 장기를 잘라낸 그 강희경이 살인사건 용의자가 되고 참고인이 될 수 있다니. 그저 눈만 끔벅일 따름이었다.

"그런데 사건의 핵심은, 시체가 없답니다, 시체가."

"시체가요?"

"담당형사들 환장하는 거죠."

늦은 밤, 병원이 모두 잠들길 기다려 승주는 살며시 일어나 은혜리가 입원해 있는 특실을 찾아보았다. 병실 문은 꼭 닫혀 있고 바로 옆 간호사 데스크에는 간호사가 계속 있어 안을 들여다 볼 기회가 좀처럼 오지 않았다. 그날 새벽에 우연히 보았던, 창백한 피부에 다크서클 때문에 눈 주위가 퀭했던, 마약에 찌든 여자가 강희경의 딸이었단 말이지.

간호사가 핸드폰을 받더니 자리를 비웠다. 승주는 그 틈을 타 병실 문을 살며시 열어보았다. 여자가 침대에 누워 있었다. 너무

가냘퍼 보이는, 만지면 바스락 소리가 날 것 같고, 후 불면 날아 가버릴 것 같은, 빈 껍질만 누워 있는 듯한. 저렇게 가냘픈 여자가 어떻게 살인 같은 끔찍한 사건에 연루될 수 있다는 건지.

"홍승주 씨가 여기 왜 있죠?"

깜짝 놀란 승주가 얼른 뒤돌아봤다. 자신을 보고 있는 강희경 의 모습. 순간 그때처럼 온 몸에 서늘한 냉기가 쫙 끼쳤다.

"내 딸에게 볼일이 있으신가요?"

"아니, 뭐……"

"설마 잊고 있는 건 아니죠? 지금 홍승주 씨는 이 병원에 검사 가 아니라 환자로 있습니다."

네모 반듯, 한 치의 흐트러짐도 없는 냉정한 말투.

승주는 주섬주섬 뒤로 물러날 수밖에 없었다. 그때 핸드폰을 쥔 간호사가 허겁지겁 뛰어왔다. 강희경은 그 간호사에게 한 마디 말도 하지 않았다. 대신 간호사를 조용히 바라봤을 뿐이다.

어떤 순간에도 소리 지르지 않고. 네 죄를 네가 알렸다 식으로 바라만보는 상사, 아랫사람으로선 기가 죽을 노릇이다.

다음 날 승주는 퇴원했다. 그때까지 더 이상 강희경과 마주치 지 않았다. 하긴 승주 역시 더 이상 마주치고 싶지 않았기 때문 에 상관은 없었다.

예정보다 긴 입원기간이었다. 충수가 터져 염증이 생긴 부위가 반복적으로 염증이 생겨 치료가 길어졌다. 지금가지 살아오는 동 안 이렇게 오랫동안 침대에 누워 있었던 적이 있기나 할까……? 물론 당연히 없다. 그러고 보니 그 긴 기간 동안 엄마 전화가 없었다. 웬일이지? 전화를 해볼까 하다가 승주는 그만 두기로 했다. 항상 전화를 거는 쪽은 엄마였으니까. 이제 엄마는 자신이 만들어준 충수를 딸이 잘라냈다는 것을 영원히 모를 것이다.

8 달팽이 똥

수사는 답보 상태에 빠졌다.

마이클 한의 실종 사건이 접수 된 이후 사흘 동안 숨 가쁘게 많은 정황들이 드러났다. 모든 간접 사실과 정황 증거로 보아 마이클 한은 은혜리의 오피스텔에서 살해된 것이 확실하다. 하지만 결정적으로 시체가 없고, 시체가 없으니 어떤 흉기를 사용해 죽였는지 밝혀 낼 수가 없다. 눈동자 없는 용이다.

이런 사건은 기소는 되겠지만 직접적 증거가 불충분하다는 이유로 용의자인 은혜리에게 무죄가 선고될 확률이 높다.

증거가 없다는 것은 범죄가 성립되지 않는다는 것을 의미한다.

법의 테두리 안에선, 눈에 보이지 않으면 없는 것과 같다.

이래서 법이 가해자 편이라는 거다.

쓰플.

준석은 화가 나 몇 번이나 작성하던 수사 의견서를 때려치우고 싶었는지 모른다. 작성자도 자신의 이름이 아닌 고 형사의 이름을 써야 한다. 죽 쒀서 개주는 것이 한두 개가 아니다. 고 형사에게 공을 돌리는 거야 어쩔 수 없다 치고, 만약 이번에도 무죄가 된다면? 승복하지 않을 것이다. 법이 풀어준다면 내가 반드시 범인을 잡아낸다. 반드시 그래야 한다.

* * *

세상에서 가장 정직한 과일은 홍시랍니다.
겉과 속이 같은 색깔이기 때문이지요.
세상에서 가장 정직한 동물은 달팽이랍니다.
먹은 대로 똥을 싸기 때문이지요.
붉은색 칸나 꽃을 먹으면 붉은색 똥을 싸지요.
노란색 애기똥풀을 먹으면 노란색 똥을 싸지요.
초록색 잎을 먹으면 초록색 똥을 싼답니다.
나도 홍시처럼 달팽이처럼
겉과 속이 똑 같은 정직한 사람이 되고 싶답니다.

희경은 몇 번이나 반복해서 읽었는지 모른다.
혜리가 초등학교 3학년 때 쓴 「달팽이 똥」이라는 동시였다. 혜리는 이 동시를 특히 좋아해 액자로 만들어 방에다 걸어두었다.
'혜리야, 이것을 쓸 때의 넌 정말 먹은 색깔 그대로 똥을 싸는 달팽이처럼 정직하게 세상을 살겠다고 마음 먹었을 테지.'

붉은색 칸나 꽃을 먹으면 붉은색 똥을 싸고

노란색 애기똥풀을 먹으면 노란색 똥을 싸고

초록색 잎을 먹으면 초록색 똥을 싸는.

그때는 몰랐을 거다.

살기 위해서는, 살아내기 위해서는 그렇게 정직해서만은 안 된다는 것을.

때로는 자기보호색이 필요하다는 것을.

그렇지 않으면 잡아 먹히고 만다는 것을.

가장 사랑하는 친구에게

가장 사랑하는 사람을 빼앗길 수도 있다는 것을.

어릴 적, 희경이 살던 집에는 달팽이가 참 많았다. 비가 온 다음날이면 축축한 돌 담벼락 여기저기에서 달팽이가 느릿느릿 기어 다니곤 했었다. 희경이 그 모습을 보고 기겁을 하면 엄마는 그 위에 소금을 뿌렸다. 그러면 달팽이는 얼마 못 가 툭 떨어지며 죽었다. *"달팽이는 왜 소금을 뿌리면 죽어?" "몰라, 짠 것을 죽도록 싫어하나 보지."* 엄마는 달팽이에게 굵은 소금을 뿌리며 답해 주었다. 나중에 알았다. 달팽이는 몸이 끈적할 정도로 수분이 많다. 그런데 소금이 그 수분을 빼앗아버려 말라 죽는다. 그렇게 몸이 끈적한 이유는 6억 년 전, 달팽이 조상은 바다 속에 살았기 때문이다. 6억 년 전의 습성을 아직도 몸은 기억하고 있는 것이다.

때론 몸에 새겨진 기억이란 이렇게 6억 년이 지나도록 지워지지 않을 만큼 정말로 징글징글하게 끈질기다.

희경은 액자에서 동시가 적힌 종이를 빼냈다. 그리고 쓰레기통에 버렸다.

'혜리야, 넌 달팽이처럼 살아선 안 돼.

달팽이처럼 정직해서는 안 돼.

6억년 동안 기억을 간직해서는 안 돼.

기억이란 인간의 수분을 다 빼앗아 결국은 말라 죽이고 말아.

그러니까 혜리야, 넌 아무것도 기억해서는 안 돼.'

9 사건번호 113

'엿 같군.'

김현태는 송파 경찰서 강력계에서 올라온 수사의견서를 읽은 후 정말 엿 같다는 생각을 했다.

한마디로, '사람이 죽었다. 그러나 시체는 없다.'인데.

재판을 해보나마나 결론은 이미 나와 있다.

살인자는 있다. 하지만 무죄다.

증거재판주의에 입각해 무죄로 판결이 날 게 뻔하다.

'어떻게 해야 한다?'

김현태는 잠깐 고민을 했다.

재판이 진행되는 동안 그야말로 극적으로 피해자인 마이클 한의 시체가 발견된다면 모를까 그렇지 않은 이상 아무리 용을 써도 결론을 뒤엎을 수는 없다. 무죄를 선고 할 수밖에 없는 사건을 기소한다는 것은 검사인 자신의 경력에 또 하나의 오점을 남기는 것이다.

사실 엄밀히 따져보면, 마이클 한이 살해되었다는 추정 증거는, 은혜리의 집에서 발견된 '피'뿐이다. 뒤집어보면 피해자가 살해되지 않고 어딘가에서 치료받고 있을 수도 있다는 정황도 추측 가능하다. 그렇다면 좀 더 정확한, 그러니까 시체가 나타나든지 하다못해 흉기라도 발견 되든지 할 때까지 사건을 유예시켜도 하등의 문제가 되지 않는다. 아니 그러는 게 오히려 맞다. 살인 사건인지 확실하지도 않는 사건을 기소시켜 굳이 긁어 부스럼 만들 필요는 없다. 그렇게 되면 시간이 지나면 지날수록 이 사건은 단순히 실종 사건으로 끝날 버릴 수도 있다.

오점을 남기더라도 기소할 것인가, 아니면 유예할 것인가?

기소를 한다는 의미는 대법관을 향한 자신의 꿈이 멀어진다는 의미다. 맡았던 재판에서 '미해결' 도장이 찍히는 사건이 많으면 많을수록 검사로서의 무능력을 만천하에 드러내는 것이다. 재판 중에 그러는 거야 어쩔 수 없다 치지만, 이렇게 처음부터 결론이 빤한 불이익을 감수할 필요가 있냐는 건데.

하지만 김현태는 오래 생각하지 않았다.

이런 사건일수록 기소시켜 재판해야 한다. 그래야 미해결 사건이라는 도장이라도 찍힌다. 지금 당장은 해결하지 못했지만, 그렇게 해야만 공소 시효 만료 전까지 수사가 현재진행형이 될 수 있다. 아닌 말로 공소 시효 하루 전이라도 범인을 잡아낼지 모르지 않는가? 이전의 박명자 사건처럼 홍승주 같은 괴짜 녀석이 나타나서 말이다.

김현태는 자신의 이름으로 사건을 기소시켰다.

'사건번호 2012 고합 113'

이 사건번호로 앞으로 마이클 한의 재판은 열리게 될 것이다.

"과장님, 이거……"

수술을 막 마치고 들어온 희경에게 김 간호사가 봉투 두 개를 내밀었다.

서울 중앙 지방법원 형사부라고 봉투에는 각각 강희경과 은혜리라는 이름이 적혀 있었다.

'벌써?'

일이 순식간에 진행된다. 무언가 있다는 것을 확신하고 덤벼들고 있다.

"송달사인은 제가 대신…… "

희경은 궁금해 하는 김 간호사의 눈길을 뒤로하고 자신의 방으로 들어왔다. 맨 아래 서랍에 있는 편지칼을 꺼냈다. 손잡이 부분에 용의 무늬가 새겨진 편지칼. 연애시절 남편의 선물이다. 그 사람은 편지칼은 선물했지만, 막상 그 칼로 열어 볼 편지는 한 번도 보낸 적이 없었다.

봉투 안에서 나온 것은 예상대로 '출두서'였다.

사건번호 2012 고합 113

용의자 및 참고인 : 은혜리

참고인 : 강희경

용의자 은혜리

딸이 용의자가 되었다. 올 것이 오고야 말았다. 오지 않았으면, 절대로 오지 않았으면 하고 바랐었다.

'언제 세상이 내 편인 적이 있었던가? 세상은 항상 결정적인 순간에 날 외면했었지. 나를 외면하는 세상에 맞서는 방법은 나 또한 세상을 외면하는 수밖에 없어.'

이제부터가 진짜 싸움이다. 피할 수 없으면 맞서 싸울 수밖에 없다. 단 그 싸움에선 반드시 이겨야 한다.

물론 이 싸움에서 자신은 이기게 돼 있다. 검찰은 마이클 한의 시체를 절대로 찾지 못할 테니까. 하지만 뭐든 명확하게 해두는 게 좋다. 확실히, 앞으로 절대로 다시는 파내지 않도록 쐐기를 박을 필요가 있다.

희경은 세상을 떠들썩하게 만들었던 유명 살인사건과 그것을 변호한 변호사들에 관한 정보를 모으기 시작했다.

* * *

한강 병원 외과과장 강희경의 딸 은혜리가 살인사건 용의자로 검찰에 기소됐다는 소문은 이미 법조계 바닥에 다 퍼졌다. 기소 내용까지 다 알려졌기 때문에 누군지 이 변호를 맡을 사람은 원숭이가 맡아도 이길 사건 하나를 거저 먹는다며, 과연 희경이 누구에게 의뢰할 것인가, 그게 누가될지 재미 삼아 내기까지 하는 변호인들도 있단 소문도 퍼졌다.

이겨라가 소속돼 있는 로펌에서도 그 사건이 점심때 화제에 오르긴 했지만 이겨라는 이미 판결이 난 거나 다름없는지라 별다른 관심을 두지 않았었다. 그런데 오전에 희경의 전화를 받았다.

'나야? 왜 나지?'

의문이 동시에 들었다. 변호사 4년 동안 9전 8승으로 아직 시작 단계에서 승률이 높다고 말하긴 민망하다. 결과가 빤한 김빠진 콜라처럼 톡 쏘는 맛이 없는 사건은 짜릿함도 없다. 그렇다고 딱히 거절할 이유도 없다.

이겨라는 희경을 만나기 전에 그녀에 대한 정보를 입수했다.

의뢰 사건만큼이나 의뢰인도 중요하다.

그것이 평소 이겨라의 사건을 접근하는 철학이라면 철학이었다. 변호인은 사건을 정면만을 알아서는 안 된다. 사건의 측면과 밑면, 아랫면까지 샅샅이 알고 있어야 한다. 세상에서 진실을 알고도 그것을 말하지 않을 권리가 부여된 두 사람이 있다. 신부와 변호사가 그들이다. 의뢰인은 신부에게 고해성사하듯 사건의 진상에 대해 숨김없이 변호사에게 말해야 한다. 살인자가 살인을 고백했을 때조차도 그들은 입을 다물 권리가 있다. 치외법권. 변호사는 그 치외법권 안에 존재한다. 그래야만 의뢰인의 권리와 이익을 극대치할 수 있다. 적법절차 내에서의 치외법권. 마치 창과 방패처럼 모순되지만 매력적인 범위다. 이겨라는 검사와 판사의 유혹을 뿌리치고 변호사가 되기로 결심했을 때, 무엇보다도 이 점이 맘에 들었었다.

하지만 이 일을 하다 보니 그렇게 정직하고 진실한 의뢰인이 실상은 많지 않다는 것을 알았다. 자신에게 유리하도록 사실을 숨기고 왜곡하기도 했다. 유일하게 자신이 패소했던 직전 사건도 그렇다. 영아살해사건으로 기소된 젊은 엄마. 주위에 있는 사람들은 자식을 죽인 엄마를 뭣 때문에 변호하느냐고, 그런 여자는 사형을 당해도 싸다고 말하지만, 사형을 당할 때 당하더라도 진실은 밝히고 싶다던 젊은 엄마의 권리를 행사하게 해 주고 싶었다. 남편의 바람과 산후 우울증과 친정 엄마의 갑작스런 죽음 등 젊은 엄마는 이겨라에게 많은 사실들을 이야기했다. 특히 임신했을 때 자궁에 물혹이 생겼는데, 태아에게 위험하다는 이유로 마취 없이 생살을 찢고 물혹을 제거하는 수술을 받았을 만큼, 자신은 아이를 원했으며 절대로 아이를 죽일 생각은 없었다고 눈물로 호소했다. 이겨라의 적절한 변론과 인정 사실이 받아들여졌다. 그대로 두면 과실치사로 판결이 날수도 있었다. 하지만 이겨라는 마지막에 변호를 취소했다.

젊은 엄마가 말하지 않은 진실, 아이는 남편의 아이가 아니었다. 불륜을 저지른 남자가 사실을 털어놨지만, 이겨라는 여자에게 직접 진실을 말해달라고 설득했다. 진실을 알고 접근하는 것과 모르고 접근하는 것은 천지차이다. 하지만 여자는 끝내 부정했다. 이겨라는 변호를 포기했다. 진실을 부정하는 여자를 변호할 자신이 없었기 때문이다. 변호사가 변호를 취소했다는 것을 안 검사 측에서 득달같이 냄새를 맡고 파헤쳤고, 결국 여자는 과중한 징역형을 받게 되었다.

이후 이겨라는 많은 생각을 했다.

변호사는 어디까지나 의뢰인 편이 되어야 한다.

하지만 자신은 그렇지 못했다. 엄밀히 말하면 변호사로서 자격이 없다.

변호사로서 꼭 반드시 진실을 알아야 할까? 드러나지 않은, 진실까지 알 필요가 있을까? 변호인이 하는 일은 어디까지나 의뢰인을 변호하는 일까지이지 진실을 드러내는 것은 아니지 않을까?

법정이란 진실을 밝히는 곳이라는 것에는 변함이 없다. 하지만 진실을 밝히는 것보다 더 우선시 되어야 하는 것은 피고인의 인권이다. 그 인권을 지켜주기 위해서는 변호사가 있어야 한다. 변호사를 택한 이상 철저하게 변호사가 돼야 한다.

진실을 드러내는 일은 검사들 일이다.

카이사르 일은 카이사르에게.

다른 사람의 영역은 침범하는 것은 직업윤리에 벗어난다.

이겨라는 그렇게 자신을 정리했다.

정보에 의하면 강희경은 일에 있어서는 완벽하다고 해도 좋았다. 여자 외과의로써 성공가도를 달렸고, 집도의뿐만 아니라 대학교수로서도 실력을 인정받고 있었다. 남편, 은창식과는 사별. 사인은 교통사고로 인한 과다출혈 및 심근경색. 은혜리, 22세. 미국에서 대학을 다니다가 휴학하고 2개월 전에 입국, 이번 살인사건에 연루되었다.

"저를 따님인 은혜리의 변호사로 선택하신 특별한 이유가 있으십니까?"

이겨라는 희경과 인사를 나눈 후 가장 궁금해 했던 것을 물었다.

"선임 사건이 전부 살인사건이었죠?"

'아, 그거였나?'

"그리고 또 하나, 만약을 위해서입니다."

"만약이라면…… 마이클 한의 시체가 찾아졌을 때를 말하시는 겁니까?"

이겨라는 희경을 깊숙이 바라봤다.

"마이클 한의 시체가 찾아지면…… 과장님이나 따님이 불리하게 되는 겁니까?"

대답 없이 희경도 이겨라를 깊숙이 바라봤다.

이겨라는 희경의 눈빛을 보고, 왜 그녀가 자신을 선택했는지 진짜 이유를 알았다. 이 여자는 이 사건이 여기서 끝나지 않을지도 모른다고 생각하고 있다. 만약 피해자인 마이클 한이 시체로 발견되면 다시 처음부터 시작되리란 것을 알고 있다. 멀리 보고 있다.

그렇다면 생각을 해 봐야 한다.

현재 기소된 이 사건으로는 무죄를 선고 받을 수 있겠지만, 만약 마이클의 시체가 발견됐을 때도 그럴 수 있다는 보장이 있는가이다. 그것은 단 하나, 은혜리가 마이클 한을 죽이지 않았어야 된다. 아니 죽이지 않았다는 증거가 확실해야 한다. 그런데 대답을 유보한다. 뭔가 있다는 말이다.

"생각할 시간이 필요한가요?"

희경이 조용히 물었다.

이겨라는 희경을 보았다. 그녀는 그가 무엇을 생각하고 있는지 짐작하고 있다는 표정이었다.

"하나만 묻겠습니다."

"그러세요."

"만약 마이클 한의 시체가 나타났을 때, 은혜리 씨가 마이클 한을 죽이지 않았다는 것을 확인시켜 줄 증거가 있습니까?"

"그것만 있으면 이 사건을 맡으시겠습니까?"

"네."

"……있습니다."

칼끝처럼 명확하다.

"뭡니까? 그 증거가."

"그건 남자의 시체가 발견되면 말하겠습니다."

희경이 잠깐 숨을 골랐다.

"미안합니다. 지금은 말할 수 없습니다. 하지만 남자의 시체가 발견되면 그때는 반드시. 그때는 더 이상 확실한 증거는 없다고 판단할 겁니다."

희경이 조용히 이겨라를 바라봤다. 흔들리지 않는 깊은 눈빛, 자신을 믿어 달라는 부탁보다는 스스로를 믿는 눈빛이다. 맞아, 똑같은 눈빛을 가진 여자가 있지. 그 여자도 그랬다. 스스로를 믿는 눈빛을 가진 사람들은 신뢰할 만하다.

"이 사건을 맡겠습니다."

희경은 고맙다는 말도, 부탁한다는 말도 하지 않았다. 마치 그렇게 될 줄 알고 있었다는 듯 당연하게 받아들였다.

이겨라는 사건을 수임하기로 했다. 1심은 보나마나 무죄를 선고 받을 것이다. 그 다음이 있다. 마이클 한의 시체가 발견되면, 은혜리는 다시 기소된다. 강희경은 거기까지 생각하고 있다. 그렇다면 한 번 덤벼볼 만하다.

이겨라는 은혜리가 입원해 있는 병원에 찾아갔다. 한때 마약에 취해 있던, 지금도 여전히 치료 중이고 앞으로도 치료가 필요한 스물두 살의 여자. 변호사를 보고도 눈조차 마주치지 않는.

의료 진료서와 주치의 의견서 등을 토대로 용의자인 은혜리가 법정에서 정상적인 증언을 할 수 없다는 의견서를 제출했고 법원은 이를 받아들여 은혜리는 법정에 출두하지 않고 재판이 열렸다.

10 무죄

사건번호 2012 고합 113

〈용의자 및 참고인〉 은혜리
〈검사〉 김현태
〈변호사〉 이겨라
〈주문〉
용의자 및 참고인은 무죄
〈이유〉
범죄사실

가. 2012. 1. 13. 조셉 한은 동생 마이클 한의 실종 신고를 한 바 소재
파악 중, 2012. 1. 4. 23: 32에 용의자 소유인 서울시 강남구 소재 아
이빌 오피스텔 CCTV에 마이클 한이 찍힌 바, 이때까지의 소재 파악이

되는데, 1.5. 09 : 11에 현대 세탁소 김명수가 은혜리로 추측되는 여자에게 전화를 받고 마이클 한의 옷으로 추정되는 세탁물을 가지고 갔다. 이때 은혜리로 추정되는 여자가 비행기 시간이 예약됐기 때문에 빨리 부탁한다는 말을 듣고, 같은 날 14시와 15시에 배달하러 가서 도어벨을 눌렀지만 아무도 문을 열어 주지 않았고, 마이클 한의 핸드폰으로 전화를 했지만 받지 않았다고 진술, 이어 19: 02에 강희경이 은혜리 집을 방문하여, 이어 19: 20에 다시 김명수가 방문, 강희경이 옷을 받았는데 이때 강희경은 파란색 옷을 입었다고 증언, 20: 30에 강희경이 은혜리와 같이 엘리베이터에 탄 모습이 CCTV에 확인 된 바,

나. 2012. 1. 6. 03: 00에 은혜리는 서울시 송파구 소재 모친인 강희경의 집에서 앰뷸런스에 태워져 역시 모친인 강희경이 외과의사로 재직 중인 한강 병원에 병명은 약물중독에 의한 판단력 상실로 입원 확인되었고,

다. 은혜리의 거주지인 아이빌 오피스텔 909호에서 마이클 한의 것으로 추정되는 피를 채취, 국립과학수사원에 의뢰한 바, 마이클 한의 혈액형과 DNA 일치, 마이클 한이 살해 된 것으로 추정, 은혜리를 용의자 및 참고인으로 지목함.

〈판단〉
마이클 한이 아이빌 오피스텔 909호에 들어간 이후 외부로 나오지 않은 것으로 확인, 이후 다른 사람이 909호 입출입이 확인되지 않고, 용의자 및 참고인의 집에서 마이클 한의 지문 체모 및 혈액이 다량 검출된 바, 은혜리가 마이클 한을 살해했다는 정황이 추정 가능.

〈결론〉

이 사건은 합리적 의심을 넘는, 목격자가 없고, 마이클 한의 시체 및 범죄 흉기가 발견되지 않아, 형사소송법 제307조 증거재판주의에 의거하여 용의자 및 참고인에게 무죄를 선고하고, 이 사건은 보류하기로 결론을 내린 바 주문과 같이 판결한다.

* * *

쾅!

준석은 판사가 판결문을 다 읽기도 전에 재판정 문을 힘껏 닫고 나와 버렸다.

'그래 잘난 너네들끼리 다 해 처먹어라.'

화가 나서 견딜 수가 없었다. 차가운 음료수라도 마시면 좀 덜할까 싶어 자판기에서 콜라를 꺼내 마시다가 끝까지 못 마시고 쓰레기통에 던져 버렸다. 예상 못 한 바는 아니었지만 무죄라는 말을 듣는 순간 화가 솟구쳐 오르는데 미치고 팔딱 뛰겠다는 말이 딱 어울렸다.

이겨라가 뭐야, 이겨라가. 법정이 무슨 청군백군 나눠서 달리기하는 운동장인 줄 알아.

화가 나니 변호사 이름이 이겨라인 것도 화가 나고, 매끈매끈하게 생긴 것은 더 싫었다. 그 자식, 누가 봐도 승률이 확실한 사건 변호를 맡았다는 것은 그만큼 명예욕에 목숨 걸었거나, 돈에 환장했거나 둘 중에 하나일 거다.

준석이 생각하기엔 변호사는 다 눈 뜬 장님들이다. 진실이나 사실 따윈 애초에 안중에도 없다. 오로지 보고 싶은 것만 본다. 그리고 능수능란하게 타협을 한다. 피범벅이 돼 칼을 들고 있는 살인자도 무죄를 만들어 버릴 수 있고, 살해 현장이 어딘지도 모르는 사람도 살인자를 만들어 버릴 수 있다. 아버지가 지금까지 꽂이나 꽂으면서도 수백억 대의 재산을 소유하고, 손에 피 안 묻히고 사람을 죽이고 잘 먹고 잘 사는 것도, 따지고 보면 다 변호사들 때문이다. 유전무죄 무전유죄. 돈에 영혼을 팔아버린 자들이다.

그때 희경이 이겨라와 같이 법정에서 나왔다. 두 사람 다 마치 자신들과는 상관없는 재판을 보고 나온 듯 아무 표정이 없었다. 희경이 사람들 사이로 잠깐 준석과 눈이 마주쳤지만 이내 외면했다.

"과장님." 희경이 준석을 봤다. "지금이 끝이 아닙니다." 희경이 그를 날카롭게 쳐다보고 대꾸 없이 지나갔다. "끝까지 갈 겁니다. 나 장준석, 강력계 형사가."

준석은 그녀의 등을 향해 소리쳤다. 그때 차를 타려던 희경이 뒤돌아서 준석을 똑바로 쳐다보며 걸어와 또박또박 말했다.

"모든 길을 끝까지 가야만 하는 건 아니랍니다. 장준석 형사님."

그러곤 다시 뒤돌아서 가버렸다.

'뭐? 모든 길을 끝까지 가야만 하는 건 아니라고? 당신 입장에 서야 그럴 수 있겠지, 하지만 나 아냐. 난 끝까지 갈 거거든. 그래서 그 끝에 뭐가 있는지 똑똑히 보고 말 거거든.'

"무죄입니까?"

조셉 한의 국제전화다. 다짜고짜 무죄냐고 묻는 것이 짐작했다는 말투다.

"그렇게 됐습니다, 쓰플."

준석이 무겁게 말했다. 조셉 한도 대답이 없었다. 무거운 침묵이 흘렀다.

"형사님도 은혜리가 동생을 죽였다고 생각하십니까?"

조셉 한이 침묵을 깨고 물었다.

"아니면 누구겠습니까?"

또 한참 동안 침묵이다.

"법은 살인자에게 무죄를 선고했습니다. 이제는 법 밖에서 유죄를 선고할 방법밖에 없겠군요."

준석이 뭐라 하기도 전화가 툭 끊겼다.

'대체 뭐라는 거야, 이 자식. 이제는 법 밖에서 유죄를 선고할 방법밖에 없다고? 그래서 뭐 직접 단죄라도 하겠다는 거야 뭐야.'

다들 저 잘났다고 야단들이다.

쌍, 모든 것 엎어버리고 싶다.

사건의 진실을 모두 알고 있을 강희경도,

사건 경과나 보고하는 무력한 검사도,

끼워 맞추기식 정황 증거를 들이대는 변호사도,

증거 불충분으로 무죄를 선고한 판사도,

마이클 한의 시체도 흉기도 찾지 못해 눈 빤히 뜨고 무죄 선고를 봐야 하는 자신마저도.

할 수만 있다면, 준석은 다 뒤엎어 버리고 싶었다.

'난 그것을 했다'고 기억은 말한다.
'내가 그것을 했을 리가 없다'고 내 자존심은 말한다.
결국에 기억은 지워지고 만다.

— F. 니체 『선악을 넘어서』 중

11 진실에 접근하기

으악, 하늘이 두 쪽 나도 늦어서는 안 되는 약속에 늦었다. 남자가 여자를 잔인하게 살해한 수사의견서를 읽다가 문득 시계를 보니 이미 별 수단 방법을 다 써도 늦어버린 시간이었다. 지하철 안이라면 뛴다고 해서 빨리 갈 수 없으니 어쩔 수 없지만, 길 위에서는 체면이고 뭐고 뛸 수밖에.

아침에 김현태로부터 오늘 시간 있느냐는 전화를 받았을 때 승주는 뜨끔했었다. 맹장 수술을 받은 환자에게 보내는 것 치곤 터무니없이 커다랗던, 그래서 황 사무장과 이겨라에게 놀림을 받았던 꽃바구니가 생각났다. 고맙다는 전화를 했어야 했는데. 차일피일 미루다 급기야는 먼저 걸려오는 전화를 받는 사태까지 오고야 말았다. 거기다 늦기까지 했으니, 각오 단단히 해야 할 터였다.

맞은 데 또 맞는다더니 승주는 김현태가 만나자고 한 장소를 지나쳤다가 다시 왔다. 예상과 달리 약속 장소가 간판이 작아 눈에 잘 띄지도 않는 밥집이었기 때문이다.

"여길세."

'정말로 아직까지 기다렸단 말이야?'

승주는 김현태를 보자 또 뜨끔했다.

기다리겠다고는 했지만, 한 시간 넘게까지는 기다릴 줄은 몰랐다. 솔직히 약속 장소에 갔더니 안 계시더라는 변명이라도 할라치면 다녀는 와야겠다는 계산으로 왔는데.

'오늘 나에게 꼭 부탁할 것이 있다는 말이군.'

"늦어서 죄송합니다, 부장님."

"반갑네. 승주 군. 아니 이제는 홍승주 검사이라고 불러야겠군."

"승주 군이라 불러도 괜찮습니다. 뭐, 홍승주 검사라고 불러 주시면 솔직히 기분은 더 좋고요."

"으하하. 그래, 난 자네의 그 지나친 솔직함이 맘에 들었어."

'지나친'이라고? 꼭 그냥은 안 넘어간다.

"배가 고파 먼저 저녁을 먹었네, 자넨 아직 식사 전이지?"

'괜히 체할 일 있나.'

김현태와 단 둘이 만나는 것은 불편한 자리임에 틀림없다.

"괜찮습니다, 대충 끼니는 때웠습니다."

"검사에게 가장 필요한 것이 뭔지 아나? 실력도 눈치도 아닌 건강이야, 건강. 다른 사람에게 죄를 구형하려면 내가 뚝심이 있어야 해. 알겠나?"

"네."

"한 잔 받게. 검사 임용 축하주가 너무 늦었나?"

"좀 그렇습니다."

"으하하하, 것도 내 사과하지, 사과해."

뭐 그렇게까지 크게 웃지 않아도 될 일을 과장해 웃는다.

빈 속에 소주가 들어가니, 속에서 찌르르 했다.

'틀림없이 부탁할 일이 있는 거야.'

승주는 열심히 머리를 굴려보았다. 부장검사가 까마득히 저 아래 있는 새끼 검사를 한 시간씩이나 기다리면서 부탁할 일은 무엇일까? 재빨리 요즘 맡고 있는 사건들을 떠올려 보았다. 딱히 뭐 이렇다 할 사건이 떠오르지 않았다. 하긴 2년도 안 된 검사에게 뭐 큰 사건이 떨어지겠는가?

"어때, 검사로 일해 본 소감이?"

"인간은 태어나는 것 자체가 죄를 짓는구나, 입니다."

"그건 검사로써 할 말이 아닌데. 신부나 스님이라면 모를까."

눈에 가득 장난스런 웃음을 담고 김현태가 승주를 봤다.

"의외로 가족 간의 송사가 많아서요."

'그럴 수도 있겠군.' 하는 느낌으로 김현태가 고개를 끄덕였다.

"홍 검, 자넨 선배 법조인들을 싸잡아 도둑놈을 만들어 버린 건방진 연수생이었어."

"죄송합니다."

"죄송해 해야지. 하지만 솔직히 유쾌했다네."

"?"

"일본 영화 중에 「라쇼몽」이란 영화가 있어. 하나의 살인 사건을 두고 네 명의 목격자가 진술을 하지. 그런데 내용이 다 달라. 심지어는 살해된 당사자가 말하는 진상도 다르다네. 모두 자신에게 유리하도록 말하기 때문이지."

"실체적 진실에 관한 질문을 던지는 거네요."

"그렇지, 법정에서 자네나 내가 밝혀내고자 하는 바로 그것이지."

김현태가 소주를 한 잔 들이켜고 말했다.

"지금까지 나는 법정에서 수없이 많은 사람에게 유죄, 무죄를 선언했네. 하지만 내가 진짜로 유, 무죄를 확신했던 것은 아냐."

"?"

"우리는 진실을 몰라. 단지 진실이라고 믿는 거지."

승주는 김현태를 봤다. 절대로 술이 취했다거나 그렇지 않다. 그런데 속내를 드러낸다. 왜 일까?

"부장님, 전 우리가 진실을 모르든, 진실이라고 믿는 것이든, 그런 건 중요하지 않다고 생각합니다."

"그럼 자네가 중요하다고 생각하는 건 뭔가?"

"진실에 접근하는 겁니다."

"진실에 접근한다…… 자네 정말로 그렇게 생각하나?"

승주를 바라보는 김현태의 눈이 가늘어졌다.

"네. 살인사건에서도 진실을 아는 자는 살해자와 피해자 둘밖에 없다고 생각합니다. 설사 목격자도 있다 해도 그 사람 역시 다 알지는 못한다고 봅니다. 어쨌든 당사자들이 아닌 제3자니까요."

"그 진실이 하나라고 믿나? 살해자와 피해자에게 각각의 진실이 있다면?"

"그렇게 생각하는 건 참으로 위험한 발상이라고 봅니다. 검사의 시각이 아니고요."

"검사의 시각이 아니다……"

"죄송합니다."

"한 잔 더 받게."

승주는 김현태가 따라 주는 술을 받아 마셨다. 속마음을 말해서 그런지 목구멍을 타고 내려가는 소주가 시원했다.

"자넨 여전히 무죄추정의 원칙을 거꾸로 해야 된다고 생각하나?"

"네. '무죄가 선고되기 전까지는 모든 죄는 유죄다.'라고 생각합니다."

"이제 그 이유를 물어봐도 되겠나?"

승주는 어깨까지 들썩일 정도로 길게 숨을 들이쉬었다 내뱉었다.

"어렸을 적에, 옆집 오빠가 자기 친구를 때리는 것을 봤습니다. 발로 차고, 주먹으로 치고, 사정없이 때렸습니다. 나중에 맞은 친구 엄마가 옆집 오빠에게 아들을 때렸냐고 다그쳤는데 그 오빠는 끝까지 아니라고 했습니다. 내가 때렸다는 증거가 어디 있냐면서요. 몇 년 후에 옆집 오빠가 결국 무슨 일인가로 교도소에서 복역하고 있다는 말을 들었습니다. 그때 전 죄를 끝까지 파헤치는 게 더 큰 죄를 짓는 것을 막을 수 있겠구나 생각하게 되었습니다."

"그랬었군."

"저에게도 잘못이 있었고요, 때리는 것을 봤냐고 물었는데 아무 말도 못했거든요. 그 오빠의 후환이 무서워서."

"그 때문에 악몽 좀 꿨겠구먼."

"네……"

"이거 한 번 검토해 보게나."

김현태가 서류봉투를 탁자 위에 올렸다.

'그래, 부탁할 일이 이거였군.'

승주는 봉투 속에서 서류를 꺼내 보았다.

'사건번호 2012 고합 113'

이건 강희경 사건! 이겨라가 사건을 수임했던, 원숭이가 해도 이길 재판이라 평판이 났었고 그리고 당연히 무죄판결이 난 사건이다.

"그래, 나의 검사 경력에 또 하나의 오점을 찍은 사건이지. 자네가 한 번 파 보겠나?"

"부장님?"

"물론 한 번 묻혀버린 진실을 파내기는 쉬운 일이 아니야. 하지만 그렇기 때문에 더 가치가 있는 것일 수도 있고."

승주는 희경의 표정을 떠올렸다. 변검처럼 순식간에 변하던. 종이인형처럼 파리하게 침대에 누워 있던 은혜리도 떠올랐다. 이 사건을 파 보라니. 그 말은 강희경과 사건이 끝날 때까지 마주쳐야 된다는 말이다. 감당할 수 있을까?

하지만 김현태가 다시 파 보라 할 때는 '뭔가'가 있다는 말이다.

"하고 안 하고는 자네의 선택이야. 난 그저 자네에게 다시 한 번 맛볼 기회를 주고 싶었네."

"맛이요?"

"이미 자넨 그 맛을 알고 있지 않나? 그 한판 뒤집기의 맛을 말이야. 아참, 맛이 나와서 하는 말인데 이 집 음식 어떤가?"

"네?"

"입에 맞아? 이거 한 번 먹어보게."

승주는 김현태가 앞으로 밀어주는 연근 조림을 먹었다. 끈적끈적하면서도 아삭아삭한 게 맛있었다.

"네, 맛있습니다. 알맞게 조려진 거 같아요."

"거보세요, 알맞게 조려졌다잖아요. 괜히 걱정이세요."

김현태가 느닷없이 밥집 할머니에게 말했다. 그때까지 상에 음식이 떨어질 때마다 조용조용 음식을 갖다 주었던 할머니였다.

"입에 맞수? 더 갖다드릴까?"

할머니가 웃으며 말했다.

"어머니, 이 친구가 박경자 사건을 해결한 바로 그 검사입니다."

'어머니? 진짜 어머니야, 아님 그냥 밥집 할머니를 어머니라 하는 거야?'

"고맙습니다. 우리 아이가 그 사건 때문에 간간히 악몽을 꾸었지요."

'진짜 어머니다.'

할머니가 승주에게 허리 숙여 인사를 했다.

"홍승주라고 합니다. 죄송합니다."

승주도 얼결에 일어서 맞절하면서 죄송하다는 말이 절로 나왔다. 그 사건 해결 이후, 자신은 스타가 됐지만, 김현태는 한참 동안 법조인 술자리에서 후배한테 뒤늦은 뒤통수를 맞은 꼴로 오르내리는 신세가 되었기 때문이다.

"죄송하긴. 누가 잡으면 어쨌누? 늦게라도 죄지은 놈을 잡았으면 됐지."

할머니는 승주의 말을 단번에 이해했다.

175

"홍 검, 이분은 세상에서 내가 제일 존경하는 어머니 도후남 여사예요. 아, 그리고 어디 가서 김현태가 늙으신 어머니 밥집하게 하고, 혼자 잘 먹고 잘 산다고 소문내지 말아요."

"야는…… 이 늙은이가 고집 부려 이렇게 있지요. 아들이 검사지 내가 검사는 아니잖수. 그리고 여기에 이렇게라도 있어서 가끔 아들 밥도 차려주고 돈도 벌고 아주 좋아요. 야가 저 기분 좋으면 밥값도 열 배로 주고 그래요."

할머니가 아들을 보고 웃었다. 사랑과 자랑스러움과 믿음이 가득한 웃음이었다.

"어머니, 내가 그 사건 때문에 악몽 꾼 거 알고 계셨어요?"

"아무리 서슬 퍼런 검사라 해도 너는 내 속에서 나왔다. 어미가 그걸 모르겠냐."

"근데 왜 모른 척하셨어요? 아들이 그렇게 괴로워하는데."

"나야 법은 잘 모르지만, 네가 괴로워하는 것이 당연하다고 생각했으니까. 죄 지은 사람을 못 잡았으니 괴로워라도 해야지 않겠냐 싶었지."

"어머니, 오늘 밥 값 열 배 드립니다."

그러곤 유쾌하게 웃었다.

"검사 후배라고 데려 온 사람은 아가씨가 처음이에요. 자주 와요. 내 아들 밥상 차린다 생각하고 밥 줄게요."

"네. 꼭 그럴게요."

헤어지는 길, 김현태는 차에 오르기 전 방점을 찍듯 승주에게 말했다.

"한때 나도 자네처럼 생각했네. '무죄가 선고되기 전까지는 유죄여야 한다.'라고 말일세. 지금은 그렇게 생각하지 않지만."

검사 기록에 오점으로 남을, 무죄가 선고될 것이 빤한 사건을 김현태가 기소시켰다는 말을 듣고 그 바닥 사람들은 모두 고개를 갸웃했었다. 그 정도 위치라면 얼마든지 맡지 않을 수 있었기 때문이다.

승주는 김현태 부장이 왜 '마이클 한' 사건을 맡았는지 이제야 알 것 같았다.

'그래, 김현태 그에게는, 대한민국에서 알아주는 검사인 아들이 있건 말건 식탁 네 개짜리 밥집을 하는 어머니가 뒤에 버티고 있었던 거야. 해결하지 못한 사건 때문에 악몽을 꾸는 아들을 알고도 검사라면 그래야 한다며 지켜만 봤던 어머니가 있었던 거야. 그렇게 자신을 믿고 있는 어머니를 절대로 실망시켜서 안 된다는 스스로의 상한선이 있었던 거야.'

그런 김현태가 자신을 믿고 일을 맡겼다. 이건 부탁이 아니다. 부탁이란 맡긴 사람에게 이익이 갔을 때 하는 말이다. 자신이 이 일을 해결한들, 김현태에게는 아무런 이익이 가지 않는다. 아니, 오히려 다시 한 번 후배에게 뒤통수를 맞았다며, 입에 오르내릴 것이다. 그런데도 그는 자신에게 이 일을 맡겼다. 실망시켜서는 안 되는 사람이 뒤에 있기 때문이다.

그래, 그렇게 세상에서 절대 실망시켜서는 안 되는 사람을 가진 이들은 끝까지 가지 않지.

그때 승주의 핸드폰 벨이 울렸다. 엄마다.

다른 때도 그렇지만 지금은 정말로 받기 싫다. 지금 받으면 엄마를 더 미워하게 될 것 같다. 이상했다. 화면에 뜨는 번호만 보고서도 엄마의 현재 상태를 알 것 같으니 말이다, 술 마시고 한 전화인지, 울면서 한 전화인지, 사과하기 위해서 한 전화인지…… 지금은 술 마시고 한 전화일 것이다.

세 번을 껐다 켰다 반복했지만 엄마는 끈질겼다.

"내 딸 승주니?"

'내, 딸, 승, 주'

이 네 음절로 엄마는 승주와 자신의 관계를 단번에 규정해 버렸다. 누구의 딸도 아닌 내 딸.

"승주야, 내 딸 승주지? 이 엄마의 하나밖에 없는 딸 맞지? 왜 대답 안 하니? ……. 잘못 걸렸나……? 여보세요. 거기 홍승주 검사님 핸드폰……"

승주는 끝까지 듣지 않고 전화를 끊어버렸다.

엄마는 또 그 술자리에서 자신의 딸이 검사라는 말을 반복해 사람들을 지겹게 만들었을 것이다. 지겨워하는 사람들에게 아비가 누군지도 모르고 자란 딸이 검사가 됐다며 호기심을 부추겼을 테지.

엄마란 이유 하나로, 낳아주었다는 이유 하나로 해 준 것 없이, 너무나 많은 것을 바라기만 하는 엄마.

"넌 이 엄마를 한 번도 실망시킨 적이 없는 착한 딸이야."

엄마는 자신이 항상 딸을 실망시켰다는 것은 알고 있을까?

'난 절대로 김현태 같은 사람은 될 수 없겠군.'

승주는 핸드폰을 완전히 꺼버리면서 생각했다.

* * *

"김현태가 파 보라 했단 말이지? 그래서 항소할 거니?"

"90퍼센트는 그래."

픽.

이겨라가 코웃음 치듯이 웃었다.

"왜?"

"그 여자가 생각나서."

"누구? 은혜리?"

"아니. 강희경. 그 여자는 일이 이렇게 될 줄 알고 있었어."

"선배, 혹시?"

"빙고! 이 사건을 끝까지 맡기로 하고 수임했지."

"끝까지? 그럼 항소할 줄 알고 있었단 말이야?"

"그 여자는 그랬어. 마이클 한의 시체가 발견되면 그렇게 될 거라 예상하고 있었어."

강희경이 예상했다고? 순간 승주의 팔에 소름이 돋았다. 뭔가 있다는 말이다!

이겨라는 이미 농도가 얇아진 술잔에 헤네시 스윙을 따랐다. 끝이 둥그런 병이 이리저리 흔들리다가 전 혼자 중심을 잡고 섰다.

"시체가 발견되지 않으면 1심과 달라질 것은 없어. 괜히 항고할 기회만 줄이지 말고 좀 더 조사한 다음에 항소하는 게 어때?"

어떻게 할 거냐는 듯 이겨라가 승주는 바라보았다.

"내가 이 사건을 항소하게 되면 선배와 난 적이 되는 거네."

179

"뭐 그렇다고 할 수 있지."

"강희경을 자주 만나봤지?"

이겨라는 고개만 끄덕였다.

"선배가 보기엔 어땠어?"

"뭐가?"

뜻밖의 대답에 승주는 이겨라를 쳐다봤다. 그가 승주를 빤히 쳐다봤다.

픽.

이번에는 승주가 웃었다.

"벌써 시작이야? 좋아, 결심했어. 이 사건 항소할래."

"뭐 그렇다면…… 콜!"

이겨라가 승주의 잔에도 술을 따라 주었다.

"승소해라, 홍승주 검사님!"

"승소하세요, 이겨라 변호사님"

승주와 이겨라는 건배를 했다.

그리고 둘 다 원샷했다.

"우리 내기할까?"

"무슨?"

"승소 한 사람 소원 하나씩 들어주기."

"소원? 난 선배가 들어주었으면 하는 내 소원 없는데."

"그건 걱정 마. 네가 이긴다는 보장도 없잖아."

"물론 이번엔 이기지 못할 수도 있겠지. 하지만 이 사건에서 난 결국 이겨."

"?"

"사람이 살해당했어. 그럼 살인자가 있잖아. 은혜리가 될지, 강희경이 될지, 아님 제3자가 될지는 아직 나도 몰라. 단, 살인자가 있다는 것만은 확실해. 그러니까 내가 이겨. 난 그 살인자를 반드시 검거할 거거든."

"그럼 우리 둘이 합심해서 제3자를 찾아내면 되겠네."

"무슨 뜻이야?"

검사와 변호사가 적당선에서 합의를 보는 경우도 있다. 물론 지금 이겨라가 하는 말이 그런 뜻이 아니란 걸 알면서도 이건 검사와 변호사가 나눌 대화는 아니다 싶었는지 자신도 모르게 목소리가 좀 높아졌다.

"긴장하기는. 넌 은혜리도 강희경도 아닌 제3자를 찾아내면 검사로써 승소라는 거고, 난 이 두 사람이 사건과 직접적인 연관이 없다는 것을 밝혀내면 의뢰인을 이기게 해 주었으니 변호사로서 승소하는 거다 이 말이야."

"뭐, 그렇긴 하지."

"윈윈해서 나쁠 건 없긴 한데…… 그러면 안 되는데."

"왜?"

"그럼 소원 들어 주기를 못하잖아."

"선배, 됐고. 선배는 은혜리와 강희경이 이번 사건과 관련이 없다는 증거를 지금부터 열심히 찾으셔야겠네요."

"승주 넌 그 어떻게 해서든 마이클 한의 시체나, 흉기를 열심히 찾아야 해. 그거 아니면 절대로 뒤집을 수 없어."

"그건 선배도 마찬가지야. 만약 증거들이 이번에도 발견되지 않으면, 이 사건은 끝나지 않아. 그러면 은혜리와 강희경도 영원히 이 사건에서 완벽하게 무혐의를 받을 수 없어. 한 번 용의선상에 오르면 사건이 끝날 때까지 영원히 용의자인 거 알잖아. 그럼 선배도 끝까지 미해결 사건 하나를 안고 있는 거야."

"그렇지."

"그런데 왜 맡았어?"

"……."

"돈 때문이야?"

"그러면 안 되니? 강희경이 돈은 얼마가 들어도 상관없다고 하더라."

"뭐 것도 충분히 이유가 될 수 있긴 하지."

"이 사건을 맡았을 때 사람들은 날 재수 없는 놈이라고 했어. 승률 높이기에 혈안이 돼 있다고 말이야. 하지만 그들은 내가 끝까지 책임지기로 했다는 사실은 모르지. 맞아, 까닥 잘못하면 영원히 용의자인 사람을 영원히 변호해야 될지도 모르지. 그래도 맡고 싶었다면?"

"그러니까 그게 뭔데."

"변호사는 물론 사건을 위임하기 전에 판단해야겠지. 이길 수 있을까 없을까를 냉정하고 엄밀하게. 하지만 때로는 의뢰인을 믿기도 해. 강희경, 그 여잔 스스로를 믿었어. 마치 누구처럼."

이겨라가 승주의 눈 속을 들여다보며 천천히 말했다.

"그렇게 스스로를 믿고 있는 여자를 나는 또 한 명 알고 있지."

"……."

"홍승주, 나도 때로는 하고 싶은 일을 해. 돈과는 상관없이."

이겨라가 다시 술을 마셨다. 그의 잔 속에서 얼음이 부딪치는 소리가 들렸다.

"이해되니?"

"조금은."

"우리 각자의 위치에서 최선을 다하는 거야. 그래서 누가 이기나 보자."

"그래야지."

"이렇게 바에서 너와 술 마시는 것도 마지막이겠다?"

"이제부터 검사와 변호사로서만 만나는 거지 뭐."

"보고 싶어도 꾹 참아야겠네."

"선배한텐 그런 말 진짜 안 어울리는 거 알아?"

"인간은 다중인격체야. 내 안에 내가 너무 많단 말이야."

"그 중 하나가 나 좋아하는구나."

"그래."

"돈도 잘 벌겠고, 뭐 생긴 것도 그만하면 어디에 안 빠지겠고, 변호사고, 그런 선배가 날 좋아한다니까 기분은 좋은데,"

"좋으면 됐지, 뒤에 무슨 말을 하려고."

"그렇다고 나도 선배를 좋아해야 되는 건 아니지? 선배가 날 좋아하니까, 나도 선배를 좋아해야 된다, 뭐 그런 거 아니지?"

이겨라가 다시 자신의 잔에 술을 따랐다. 그러곤 술잔을 한참 이리저리 돌렸다. 술잔 안에서 얼음이 부딪치며 달그락거리는 소리가 들렸다.

"내가 싫니?"

'아니, 싫진 않아. 누군가 날 좋아한다는 것이 부담스러울 뿐이야.'

"좋아하는 것, 사랑하는 것, 그런 건 다 기브앤드테이크잖아."

"그게 부담스럽니?"

"죽을 만큼 사랑한다는 말이, 내게는 '떠나면 죽여 버릴 거야.'로 들려."

"배신 때문에 죽이고 죽는 사건 맡았니?"

김현태를 만나기 전에 조사 중이었던 사건은 25세의 남자가 23세의 여자를 청테이프로 온 몸을 둘둘 감아 질식사시킨 사건이었다. 남자는 자신을 떠난 여자를 이해하려고도 용서하려고도 받아들이려고도 하지 않았다. 죽여 버렸다.

지겹다.

사람들은 사랑이란 걸 한다. 그리고 그것 때문에 상대를 죽이기도 한다. 그리고 말한다. 사랑해서 죽였노라……고. '사랑'이라는 이름은 같은데 사랑하는 방식이 달라졌다? 그게 사랑 맞나?

사랑은 두 사람이 같이 시작하고 같이 끝내야 한다.

그렇지 않으면 미처 사랑을 끝내지 못한 사람은 불행하다.

평생을 그 사랑을 끝내지 못해, 다른 사랑을 못한다. 엄마처럼.

남자, 여자관계만큼 애증이 교차하는 관계는 없을 것 같다. 사랑할 때는 그 사람을 위해 대신이라도 죽을 수 있을 것처럼 하다가도, 그 사랑이 끝나면 이렇게 사람을 죽여 버리기까지 한다.

"검사 후유증 증세다."

"검사 후유증 증세?"

"이제 시작이다. 그 증상. 검사, 판사, 변호사, 그거 사람이 할 짓이 못 돼. 인간의 어두운 쪽만 파. 밝고 건강하고 싱싱한 쪽 다 놔두고."

"맞아. 판사직 그만두고 머리 깎고 스님 된 선배를 이해할 수 있을 것 같아, 충분히."

"홍승주, 이해까지만 해라, 그렇게 되지는 말고."

"이러다 선배하고 나 그 사건 끝나고 정신과 가서 상담 받게 되는 거 아냐?"

"걱정 마, 난 신경 줄이 튼튼하니까. 내가 너 상담해 줄게."

흥.

승주는 웃음이 나왔다.

왜 그런 식으로 웃느냐는 듯 이겨라가 쳐다봤다.

그가 이기면 무슨 소원일 말할까? 짐작은 할 수 있다. 아마 사랑을 시작하자고 하겠지.

만약 내가 이기면 난 무슨 소원을 말할까? 아무도 날 사랑하지 않은 것이 나의 소원이라고 말해 볼까.

이제부터 저 남자와 자신은 변호사와 검사로 만나야 한다. 하나의 사건을 가지고 정반대의 시각과 각도로 접근하게 된다. 그렇게 물과 기름처럼 절대로 섞일 수 없는 관계인 검사와 변호사가 사랑이란 걸 할 수 있을까?

승주는 할 수 없다고 본다.

애당초 한 사건에 대해 시각 차가 다른 사람들은 절대로 섞일 수 없다. 그건 사건에서 뿐만 아니라 삶을 바라보는 태도이기 때문이다.

12 엄마가 치웠어?

승주는 송파 경찰서에서 올라온 사건 의견서부터 판결문까지 반복해서 꼼꼼히 읽었다. 그때 인터폰이 울렸다.

"송파 경찰서에서 형사님이 오셨습니다. 검사님."

약속시간 20분 전이다. 먼저 왔다면 당연히 밖에서 기다리다가 제 시간에 들어와야 한다. 그런데 20분을 참지 못하고 방문 요청을 한다. 상당히 조급한 성격의 사람이거나 약속 시간 따위에 별 신경을 쓰지 않는 무례한 사람이거나 둘 중 하나일 것이다.

"들어오라 하세요."

사무장을 따라 한 남자가 들어 왔다.

'뭐야, 강력계 형사가 왜 저렇게 말끔하게 생겼어?'

사실 강력계 형사와 범인을 세워 놓고 보면, 누가 형사이고 누가 범인이지 잘 구분이 안 될 때가 있다. 쫓는 자와 쫓기는 자가 비슷해져 버린 것이다. 하지만 저 형사는 강력계 형사보다는 그 역할을 맡은 잘생긴 배우쯤 돼 보였다.

"송파 경찰서 장준석 형사입니다."

'장준석?'

그녀는 조사서를 다시 보았다. 담당 형사는 '고명수'가 맞다.

"초동 수사하신 형사님께 공문이 갔을 텐데요."

"실종 사건으로 접수될 때부터 제가 수사했어요. 나중에 고명수 형사로 바뀌었죠."

'왜죠?' 하는 눈빛으로 승주가 봤다.

"장종범 아시죠?"

'장종범? 그 사람 모르는 법조인도 있나?'

"아버지입니다."

'장종범이 아버지?'

장종범의 아들이 형사가 됐다는 말은 들은 적이 있다. 그때 술 좌석에 같이 있던 누군가가 그것을 빗대어 사자 새끼가 호랑이 굴에 들어갔다며 비웃었고, 또 다른 누군가는 조폭 자식은 사법기관엔 시험 볼 자격도 박탈하는 법을 상정해야 한다고 해서 모두 박장대소했었다. 자신은 아버지를 배신한 자식은 아버지보다 더 독한 사람일 거라는 생각을 했었던가?

그런데 여기 내 앞에 앉아 있는 사람이 바로 그 아버지를 배신한 자식이라니.

"반장님이 절 상당히 미워하셔서 살인사건이 되면서 담당 형사를 바꾸시더라고요. 살인자 자식은 살인자를 잡을 수 없다나 뭐라나 하시면서요. 그래서 바로 휴가서 내고 덤벼들었습니다. 살인자 자식이 살인자를 잡아, 목을 비틀어 반장님 앞에 데려가고 싶었거든요. 쓰플, 근데 사건이 쫑 나는 바람에……"

못내 아쉽다는 듯 준석이 주먹으로 자신의 손바닥을 쳤다.

"쫑 안 났다면요?"

"네?"

"만약 쫑 안 났다면 어떻게 하실 건데요?"

"재수사 들어가는 겁니까?"

승주는 그 질문에는 대답하지 않았다.

"이 사건에서 은혜리를 용의자로 본 가장 큰 이유는 무엇이었습니까?"

처음부터 질문이 세다.

"객관적인 증거로는 마이클 한이 오피스텔에는 들어갔는데, 나온 CCTV 화면이 없거든요."

"주관적인 증거로는요?"

"은혜리 어머니, 강희경의 태도 때문입니다."

또 강희경이다.

"강희경이라면, 이 사건의 참고인으로 조사받으셨던 분 말입니까?"

"처음부터 끝까지 지나치게 침착하고 차분한 것이 영 마음에 안 듭디다."

"그건 그 분의 외과의사라는 남다른 직업 때문이 아닐까요? 오랜 세월 동안 어떤 순간에도 당황해서는 안 되는 침착함이 몸에 배서요."

"뭐 그럴 수도 있겠죠. 외과의사로서야 당황하지 않고 침착하다 쳐도. 엄마로서는 그러기가 영 힘들다고 보는데요. 경험상, 자식이 살인용의자란 말에 무너지지 않은 엄마를 본 적 없어놔서요."

장준석이란 이 형사도, 이겨라 선배도 둘 다 강희경을 언급했다. 한 사람은 그녀 때문에 범인을 확신했다 하고, 다른 한 사람은 그녀를 믿기 때문에 의뢰를 수임했다고 한다.

강희경의 무엇이 직업상 눈치 백 단인 두 사람에게 보는 관점에 따라 그토록 달라 보이는 걸까?

어차피 일은 시작되었다. 오늘 당장에 그녀를 만나야겠다.

"사무장님, 강희경 씨와 오후 약속 잡아주세요."

"네, 알겠습니다. 검사님."

재수사 들어가는 거 맞다.

"저도 끼워주십쇼."

"?"

"범인 잡는 것은 단순히 퍼즐 맞추기가 아니거든요. 쓰플. 방에 앉아서 이리 맞추고 저리 맞추고, 백날 하는 동안 범인은 얼씨구나 토껴버리죠. 현장에서 좆 나게, 아, 실수입니다. 뭣 나게 발로 뛰어도 잡을까 말까 한다 그 말입니다. 검사님, 이 사건 해결해 스타 되고 싶으시죠? 그러면 저와 공조하는 게 훨씬 빠를 겁니다요. 내가 그 살인자 개새끼를 잡아다가……"

준석은 어떻게 해서든 이 사건에 끼어들고 싶었다. 그러려면 저 여자 검사를 설득해야 한다. 설득은 강력계 형사답게 거칠고 강하게. 깍듯이 예의나 차려서는 씨알도 안 먹힌다.

"그런 말투 저한테는 안 먹힙니다, 재미없어요."

씨알도 안 먹혔다.

"이 사건의 포인트는 시체 발견에 있었습니다. 그렇죠?"

약점을 콕 찌른다.

"앞으로 시체를 찾을 확률은 얼마나 될까요?"

'제기랄, 살인사건 해결을 무슨 수학 문제 푸는 것쯤으로 아나. 샌님들이란.'

"확률은 모르겠고, 무조건 찾아내야죠."

"무조건 찾아낸다……. 너무 무책임하시네요."

"?"

"현장에서 뭣 나게 발로 뛰는 형사님들 고충은 있으시겠지만, 이 케이스는 시체만 찾으면 되는 사건이었습니다. 그런데 그걸 놓치는 바람에 미해결 도장이 찍혀 버린 겁니다. 형사님도 그렇게 생각하시죠?"

한 번은 쳐줄 필요가 있다. 특히 장준석 형사에게는 그럴 필요가 있다. 이 사람은 장종범의 아들이다. 그 아버지가 싫어서 뛰쳐나왔다지만, 이 사람도 뒷배경이 있다. 물론 김현태 검사와는 질적으로 다른 백그라운드이긴 하지만 싫든 좋든 믿을 구석은 있단 말이다. 그런 사람들은 현재 위치를 자주 망각한다. 힘 있고 빽 있는 피고인들이 터무니없이 거만한 까닭들이 다 그런 이유다.

끼득.

혼자 끼득 끼득 웃더니, 준석이 자세를 바로 잡았다. 충분히 이해했다는 태도다.

"하나만 물어봅시다, 형사가 검사님께."

말은 그렇게 해도 빈정거리는 말투는 아니었다.

"물어보세요."

"검사님은 이 사건을 왜 맡으셨습니까? 시체 못 찾으면 끝장일 텐데."

"사람이 죽었잖아요. 죽인 사람은 죄 값을 치르게 해야죠."

명쾌하다.

준석은 공식적인 휴가가 끝나고 일선에 복귀해 다시 잡범이나 쫓는 신세가 됐지만 머릿속에는 항상 마이클을 누가, 어떻게, 어디로 옮겨 버렸을까 하는 생각이 떠나지 않았다. 매일 경찰청 신원 미상 사이트에 접속해 혹시 마이클과 비슷한 남자가 있지 않나 확인하는 것도 잊지 않았다. 시체나 그 밖의 결정적인 단서가 나타나지 않는 한 항소가 어렵겠다는 판단도 했었다. 그런데 검찰로부터 마이클 한 담당 형사를 찾는다는 연락을 받았을 때 준석은 고 형사에게 자신이 가겠노라고 했다. 검사실 문을 열고 들어오는 순간, 솔직히 '이게 뭐야?' 하는 생각을 했다. 담당검사가 신참에 여자라니! 신참 검사는 의욕을 앞세워 수사 방향을 자기 고집대로 해 형사들을 피곤하게 한다. 그리고 여자는…… 일하고 상관없는 여자라면야 언제든지 환영이지만, 일할 때는 고양이하고 여자는 피하고 싶다. 고양이는 알레르기가 있어서 그렇고 여자는 속을 알 수 없기 때문에 그렇다.

"커피 괜찮으세요?"

괜찮다는 대답을 하기도 전에 승주가 커피포트에서 커피를 따라 준석 앞에 놓았다. 설탕도 없는 블랙이었다.

'역시 제멋대로군.'

준석은 일회용 컵에 달랑 내놓는 커피를 보자 그런 생각이 들었다.

주는 거니까 일단 마셨다. 성의 없이 준 것에 반해 커피 맛은 괜찮았다.

"괜찮네요, 커피 맛."

'그래요?' 하는 표정으로 승주가 준석을 빤히 봤다.

'왜 저런 눈으로 쳐다봐? 커피 맛있다는 게 뭐 잘못됐나? 맛없다 한 것도 아니고.'

"이 방에서 그런 말 하신 분은 처음이라서요."

"난 또. 원래 세상에서 제일 입맛 떨어지게 하는 사람이 누군 줄 아세요?"

"?"

"검사와 형사입니다. 살면서 절대로 만나고 싶지 않은 사람들이잖습니까."

"듣고 보니 정말 그러네요."

승주가 빙긋 웃으며 말했다.

순순히 받아들인다. 제멋대로 일지는 몰라도 쓸데없는 고집은 부리지 않겠다 싶다.

"형사님께서 수사하셨던 것을 말씀해 주세요. 여기 보고서에 적힌 것 외에 탐문 수사를 하시면서 알게 된 사실도 좋고, 형사님께서 개인적으로 추측하신 것도 좋고요."

"뭐 그렇죠. 어려울 것 있습니까. 2012년 1월 13일 마이클 한의 실종 사건이 접수됐습니다. 접수자는 마이클의 형이었습니다."

"잠깐만요, 녹음할게요. 됐습니다, 시작하세요."

야옹.

준석은 자신을 빤히 처다보는 신참 여자 검사가 순간 고양이처럼 보였다.

* * *

희경은 병원장의 방 문을 닫고 나왔다. 권고사직보다는 희경의 사표 제출 쪽으로 이야기는 끝났다. 아무리 무죄로 끝났다고 할지라도 병원 입장에서 보자면 외과과장과 그 딸이 살인사건에 연루되었다는 것은 병원 이미지에 심각한 타격이다. 생명을 다루는 병원 아닌가. 환자에게 신뢰가 떨어진 의사는 이미 그 실력과는 상관없이 거부당한다. 희경은 2주간의 시간을 달라고 했다. 현재 치료 중인 환자를 끝까지 책임지겠다고 말은 했지만, 아직 처리해야 할 일이 남아 있다. 다음 주 화요일, 생체 해부학 실습 강의가 있다. 그날만 지나면 된다. 그날만 지나면 남자를 흔적도 없이 사라지게 할 수 있다. 그때까지는 병원에 있어야 한다.

"207호 환자가 다리가 아프다며 웁니다."

207호 환자라면 교통사고로 다리를 자른 환자다. 다리가 아프다며 운다고? 없는 다리가 아프다며 운단 말이지…….

허깨비 다리 통증 증후군이다. '즉, 환상통이다.' 흔치는 않지만 이미 없는 신체의 고통을 진짜로 느끼는 증후군이다.

"여보, 뼈가 생살을 찢어. 뼈가 안에서 다 으스러져. 차라리 다리를 잘라. 너무 아파."

"당신 정말 왜이래."

남편이 아내를 붙잡고 같이 울고 있었다.

지금은 있지도 않은 다리가 아프다면 운다. 이미 잘라버린 다리의 고통까지 기억한다.

정말이지 인간의 기억은 어디까지일까?

"여보, 민서는?"

여자가 딸 민서를 찾기 시작한다.

또 시작이다.

"유치원에서 아직 안 왔어요?"

남편이 고개를 떨어뜨리고 울었다.

"왜 그래? 민서 어딨냐는데 왜 울어?"

"환자분, 딸은 죽었습니다."

희경이 말했다. 말해 주지 않으면 딸을 끝없이 찾는다.

"죽어요? 누가요? 거짓말이죠? 지금 거짓말 하는 거죠?"

그러면서도 여자는 벌써 눈물을 흘리며 온 몸에 소름이 돋기 시작했다. 이성보다 본능이 우선할 때면 이렇게 몸이 먼저 반응한다.

여자가 눈을 끔벅였다. 사고의 기억이 희미하게 시작되고 있다.

"안 돼! 민서야. 죽으면 안 돼. 엄마는 우리 민서 없으면 못 살아, 민서야…… 안 돼."

사고의 순간, 죽어가는 딸을 붙잡고 저렇게 통곡했을까?

여자는 몇 번이나 반복되는 상황에서, 매번 저렇게 가슴을 찢듯이 울었다.

"그만, 그만해! 당신이 이러면 내가 미쳐버릴 것 같아. 돌아 버리겠다고."

결국 남편은 밖으로 나가버렸다.

교통사고로 아이는 그 자리에서 죽고, 여자는 오른쪽 다리를 잘라내야 했다. 문제는 그 다음부터였다.

단기기억상실.

이 여자는 보통의 단기기억상실과는 조금 다른 증상을 나타냈다.

잠에서 깨어나면 교통사고의 부분만 기억을 못했다. 그리고 당시의 상황을 설명해 주면 다음엔 딸을 찾았다. 딸이 죽었다는 사실을 말해 주면 그때부턴 까무러칠 때까지 울었다. 그리고 다시 깨어나면 또 기억을 못했다. 기억의 유통기간이 잠들고 깨어나면 끝나는 것이다. 끔찍한 사고를 잊고 싶다는 의식과 잊어서는 안 된다는 의식이 서로 싸우는 것이다.

이미 잘라지고 없는 다리의 통증은 기억하면서 죽은 아이는 기억하지 못한다.

여자가 정신이 돌아올 때마다 딸이 죽었다는 끔찍한 사실을 전해야 되는 가족은 지쳐갔다. 마찬가지로 정신이 돌아올 때마다 딸이 죽었다는 사실을 들어야 하는 여자는 그때마다 까무러쳤다.

이건 너무나 잔인한 형벌이다.

여자가 끝내 어느 쪽 기억을 마지막으로 선택할지는 아무도 모른다. 대부분 단기기억상실은 결국은 모든 걸 기억해 내지만, 저 상태가 좀 더 지속되면 여자는 더 이상 지탱할 수 없을 정도로 피폐해져 버릴 것이다.

희경은 짐승처럼 피울음을 토해내는 여자를 뒤로 하고 병실을 나왔다.

인간의 기억이란 얼마나 잔인한가?

기억하고 싶지 않은 기억은 인간을 얼마나 황폐하게 만드는가?

더 무서운 진실은 어떤 식으로든 기억으로부터 도망칠 장소는 그 어디에도 없다는 것.

그때 희경의 핸드폰이 울렸다.

이겨라 변호사의 번호가 떴다.

"네."

"검찰 측에서 항소했습니다. 1심 때와 똑같이 용의자와 참고인입니다."

"……."

"지금 따님 상태는 어떻습니까? 2주 후에 재판이 열립니다. 이번에는 법정에 출석할 수 있겠습니까?"

"주치의에게 물어볼게요."

"……아시죠? 처음부터 다시 시작입니다."

"……네."

"그럼 다시 연락드리겠습니다."

전화를 끊자마자 다시 울렸다.

"과장님, 서울지방법원 홍승주 검사실에서 전화 왔습니다. 검사님이 만나 뵙고 싶다고 하는데요, 오늘 오후에 시간 있으시냐고요. 어떻게 할까요?"

홍승주 검사라고? 죽을 것 같은 고통을 참아 내고, 자신의 쨍한 눈길을 맞받아치던, 딸 혜리의 병실을 들여다보던 맹랑한 여자였다. 환자가 아니라 검사의 신분이라 이 말이지? 그 여자가 이 사건과 관련이 있나? 못 만날 이유는 없다.

"4시로 잡아요."

항소라……. 이번엔 더 파고 들것이다. 하지만 아무리 파도 거기까지다. 뒤집을 수는 없다. 2주 후에 재판이 열린다고 했다. 그 전에 남자를 처리하면 된다. 어쨌든 또 시작이다.

혜리의 병실, 침대가 비어 있다.

'어디 갔지?'

희경은, 겁이 덜컥 났다. 딸은 지금 극도로 불안정하다.

"김 간호사, 혜리 어디 갔어?"

"운동실에 데려다 주었는데요. 탁구 치는 거 보고 싶다 해서요."

"탁구 치는 거 보고 싶다……고? 혜리가 직접 그렇게 말했어?"

"네."

"정말이야?"

"'언니, 나 탁구 치는 거 보고 싶어.' 그렇게 말했어요."

"다른 말은 없었어?"

"네. 없었는데요."

희경은 마음이 급해 엘리베이터를 기다릴 수가 없어 운동실이 있는 8층까지 계단으로 뛰었다.

의사 표시를 했다.

희경에겐 한 번도 그런 적 없다.

'날 속인 거야.'

언제부터였을까? 언제부터 딸은 정신을 차렸을까? 법정에서 무죄선고를 받은 날부터 LSD 수치를 점점 낮추다가 끊었다. 정상적인 치료를 시작한 지 불과 3일 됐다. 그때부터였을까?

딸은 자신이 정신이 돌아왔다는 것을 숨겼다. 진짜로 정신을 차린 것이다.

제발, 아무 일 없기를…….

제발, 아무에게도 무슨 말을 하지 않았기를…….

제발, 그 일을 현실로 받아들이지 않았기를…….

운동실 문을 열자, 딸이 보였다. 환자들이 탁구 치는 것을 멍하니 보고 있었다.

희경은 마음을 진정시키고 혜리 옆에 조심스럽게 앉았다.

"재밌니?"

최대한 자극하지 않고, 일상처럼 조심스럽게 물었다.

"탁구치고 싶니?"

혜리가 고개를 돌려 희경을 봤다. 그러곤 다시 탁구 치는 쪽으로 고개를 돌려버렸다.

"지금 몇 대 몇이니?"

"……."

"누가 이기고 있어?"

"엄만, 늘 그게 중요하지."

혜리의 첫 번째 반응이다.

"누가 이기는지…… 누가 지는지……."

안정적이다.

희경은 섬뜩했다.

딸이 정신을 차린 것이 좋은 것이 아니라 섬뜩해야 하다니.

"그래, 내가 그렇구나."

"그런 엄마가 나 참 싫었어."

'싫었어…….' 과거를 말한다.

"지금은, 지금도 싫니?"

생각을 자꾸 현재로 끌어내야 한다. 과거로 향해서는 안 된다.

"응."

보지도 않고 대답한다.

그랬다. 자신은 누가 이기는지가 항상 중요했다. 항상 이기고 싶었다. 공부도 일도 사랑도 항상 이기는 게 목적이었다. 그리고 이겨왔다고 생각했다. 하지만 남편과 친구의 배신…… 자신이 딛고 있는 것이 결국은 허방이란 것을 알았을 때의 그 자괴감이란.

다시는 허방에 빠지고 싶지 않다. 정말이지 다시는 삶에게 뒤통수를 맞고 싶지 않다.

"미안하다……."

이 엄마를 영원히 미워해도 상관없어. 과거만 기억하지 마…….

혜리는 노란색 탁구공을 따라 고개까지 좌우로 움직이며 열중했다.

그러더니 희경을 보지 않고 물었다.

"엄마야?"

처음엔 희경은 무슨 말인가 알아들을 수가 없었다.

"?"

"엄마가 치웠어?"

쿵, 하고 심장 떨어지는 소리.

희경의 귀에 분명히 그 소리가 들렸다.

"엄마지?"

"너?"

"나 이제 어떻게 하지……?"

고개는 여전히 탁구공을 따라 움직이지만, 이미 눈은 텅 비어 있다. 스스로에게 질문을 던지고 있다.

어디까지 알고 있는 걸까? 어디까지 기억해 낸 걸까?

"이제 무엇을 해야 하지……?"

희경이 억지로 고개를 돌려 자신을 보게 했다.

"아무 일도 없었어. 넌 꿈을 꾼 거야."

"꿈? 마이클이 죽은 게 꿈이라고?"

"그래."

혜리의 눈동자가 심하게 흔들렸다.

"엄마가 치운 것도 꿈……이야?"

"그래 모두 다."

"이렇게 볼링공 무게가 생생한데……, 아니, 꿈이 아냐. 꿈일 리가 없어."

그리고 자신의 손을 내려다보았다.

희경은 그 손을 아프도록 꼭 쥐었다.

"꿈이야, 꿈이라고, 꿈이라니까."

"아냐, 아냐, 아니라고……."

혜리가 고개까지 흔들며 부정했다.

희경은 입이 바싹바싹 타 들어 갔다.

어떻게 해서든 딸의 기억을 혼란스럽게 해야 하는데. 꿈인지 상상인지 사실인지 구분할 수 없게 흔들어 놓아야 하는데.

"잘 생각해 봐. 예전에도 너 그런 적 있었어. 일곱 살 때였니? 코끼리가 널 쫓아와 긴 코로 휘감아 공중으로 던져버렸다며 무서워 운 적 있었잖아. 그건 꿈이었어. 그리고 또 있어. 네가 어딘가에 갇혀 있댔어. 문이 있어 문을 열고 나가면 또 문이 있댔지. 문을 열고 나가면 또 문이 있고. 그렇게 밤새 문만 열고 나갔다고 그랬어. 그것도 꿈이었어. 그렇지?"

혜리가 고개를 끄덕였다.

두 눈에 눈물이 그득했을 뿐 울지는 않았다.

차라리 울기라도 했으면.

우는 것보다 더 슬픈, 눈물조차 흘릴 수 없는 끝을 알 수 없는 두려움.

불안과 죄책감과 체념이 혼재된.

"나 꿈꾼 거야?"

"그래."

혜리가 인상을 잔뜩 찌푸렸다. 그리고 스스로를 정리했다.

"다행이네. 마이클이 죽지 않아서⋯⋯"

그제서야 딸의 눈에서 눈물이 주르르 흘렀다.

딸도, 자신이 편한 쪽을 선택했다.

인간은 본능적으로 다 그렇다. 그래야 미치지 않을 테니까.

희경은 그런 혜리를 안아주었다.

"피곤해. 잘래."

그래. 죽음보다 더 깊은 잠을 자렴. 아무것도 기억할 수 없을 만큼 깊은 잠을 자렴.

희경은 혼란스러움에 파들거리는 딸을 안고 그렇게 기도하는 심정으로 속삭였다.

침대에 눕자마자 혜리는 잠이 들었다.

아직 정신을 차려서는 안 된다. 다시 LSD가 필요하다.

13 절대로 이길 수 있는 패

희경이 조용히 앉아 있다. 할 말 있으면 다해 보라는 듯, 묻고
싶은 것 있으면 다 물어 보라는 듯, 마치 말 안 해도 이미 병에 대
한 증세를 다 알고는 있지만, 환자의 말은 얼마든지 들어는 주겠
다는 듯.

'병원까지 찾아와 의사 가운을 입은 희경과 만나는 게 아니었
어. 소환장을 보내 법원으로 불러들여야 했어. 그래서 검사실에서
만나야 했어.'

승주는 희경과 마주 앉자마자 병원으로 찾아 온 것을 후회
했다.

이 여자는 단순한 참고인이 아니다. 용의자 은혜리의 엄마이다.
만약 용의자인 은혜리가 살해자로 밝혀진다면 마이클 한의 시체
를 어딘가로 운반해 버린 가장 강력한 시체 유기 혐의자가 된다.

"환부는 깨끗이 다 나았죠? 여자라 될 수 있으면 더 작게 흉터를 남기려고 신경 써서 수술했는데 어때요, 맘에 들었습니까?"

"과장님, 전 지금 환자가 아니라 검사의 신분으로 왔습니다."

"아, 그렇군요. 제가 잠깐 착각을 했군요."

희경이 커피를 한 모금 마신 후 말했다.

"그거 아세요? 제게는 한 번 환자는 영원한 환자랍니다."

역시 만만치 않다.

자신이 읽어본 모든 의견서와 장준석 형사의 수사 보고로 판단해 보았을 때, 은혜리가 가장 강력한 용의자 맞다. 그리고 은혜리의 상태로 보아 시체를 유기한 사람은 강희경이다. 그런데 지금까지의 모든 과정을 이렇게 한 치의 흔들림 없는 태도로 일관했다면, 희경은 아주 무서운 여자임에 틀림없다. 그렇게 무서울 수 있는 이유는 뭘까? 자신이 이길 거라는 확신일까? 대체 그 확신은 어디에서 나온 걸까?

승주는 형사나 변호사가 접근한 것과는 다른 각도에서 접근해 보기로 했다. 은혜리가 마이클 한을 죽였느냐 안 죽였느냐가 아니라, 그것은 기정사실로 놓고, 당신은 시체를 어떤 방법으로 운반했느냐, 시체를 어디다 유기했느냐, 쪽으로.

"어떤 방법이었습니까? 키 175센티미터 몸무게 70킬로그램인 건장한 남자를 아무에게도 들키지 않고 감쪽같이 운반해 버릴 수 있는 방법은요?"

"무례하군요. 지금 검사님 태도는 범인을 심문하는 것 같군요. 하지만 봐드리죠."

승주는 물러서지 않았다.

"토막토막 사지를 절단하셨습니까?"

목욕실에서 피 한 방울 검출되지 않았다. 하지만 상대는 외과 의사다. 인체의 구조와 피에 관해서는 누구보다도 잘 알고 있을 것이다.

"사람을 절단하기란 그렇게 쉽지 않답니다. 물론 못할 것은 없어요. 아니 누구보다도 잘할 수 있어요."

"그래서요? 그렇게 하셨습니까?"

희경이 승주를 바라봤다. 그리고 분절하듯 또박또박 말했다.

"함부로 신체를 자르지 않습니다. 죽은 사람이라 할지라도요."

쉽지 않다.

"전 과장님이 왜 오피스텔에 있는 피를 지우지 않았는지에 주목했습니다. 흔히들 피는 지울 수 없다고 알고 있습니다. 아뇨, 피는 지울 수 있습니다. 수술실에서 사용하는 약품을 사용하면요. 과장님도 충분히 알고 있을 겁니다. 그런데 왜 지우지 않았을까? 오피스텔에 있는 피를 지워버리면 그곳에서 살인사건이 일어났다는 것 자체를 모르게 할 수 있을 텐데. 이유가 뭘까……?"

승주가 날카로운 눈으로 희경을 봤다.

"전 이렇게 생각을 해 봤습니다. 그 이유는 표면적으로는 이런저런 정황들로 혐의에서 벗어날 수 없다고 스스로 판단하셨을 것이고, 내면적으로는……."

승주는 말을 끊고 희경을 보았다.

"내면적으로?"

"네. 내면적으로요. 연쇄살인범은 현장에 단서를 남긴다고 하더군요. 스스로는 멈출 수 없는 '나쁜 짓'을 제발 멈추게 해 달라고, 내면이 SOS를 치는 거죠. 과장님은 누구보다도 생명의 존중함과 소중함을 알고 있습니다. 시체를 유기하면서 이것은 '벌'받을 짓이란 걸 충분히 인식하고 있었고 그것이 과장님의 무의식을 자극했던 겁니다."

"흥미롭군요."

"과장님에겐 스스로 용서할 수 없는 것이 있었을 겁니다, 분명히. 과장님 스스로는 인정할 수 없지만, 아마 무의식은 그걸 알고 있을 겁니다."

"예를 들면요?"

"환자를 잘못 치료해 죽게 했다거나, 뭔가를 방치해 돌이킬 수 없는 상황으로 몰고 갔다거나……. 무엇인지는 알 수 없지만 분명히 가슴에 맺힌 것이 있을 겁니다."

"그래요? 아주 재밌어요. 하지만 홍승주 검사님, 문제가 틀리면 답도 틀리게 나와요."

"문제도 답도 틀리지 않았어요. 풀이 과정을 모를 뿐이죠."

"풀이 과정 없는 답은 있을 수가 없어요. 그런 건 억지라고 하죠."

"아뇨. 이미 문제와 답이 존재하는 한, 과정은 반드시 풀리게 돼 있어요."

희경의 눈에서 서슬 퍼런 불꽃이 튀었다.

승주의 눈에서도 마찬가지였다.

한 치의 양보도 없는 팽팽한 긴장감. 둘은 그렇게 한참을 노려봤다.

"마이클 한을 어떻게 처리하셨나요. 과장님?"

여전히 희경을 노려보며 승주가 물었다.

"왜 모두들 내게만 묻죠? 왜 모두들 자신에게 묻지 않을까요? 풀이 과정을 찾는 힌트 하나 줄까요?"

"힌트요?"

"이렇게 가정해 보세요. 검사님. 자, 여기 사람이 죽어 있어요. 검사님 딸이 죽인 사람이죠. 이것이 발각되면 딸의 인생은 끝나요. 엄마로써 딸이 그렇게 되는 것을 두고 볼 수만은 없겠고. 아무리 머리를 굴려 봐도 방법은 딱 하나. 시체를 숨기는 거죠. 아무에게도 절대로 들키지 않고 감쪽같이 없애야 할 텐데, 어떻게 해야 할까……? 머리를 쥐어뜯으며 최선을 다해 생각할 겁니다. 그러나 그것만으로 부족해요. 스스로를 극단으로 몰고 가세요. 벼랑 끝으로 뛰어 가세요. 칼날 위에 발을 올려놓으세요. 머리 위에 쇠뭉치가 떨어진다고 생각하세요. 그러면 초능력이 발휘돼 기발한 방법이 떠오를지도 모릅니다."

"과장님도 그렇게 하셨나요?"

"예리하긴 한데 적절하지는 않은 질문이네요."

절대로 말려들지 않는다.

"따님을 사랑하세요?"

"검사님은 아이가 없어요?"

"아직 결혼도 하지 않았습니다."

픽,

희경이 웃었다.

"검사님, 검사 맞네요."

"네?"

"꼭 결혼을 해야 아이를 낳는 건가요?"

"그렇진 않지만……."

"검사님은 아이가 없어서 아직은 모르시겠지만, 세상의 모든 엄마들은 자식을 진실로 사랑한답니다."

"그 맹목적인 사랑이 때로는 자식을 더 죄 짓게 만든다는 것을 세상의 엄마들은 알고 있을까요?"

희경이 눈에 웃음을 가득 담고 승주에게 말했다.

"검사님은 엄마가 자신에게 상처를 주었다고 생각하는군요."

'그렇게 보였나?'

"아마 검사님은 엄마에게 훨씬 더 많은 상처를 주었을 겁니다."

'내가?' 그건 아니다. 엄마는 나에게 한 번도 실망한 적이 없다고 했다.

"하지만 검사님은 상처 준 적이 없다고 생각하죠. 왜냐하면 엄마들은 딸들에게 그런 말을 하지 않거든요. 당신들이 생각하는 대로, 내가 마이클 한의 시체를 유기했을 수도 있겠지요. 아니, 어쩌면 내가 죽였을지도 몰라요. 하지만 정말로 내가 그랬다면, 그건 자식에 대한 어미의 마음으로 그랬을 것입니다."

'휘말리고 말았어.'

"아, 그리고 다 나은 것 같다고 약 끊지 마세요. 완벽히 낫지 않으면 다시 곪을 수 있거든요."

승주는 희경과 헤어져 병원의 긴 복도를 걸어 나오는 동안 마치 최면에서 풀리듯 점점 그 사실이 깨달아졌다.

'졌어. 난 지고 만 거야.'

사건을 보는 각도에서도 그렇고, 기 싸움에서도 그렇고, 절대로 이길 수 있는 패를 가진 자기 확신에서도 그렇다. 아니, 아니다. 그런 것이 아닐지도 모른다. 어쩌면 누군가의 엄마인 그녀와 누군가의 딸인 자신은 처음부터 게임이 되지 않았는지도 모른다. 무조건적인, 맹목적인 사랑의 힘은 그 어느 것보다 더 강하고 독하고, 잔인한 무기가 될 수 있다. 엄마란 이름으로 그 사랑을 가졌을 때는 더욱 더 강력한.

'잊지 말아요. 스스로를 극단으로 몰고 가지 않으면 아무것도 풀 수 없답니다.'

마지막에 희경이 던졌던 말이다.

패를 쥔 자의 여유.

깨끗이 졌다. 인정할 것은 인정하자.

하지만 진 것은 진 것이고 그래도 빈손으로 나온 것은 아니었다.

승주는 사건이 일어났던 아이빌 오피스텔로 향했다.

차에 시동을 걸면서 잠깐, 은혜리를 만나볼 것인가 고민됐지만, 그녀를 만나도 얻을 것은 없을 것이다. 이 사건의 열쇠를 쥐고 있는 사람은 강희경이다. 은혜리가 아니다.

부족한 것 없는, 아니 모든 것이 넘쳐나는 스물두 살 은혜리의 오피스텔. 원하는 것을 전부 가질 수 있다는 것은 좋은 걸까, 안 좋은 걸까? 세상의 많은 욕망은 돈으로 해결된다. 물질적인 욕망이 모두 채워지면 정신적인 욕망을 바라게 되겠지. 그 욕망은 자극으로 나타나고. 약한 자극은 더 강한 자극을 원하게 되고. 채워도 채워도 채울 수 없는 금 간 항아리처럼, 결국 은혜리는 금이 가고 만 것이다.

침대 매트리스에 말라 있는 검은 핏자국. 그 벽에 역시 검게 말라 있는 피. 이곳에서 사람이 살해당했다. 드라마틱하게 죽은 것이다.

승주는 옷장 구석에 있는 가방을 보았다. 저렇게 구석에 내팽개쳐진 명품 백 하나 값을 벌려면, 스물두 살 시절의 자신은 3개월 동안 발 동동거리며 이리저리 뛰어다녀야 했다.

은혜리에게는 모든 걸 넘치게 해 준 엄마가 있었다면 자신에게는 항상 술에 취해 있는 엄마가 있었다.

그 시절 자신은 항상 지쳐 있었다. 공부하랴, 과외하랴, 정말 아플 시간조차 없었다. 아니, 그런 것은 얼마든지 견뎌낼 수 있다. 그렇게 쓰러지기 직전으로 지쳐 집에 돌아오면, 대문 옆에 쪼그리고 앉아 있는 엄마의 모습. 초등학생 땐 그것이 엄마의 사랑이라 생각해서 견딜 수 있었다. 중학교, 고등학교, 대학교…… 어느 때부터인가 엄마는 쪼그려 앉아 술을 마시기 시작했다. 또 어느 때부터인가는 훌쩍훌쩍 울기 시작했다. 어두운 밤. 버스에서 내려 집에 도착할 때까지, 승주는 이대로 어디론가 아무 흔적 없이 푹 꺼져버렸으면 하고 얼마나 바랐던가. 멀리서 어둠 속에서 쪼그려 앉아 있는 엄마의 모습이 보이기 시작하고, 마치 주인을 기다리는 개처럼, 딸의 발자국 소리를 알아들은 엄마가 게슴츠레 눈을 뜨고 자신을 바라볼 때면, 승주는 정말 미쳐버릴 것 같았다.

"내 딸 승주 왔니?"

엄마 항상 그렇게 물었다.

'내, 딸, 승, 주.'

단 네 마디 말로 엄마는 모든 것을 표현했다.

네가 아무리 잘나고 이 엄마를 무시해도 넌 내 딸임에는 변함 없어.

"제발 이러고 좀 있지 마, 나 미치는 꼴 보고 싶어?"

"난 우리 딸 조금이라도 빨리 보고 싶어서…… 다시는 기다리지 않을게. 그리고 이 엄마가 다시 술 입에 대면 내가 너 딸이다. 이제부턴 술 근처에도 안 갈게."

"그만, 그만해. 똑같은 말 백 번도 넘었어. 이제는 안 믿어, 안 믿는다고."

"울지 마. 네가 울면 엄마는 마음이 찢어져."

하악, 하악.

승주는 가슴을 쳤다. 마음 놓고 울 수조차 없었다. 가슴에 돌덩이 하나가 얹혀 있는 듯 답답했다.

"승주야 미안해. 이 무능하고 힘없는 엄마가 슬프게 해서 미안해."

엄마는 무릎이라도 꿇을 듯 빌었다.

검사 발령을 받자마자 승주가 맨 처음 한 일은 짐을 싸는 거였다. 그렇게 집을 나오는데, 마치 무덤 속에서 빠져 나오는 것 같은, 그런 느낌이 들었다. 엄마와 같이 사는 것이 그렇게까지 끔찍했는지 스스로도 놀라웠다.

첫 월급부터 승주는 정확히 반으로 나눠 송금하는 것으로 엄마와의 감정 정리를 했다.

그렇게 승주가 집을 떠난 이후, 놀랍게도 엄마는 승주에게 어디서 누구와 사느냐고 묻지 않았다. 언제 집에 오냐고도 묻지 않았다. 가끔 술이 취해 울면서 전화만 했을 뿐이다, 그리고 보면 엄마는 기다리는데 너무 익숙한 사람인지도 몰랐다.

승주는 매트리스에서 딱딱해진 핏자국을 손끝으로 만져봤다. 한때는 젊은 남자의 몸 속에서 혈기 왕성하게 돌았던 피다. 이곳에서 무슨 일이 일어난 걸까? 희경의 말대로 그 상황에 처해 있다고 상상해 보자.

여기 피 흘리며 누워 있는 남자가 있다. 이 남자를 아무도 모르게 옮겨야 된다. 어떻게 할까?

창밖을 보았다. 아찔한 9층 높이다. 엘리베이터 CCTV에 찍히지 않고서는 건물 밖으로 나갈 수 없다. 혹시 계단을 이용했을까? 자신보다 덩치가 큰 죽은 남자를 질질 끌어서? 아님, 가방에 우겨넣어서? 그 정도 남자를 우겨넣을 가방이라면 적어도 커다란 여행 가방은 돼야 한다. 불가능하지는 않겠지만 만에 하나 계단에서 누군가와 마주친다면, 누가 봐도 이상하다고 여길 상황이다. 그런 모험을 했을 리 없다.

괜히 냉장고 문을 열어봤다. 대형 냉장고이긴 하지만 사람을 넣어 둘 만큼은 아니었다. 밑바닥이나 천정이 뚫려 있어 위아래로 이동한 것도 아니고, 절단한 흔적은 없고. 정말, 정말로 먹어버린 것도 아닐 테고.

하늘로 솟았나, 땅으로 꺼졌나?

도대체, 어떻게, 무슨 수로 남자를 감쪽같이 사라지게 만들었단 말인가?

아무리, 벼랑 끝으로 몰고 가고, 칼날 위에 서 있다 상상해도, 알 수 없는 것은 알 수 없었다.

이 사건을 모래시계 안에 있는 모래라 생각해 보자.

모래시계는 모래가 다 떨어져 거꾸로 돌리면 처음부터 다시 떨어진다. 하지만 어차피 그 안에 있는 내용물은 똑같은 모래다.

사건을 역으로 뒤집어보자.

지금 우리가 찾고자 하는 것은 마이클 한의 시체이다. 그러면 시체를 찾으면 된다. 어떻게 옮겼느냐 하는 방법 같은 건 부차적인 문제다. 아니, 시체를 찾으면 방법도 밝혀질 것이다.

이런 바보 같은, 이걸 왜 이제야 생각했을까?

자, 어떤 방법으로든 시체를 옮겼다. 어디로?

자신이라면 어디로 옮겼을까? 자신이 강희경이라면? 자신이 외과의사 강희경이라면? 자신이 그 어느 곳보다도 죽음과 맞닿아 있는 병원에 근무하는 강희경이라면?

차근차근 내가 강희경이 되어, 생각해 보자.

반드시 생각해 내야 한다.

그때 울리는 핸드폰, 화면에 엄마라고 뜬다.

'엄마?'

반사적으로 시간을 확인했다. 오후 6시. '엄마가 이 시간에 웬일이지?' 엄마는 거의 밤에만 전화를 걸었다. 이런 시간에 전화를 한 적이 없다. 술을 마신 것도 아닐 테고……. 이 시간쯤이면 엄마는 무엇을 할까? 같이 있어 본 적이 없어서 엄마는 낮에 무엇을 하는지 알 수가 없다.

"네."

"엄마야."

술 냄새도, 울음도, 그 어느 것도 잡히지 않는다. 아무것도 짐작할 수 없다.

"병원에 입원했는데, 보호자가 있어야 된다고 해서……."

"입원이요?"

"다녀 갈 시간 되니?"

"어디 병원인데요?"

병원으로 가는 길, 승주는 엄마에게 어디가 아프냐고 묻지 않았다는 것을 깨달았다. 보통은 병원에 입원했다고 하면 어디가 아파서냐고 묻겠지. 그런데 자신은 묻지 않았다. 병원 위치를 듣고, '거긴 여기서 멀잖아? 바쁜데 엄마까지……' 솔직히 짜증이 났다.

알코올 중독 치료 전문병원?

엄마는 술에 중독됐다는 것을 인정하고, 스스로 병원을 찾아 치료받기를 원했다.

"살아서는 흐릿하게 살았지만, 죽을 때는 맑은 정신으로 죽고 싶다. 맑게 죽어야 저 세상에서도 맑게 살지."

승주는 할 말이 없었다. 사는 게 중요하지 죽은 뒤가 뭐 중요하단 말인가. 살아서조차 자신을 추스르지 못한 사람이 죽어서 자신을 추스르겠다고. 겨우 중학생인 딸이 김밥 집에서 하루 종일 수백 개의 김밥을 말아 벌어온 돈으로 술을 사 마신 주제에 죽어서는 맑게 살고 싶다고. 지긋지긋하다. 인간은 지긋지긋하게 이기적이다.

뒤돌아보지 않았다. 엄마는 어느 창가에 서서 자신을 바라보고 있을 것이다. 뒤돌아보지 않아도 알 수 있다. 그렇기 때문에 더 보지 않았다.

승주의 차가 병원 문을 막 나서려는데 순간, 갑자기 앰뷸런스가 쑥 들어왔다.

끼익.

승주는 반사적으로 브레이크를 밟았다. 덜컹. 차가 앞으로 쏠
렸다. 승주가 그러든지 말든지 앰뷸런스는 쌩하니 달려가 버렸다.
등에 진땀이 확 났다.

'누구 죽일 일 있어?'

그때, 퍼뜩 스치는, 뭔가로 한 대 얻어맞고 정신이 확 깨는 것
같은.

'혹시, 마이클 한이 거기……에?'

그럴 수 있을까?

'설마…… 아니, 아냐 충분해. 충분히 그곳에 있을 수 있어. 안
될 이유가 없잖아.'

승주는 급히 차를 출발시켰다. 승주의 상황을 창에서 내려다
보고 놀라 뛰어나온 엄마가 병원 입구 경비원에게 붙잡혀 버둥거
리는 것이 사이드미러로 보였지만, 이런 건 다 어쩔 수 없는 일이
라고 생각하기로 했다.

214

14 거짓은 거짓을 낳고

준석이 잡범 멱살을 잡고 경찰서에 들어가자마자 단단히 벼르고 있었던 듯 최 반장이 말을 날렸다.

"야 장준석, 마이클 한 담당 형사로 검찰청에 갔었냐?"

고 형사가 못들은 척 얼른 사라졌다.

"네가 뭔데 담당 형사야. 그거 고 형사 거라고 했어 안 했어?"

"죄송합니다."

"죄송? 너 그때 휴가 중이었어. 동료들이 뭐 빠지게 일할 때 너 혼자 뺀질뺀질 빠져 나갔어. 잊었냐?"

"정말 너무하십니다. 누구 때문에 휴가서 냈습니까? 그리고 제가 휴가 갔습니까? 반장님이 더 잘 알고 계시잖아요."

"나? 몰라. 난 너한테 관심 없거든. 어디서 조폭 새끼가 감히 형사를 해 먹겠다고."

'조폭 새끼!'

준석은 분을 참지 못하고 책상을 엎어 버렸다. 컴퓨터를 던져 버렸다. 반장이 이러길 바라며 성질을 돋운다는 것을 알고 있지만 더 참을 수 없었다.

"아주 잘 하는 짓이다. 아주 조폭이 따로 없구먼. 장준석 체포해, 공무 집행 방해죄로."

'으아악.'

정말 미쳐 버릴 것 같았다. 준석은 닥치는 대로 다 던져 버렸다.

'마지막 징계다. 한 번만 더 하면 아웃이다.'

어디서 다쳤는지 팔이 부러졌다. 준석은 병원에서 팔에 깁스를 하고 나오면서 쪽팔려서 죽는 줄 알았다. 징계 맞고 팔 부러지고, 경찰서 기물 부수고. 잡범들과 다를 것 하나 없다.

'쓰플.'

그때 핸드폰이 울렸다. 홍승주다.

"빨리, 최대한 빨리 한강 병원에서 만나요."

다급한 목소리다. 준석은 승주가 전화를 끊기도 전에 이미 차로 뛰어가고 있었다.

쪽팔린 건 팔린 거고, 징계 먹은 건 먹은 거다. 범인이 그런 것을 알 리 만무하다.

"지금 어디에 계십니까?"

준석은 병원 입구가 보이자마자 전화를 걸었다.

"8병동 지하로 오세요. 저도 지금 그쪽으로 가고 있어요."

준석은 8병동 지하로 뛰었다. 8병동 지하는 장례식장이었다.

'장례식장? 설마 은혜리가 죽은 건 아니겠지?'

그때 승주가 급히 뛰어왔다

"은혜리가 사망했습니까?"

"아뇨."

승주가 급히 8병동 안으로 들어갔다. 준석도 따라 들어갔다.

"그럼 누가 죽었습니까?"

"아무도 죽지 않았어요. 아니, 마이클 한이 죽었어요."

"?"

"지금 그 시체를 찾으러 가는 겁니다."

"마이클이 이곳에 있어요?"

"네. 아니, 아마도……. 아니 분명 있을 겁니다."

"'네'예요, '아니'예요?"

"'네'이길 바라야죠."

승주가 다 왔다는 듯이 선 곳은 '시체 보관소'였다.

'시체 보관소? 여기에?'

준석이 눈으로 물었다.

"틀림없이 이곳에 있을 거예요."

맞다. 왜 이곳을 생각 못했지? 강희경이라면 충분히 이곳에 둘
수 있다.

승주가 막 문을 열고 들어가려 할 때, 준석이 승주를 팔을 잡
았다.

"잠깐. 이렇게 들어가면 안 됩니다."

"압수 수색 영장 때문요? 이미 가져왔죠."

"까닥 잘못하다가는 강희경에게 시간만 주게 됩니다."

승주가 들어가려 하자 준석이 다시 팔을 잡았다. 이번엔 더 완강했다.

"?"

영문을 몰라 하던 승주는 그제서야 준석의 깁스한 팔과 얼굴을 번갈아 보았다.

"징계 먹었습니다. 한 번만 더 먹으면 저 잘립니다."

승주가 픽, 웃었다.

"그럼 여기 계세요, 혼자 할게요."

"아니요, 일단 이곳에서 나가요."

준석이 승주의 팔을 이끌고 차로 갔다.

"밤에 들어가는 겁니다, 저랑 같이."

"그러면 늦어요. 다른 사람으로 바꿔치기 해 장례를 치르면요?"

"그것은 불가능합니다. 입관하기 전에 시신을 확인하잖아요."

"그래도 안 돼요, 더 이상 지체할 수 없어요."

승주가 막 차 문을 열고 나가려 하자, 준석이 말했다.

"저요, 형사 첫 월급을 타서 아버지에게 갔습니다. 아버지가 좋아하는 깨강정을 사가지고 말입니다. 나라가 준 돈으로 산 깨강정을 맛보시라고요. 아버진 그것을 뱉었습니다……. 살인자의 자식도 살인자를 잡을 수 있다는 것을 꼭 보여주고 싶습니다."

승주가 차마 갈 수 없다는 듯 차 문을 잡고 어정쩡 앉아 있었다.

"밤에 들어가는 겁니다, 몰래. 아, 저만 몰래입니다. 검사님은 합법적입니다. 수색 영장을 가지고 있잖아요."

"그러니까 들어갈 때는 몰래 들어가는 거잖아요."

"무서우시면 저 혼자 들어가도 되고요. 뭐 검사님께서 발견하신 걸로 해드릴게요."

"진짜 제멋대로시네요."

희경은 의과대학 시간표를 확인해 봤다. 내일 해부 실습시간이 있다. 이제 내일만 지나면 마이클 한은 영원히 사라진다. 정말로 끝이 바로 앞에 있다.

나-12,13,14. 내일 실습용이 될 시체들 번호다. 마이클 한은 시체 보관대의 가장 구석에 있다. 번호조차 없이. 그곳에 그가 있다는 것은 마이클과 자신만이 안다. 오늘 밤 마이클을 바꿔두어야 한다. 더 이상 기다릴 수가 없다. 수사는 재수사에 들어갔고, 만에 하나, 이곳을 수사하겠다고 덮치면 모든 게 끝장이다. 그러기 전에 마이클 한을 영원히…… 그가 살아서 좋은 일을 많이 했는지 나쁜 짓을 많이 했는지 모른다. 하지만 이제 적어도 한 번쯤은 좋은 일을 하게 되었다. 신원미상의 시신을 기증함으로써 의학에 지대한 공헌을 말이다.

오늘 밤, 혜리의 곁에 있다가 병원이 잠들면 움직이면 된다.

어둠 속에서 준석이 아까부터 마이클의 사진을 쳐다보고 있었다. 승주도 마이클의 사진을 봤다. 어쩌면 이제 곧 차갑고 뻣뻣하게 굳어 있는 모습으로 만나게 될지도 모르는, 어디에서나 마주칠 수 있는 평범하고, 보통의 청년이었다.

"이곳에 마이클이 있을 거라는 생각을 어떻게 했어요?"

"강희경이 힌트를 주었어요."

준석이 무슨 말이냐는 듯 승주를 봤다.

"스스로를 극단으로 몰고 가지 않으면 아무것도 풀 수 없다고 하더군요. 그래서 그렇게 했더니 이곳이 떠오르더라고요."

"뭐 소린지 도통……"

"강희경은 내게 왜 그런 말을 했을까요……?"

왜 그런 말을 했을까? 물론 답을 손에 쥐어 준 것은 아니다. 하지만 방법을 제시해 준 것만은 틀림없다. 왜냐면, 어쨌든 자신이 여기까지 오게 됐으니까.

"시체 보관소 불이 꺼졌어요. 갑시다."

준석이 재빠르게 차 뒤에서 이것저것 장비를 꺼내왔다.

"차 트렁크 내용물만 봐서는 형사인지 도둑놈이니 구별 못할 겁니다."

장례식장은 환했지만 뒤쪽은 불이 꺼졌다. 앞서 가던 준석이 갑자기 뒤돌아서더니 승주를 빤히 봤다.

"?"

"무서우면 관두셔도 됩니다."

"시체 닦기 해 본 적 없죠? 전 알바로 해 봤답니다."

'그래, 너 잘났다. 나야 혼자 하는 것보다 훨 낫지.'

준석의 솔직한 기분이었다.

장례식장이 환한 게 다행이었다. 죽은 사람이 꽤 사회적 위치가 있었는지 화환이 복도 돌아서까지 있었다. 덕분에 준석과 승주는 몸을 숨기지 않고서도 자연스럽게 시체 보관소까지 갈 수 있었다.

준석이 문을 잡아 당겨보았다.

당연히 잠겨 있다.

'잠긴 문 따는 거야 여자 따먹기보다 백 배는 쉽습니다요.'

빈집 털이범으로 잡힌 놈이 한 소리다.

여자 따먹기보다 백 배는 쉬운가 몰라도 어쨌든 문을 금방 열수 있었다. 문을 열자마자 냉기와 포르말린 냄새가 동시에 확 끼쳤다. 준석은 자신도 모르게 고개를 돌렸다. 승주는 아무렇지도 않다는 듯 준석이 들어오자마자 문을 닫았다.

'제기랄이다, 증말.'

문을 닫자 갑자기 어두워진 암흑 속에 작은 빨간 불빛이 여러개 보였다.

승주가 손전등을 켰다. 큰 병원이라 그런지 안치실도 꽤 컸다. 손전등을 비춰보니 서랍에는 1부터 50번까지 번호가 붙어 있다. 빨간 불빛은 시체가 들어 있는 곳과 그렇지 않는 곳을 구별하는 불빛이었다. 얼핏 보아도 3분의 2 이상은 불이 켜져 있었다. 서른명이 넘는 주검과 마주쳐야 한다는 말이다.

툭, 어깨에 닿은 손길. 놀란 준석이 뒤를 획 돌아 봤다. 그리고 자기도 모르게 한 걸음 뒤로 물러났다.

"놀랐어요?"

승주가 작게 말했다.

"거 웬만하면 건드리지 맙시다."

"놀랐다면 미안해요."

"놀랐다기 보다는……"

"형사님은 저쪽부터 확인해 보세요. 전 이쪽에서 시작할게요."

그러곤 대답도 듣지 않고 냉동 서랍으로 걸어가더니, 서랍을 잡아당겼다.

"어맛!"

"왜 그래요?"

승주의 손전등이 데굴데굴 굴러가버려 승주가 보이지 않았다.

"괜찮아요?"

준석이 다가가보니, 승주가 바닥에 엉덩방아를 찧은 자세로 있고, 서랍은 쭉 밀려나와 있었다.

"생각보다 훨씬 잘 나오네요."

아마 너무 잡아당겨 힘 조절에 실패한 모양이다.

"머리부터 나오니 조금만 당겨서 확인하세요. 얼굴만 보면 되잖아요."

준석이 시체에 손전등을 비췄다.

'허걱.'

젊은 여자다. 창백하게 누워 있는.

준석은 얼음공주라는 단어가 떠올랐다. 그만큼 여자는 차갑고 창백하게, 아름답다고까지 할 수 있는 모습이었다.

어쩌다 이렇게 젊은 여자가…….

무섭다는 생각은 전혀 들지 않았다.

승주도 여자를 내려다보고 있었다.

둘이 눈이 마주쳤다. 준석은 승주도 자신과 똑같은 생각을 하고 있음을 알았다.

"미안해요."

승주가 여자에게 말하고 서랍을 밀어 넣었다. 여자는 또 차가

222

운 세계로 그렇게 들어갔다. 저 안에 들어 있는 시체들은 어떤 모습이려나. 아무런 정보 없이 갑자기 마주치면 또 얼마나 놀래려나.

준석은 서랍 맨 쪽으로 걸어가며 생각했다.

준석이 처음으로 마주친 시체는 할아버지였다. 그나마 조금 마음이 놓였다. 누구에게나 결국은 찾아오는 게 죽음이라지만 그나마 이렇게 나이 들어 죽는 것은 다행이라 할 수 있겠다. 두 개, 세 개…… 그렇게 시체를 확인해 나가는데, 어느 순간 승주 쪽에서 아무런 움직임이 없다. 준석이 승주 쪽을 바라보니, 시체가 놓인 서랍을 우두커니 바라보며 서 있었다.

"찾았어요?"

"……."

"마이클 한이에요?"

그래도 대답이 없다.

뭐라고 형언할 수 없는 승주의 표정.

"왜 그러는데요?"

준석이 시체를 보는 순간, 욕지기가 터졌다.

"에이, 씨팔."

예닐곱 살쯤 됐을까? 어린 여자아이! 목에 검붉은 손가락 자국이 여전히 남아 있다. 액살의 흔적이다. 목에 나 있는 손가락 자국의 범위와 오백 원짜리 정도의 멍의 크기로 보아 성인의 손이다.

순간, 준석의 머릿속에 마치 영화처럼 장면들이 스쳐 지나갔다. 성폭행 당하는 어린 여자 아이. 겁에 질려 울지도 못하는 아이의 목을 찍어 누르는 남자의 손. 가장 짧은 목조이기는 5초면 끝이

난다. 제발 죽는 순간이라도 아이가 아무 고통 없이 죽었기를.

승주가 무릎을 꿇더니 차가운 아이의 볼을 쓰다듬었다.

"미안하구나."

승주는 울지 않았지만 차마 울지도 못하는 깊은 슬픔이 느껴졌다.

준석은 아이의 서랍을 최대한 조심스럽게 밀어 넣었다.

아이를 이렇게 만든 범인이 꼭 잡혔기를 바라면서.

깜빡 졸았나 보다.

희경은 깜짝 놀라 일어나 시계를 보았다.

'03 : 12'

병원에서 가장 조용한 시간대, 딱 알맞은 시간이다. 희경은 소파에서 일어나 딸 혜리를 보았다.

혜리는 언제 그런 일이 있었냐는 듯 오전과 달리 조용했다.

희경은 지금 다시 생각해도 머리가 쭈뼛 섰다.

그렇게 말짱하게 정신을 차리다니. 정신을 차린 것도 놀랄 일인데 속마음을 감쪽같이 숨기다니. 다시 LSD를 주사했다. 절대로 긴장을 늦춰서는 안 된다.

'혜리야, 이제 얼마 안 남았어. 오늘 해부시간만 끝나면……. 앞으로는 네가 자백을 해도 아무 소용이 없게 된단다. 몇 시간만 이렇게 버텨다오.'

희경은 병실을 나왔다. 회진 시간까지는 30여 분 남았다. 시간은 충분하다.

희경이 막 일어서 병실을 나오려는데, 간호사가 새파랗게 질려 뛰어왔다.

"과장님, 207호 환자가…… 화장실에서……"

뒷말까지 듣지 않아도 무슨 일이 벌어졌는지 짐작이 갔다. 희경은 서둘러 아래층 화장실로 뛰어 내려갔다. 여자는 화장실 바닥에 축 늘어져 있었다. 남편이 여자의 뺨을 때리기도 하고 흔들기도 하며 울부짖었지만 그녀는 이미 아무 반응이 없었다. 먼저 달려왔던 레지던트가 희경을 보며 가볍게 고개를 흔들었다. 여자의 목에는 아직도 링거 줄이 칭칭 감겨져 있었다.

"민서 혼자 둘 수 없다고 하더니 결국은 당신마저……"

단기 기억 상실증에 걸렸던 여자는 결국 딸의 죽음을 기억해 내는 쪽을 선택했다. 그 결과 너무나 슬프고 괴로워해 정신과적 치료를 병행하고 있었는데…….

기어이 기억이 사람을 잡아먹어 버렸다. 정말 징글징글하다.

희경이 여자의 사망 서류를 작성하고 시계를 보니 벌써 회진 시간이 돼 버렸다.

회진 돌고 나면 오면, 한 시간 후다. 그때는 병원일이 준비되는 시각이다. 희경은 회진을 서둘렀다.

없다.

마이클 한이 없다.

벌써 세 번이나 확인 했다. 이름이 붙어 있는 시체는 물론이고, 신원미상이라 번호만 붙어 있는 것까지 모두, 39명이었다. 마이클 한만큼 젊은 남자는 있었지만 그는 아니었다.

준석도 승주도 땀으로 뒤범벅 된 얼굴로 서로를 쳐다봤다.

여기 없으면 어디에?

망연하다.

"일단은 나가야죠."

준석이 공허하게 말했다.

도리가 없다.

준석과 승주는 시체 보관소를 나왔다. 보관소 문을 닫고 막 돌아서는 순간, 승주는 화환 사이로 얼핏 희경이 보이는 것 같았다.

강희경?

승주가 준석의 팔을 잡았다.

"왜요?"

"강희경을 본 것 같아서요."

승주와 준석은 얼른 복도의 모퉁이 쪽으로 돌아 안 보이게 숨었다.

"강희경이라면 이 시간에 여긴 웬일일까요?"

"적어도 마이클 한 때문은 아니겠죠."

승주가 준석을 봤다. '잘못 짚었다고 지금 날 비꼬는 겁니까?' 하는 눈빛이었다.

"그런 눈빛으로 보지 마십쇼. 비꼬는 거 아닙니다."

준석이 다시 고개를 살짝 내밀어 복도 쪽을 보았다. 희경은커녕 그림자도 보이지 않았다.

"갑시다. 강희경 유령이 떠도나보죠."

준석이 픽 웃으며 농담처럼 말했지만 승주는 앞서 가버렸다.

"화낼 것까진 없잖아."

준석이 머쓱해 중얼거렸다.

'준석과 승주?'

희경은 준석과 승주가 시체 보관소에서 나오는 것을 보고 소스라치게 놀랐다.

'저들이 왜 여기에?'

일단은 본능적으로 화환 뒤로 몸을 숨겼다. 마침 화환이 커서 자신의 몸을 충분히 가리고도 남았다.

'혹시?'

관자놀이가 툭툭 뛰었다.

'발견했을까? 그랬다면 여기가 끝이야.'

승주와 준석이 자신이 숨어 있는 화환 옆을 지나갔다. 발견했는지 안 했는지 표정으로 보아서는 알 수가 없었다.

그들이 밖으로 나가는 것을 확인하고 희경은 시체 보관소로 들어갔다. 그리고 마이클 한이 들어 있는 서랍 앞에 섰다. 이 자리는 지금까지 한 번도 사용한 적이 없는 자리다. 앞으로도 사람이 한꺼번에 50명이 죽지 않은 이상 사용하지 않을 것이다. 가장 맨 아래, 맨 밑에 있는 가장 꺼내기에 불편한 장소, 불이 켜지지 않도록 전구를 빼버린 것은 필수였다.

'제발, 그대로 있어다오.'

서랍을 잡아 당겼다. 묵직한 느낌, 있다. 마이클 한이 그대로 있다.

'못 찾았구나.'

마이클 한의 모습은 마치 자고 있는 것 같았다. 어디 한군데 흐트러짐 없이, 완벽한 모습 그대로였다.

'완벽하구나. 널 이렇게, 똑같이 만들기 위해 내가 수고 좀 했지.'

희경은 마이클 한을 서랍에서 바퀴가 달린 밀차로 옮겼다. 그리고 가-12의 자리로 밀고 갔다. 가-12에 있는 남자를 꺼냈다. 마이클과 가장 나이와 체형이 비슷한 남자였다. 신원미상으로 들어와 1년 넘게 이곳에 안치되어 있다가 해부용으로 기증되었다. 말하자면 이름도 나이도 모른다. 아무도 찾는 사람이 없으니 이 남자의 진짜 얼굴은 아무도 모른다. 사진이야 있지만 여태껏 사진까지 대조해 보고 해부하는 경우는 단 한 번도 없었다. 대조한다 해도 언뜻 봐서는 두 남자는 거의 비슷했다. 눈을 감고 찍은 사진들의 거의 똑같아 보이지 않는가. 눈만 가려도 사람을 구별하기가 정말 힘들다.

희경은 남자가 누워 있던 자리에 마이클 한을 눕혔다. 그리고 가-12에 있는 남자를 원래 마이클 한이 있던 자리로 들여보냈다. 이제 이 남자는 누군가 발견할 때까지 이곳에 있을 것이다. 그때는 이미 왜 이 남자가 이곳에 들어 있는지 아무도 모를 것이다. 그리고 쉬쉬하며 숨길 것이고. 차후 문제만 발생하지 않으면 아무 일 없는 것으로 처리될 것이다.

서늘한 기운이 감도는데도, 희경은 땀이 비 오듯 쏟아졌다.

끝났다.

시체 보관소 문을 잠그고 나오며 희경은 그제야 긴 숨을 내쉬었다.

한 번 거짓말을 숨기기 위해서는 일곱 번의 거짓말을 더 해야 한다고 한다.

맞는 말이다. 거짓은 거짓을 낳고, 독은 독을 낳고, 악행은 악행을 낳는다.

승주는 씻고 또 씻었다. 뜨거운 물에도 씻고, 차가운 물에도 씻고, 다시 또 뜨거운 물로 씻었다. 그래도 죽음의 냄새가, 죽은 자들의 얼굴이, 어린 아이의 목에 나 있는 멍 자국이 씻어지지 않았다. 밥을 안 먹어도 배가 고프지 않았다. 한 숨도 안 잤는데 잠도 오지 않았다. 피곤하지도 않았다.

이러다간 어떻게 되는 거 아냐. 아니, 어떻게 되도 좋으니 마이클 한을 찾고 싶다.

분명히 있어야 했다. 아니라면 어디에 있단 말인가? 어디서부터 시작해야 할까……. 그래 다시 가보는 거야. 거기서 다시 벼랑 끝으로 몰고 칼끝에 서 보는 거야.

승주는 법원으로 가던 차를 유턴해 아이빌 오피스텔로 향했다.

오피스텔 문을 열고 들어서는 순간, 한 남자의 뒷모습이 보였다.

'누구지?'

"검사님도 이곳으로 오실 줄 알았습니다."

"형사님?"

"사건의 시작이 시작된 곳에서 다시 시작해야죠."

준석이 냉장고에서 캔을 꺼내 승주에게 내밀었다.

"증거품이 될지도 모르는데 막 마셔버려도 괜찮아요?"

준석이 깁스한 팔로도 능숙하게 칙, 캔을 따 단숨에 마셔버리고 말했다.

"이렇게 다시 넣어두면 됩니다."

그러곤 빈 캔을 있던 자리에 두었다.

픽, 웃고 승주도 캔을 따 마셨다. 차가운 탄산이 목구멍에서 찌르르 넘어갔다.

그때 준석은 자신이 넣어둔 빈 캔과 내용물이 그대로 있는 캔을 들고 뭐가 이상하다는 듯 빤히 쳐다보고 있었다.

빈 캔을 흔들어 보았다. 당연히 아무 소리도 안 났다. 다른 손에 있는 것을 흔들어보았다. 찰랑찰랑. 소리가 났다. 하지만 겉에서 보기엔 당연히 차이가 없다.

"형사님?"

승주는 깨달았다.

"그렇죠?"

누가 먼저랄 것도 없이 문을 박차고 나갔다.

승주는 준석의 차에 올라탔다. 차선이고 뭐고, 앞치기고 뭐고 없다, 틈만 보이면 사정없이 차를 들이밀었다.

"빨리요, 더 빨리 가요."

승주가 옆에서 재촉했다.

해부학 실습실.

세 구의 시체가 흰 천을 덮고 해부대 위에 누워 있다. 그 주위엔 드디어 인체 실습을 하게 된 의대생들이 잔뜩 긴장해 서 있다.

"우리에게 귀중한 몸을 제공해 주신 고인께 잠시 감사 묵념을 드리겠습니다."

희경도 눈을 감았다.

보통 외과의사는 해부학 실습에 참관하진 않지만 이번엔 참관했다. 마이클 한이 가는 길을 끝까지 지켜보고 싶어서였다.

끽.

차가 멈추자마자 준석과 승주는 시체 보관소로 뛰어 들어갔다. 당신들 누군데 함부로 이곳에 들어 오냐는 직원에게 우선 급한 대로, 준석은 경찰 신분증을 승주는 검사 신분증을 들이밀었다.

"살해된 사람이 이곳에 안치돼 있다는 제보가 들어왔습니다."

준석은 일부러 '살해'라는 말에 힘을 주었다. 역시 효과가 있었다.

"시체가 부족해요. 어디 갔어요? 시체들."

승주가 물었다.

"네?"

직원이 뭔 말인가 싶어 되물었다.

"여기에 서른아홉 구가 있었잖아요. 여기 가-12,13,14번도 불이 켜져 있었잖아요."

"그렇긴 한데…… 그걸 어떻게 아시는지."

승주는 뜨끔했다.

"지금 어딨습니까?"

준석이 치고 들어왔다.

"지금 여기 없어요."

"그럼 어딨습니까?"

"실습실에요. 오늘 해부학 시간이 있어서……"

'해부학 시간? 그런 게 있구나?'

"몇 구가 갔습니까?"

"여기 있던 가-12.13.14가 갔습니다."

그럼 일단 마이클 한은 아니다.

승주와 준석은 불이 꺼져 있는 서랍을 열기 시작했다. 거의 다 확인할 무렵,

"이 사람은 누구죠?"

준석이 보니 승주가 가리키는 곳 맨 아래 서랍에 시체가 한 구 있었다.

"거긴 사용하지 않은 곳인데."

직원이 이상하다는 듯이 고개를 갸웃했다.

"불도 들어와 있지 않고. 거 참 이상하네."

순간, 준석과 승주의 눈이 마주쳤다.

"해부 실습실 어디에 있죠?"

"그럼 해부를 시작하겠습니다."

제막식의 줄을 잡아당기듯, 시체를 덮고 있는 흰 천을 잡아당기니 뻣뻣하게 굳어 있는 마이클 한의 발가벗은 모습이 드러났다. 이제부터는 가슴을 가르고, 배를 가르고, 머리를 가르고, 한때는 벌떡거렸을 심장과, 또 한때는 쥐락펴락하며 음식을 소화시켰을 위, 꺼내놓고 보면 그 길이에 깜짝 놀랄 창자들…… 그렇게 정맥과 동맥이 미로처럼 얽혀 있는 속을 뒤지고 또 뒤질 것이다.

실습생들이 마이클 한을 알코올로 닦았다. 한 여학생이 성기를 잡고 닦다가 괜히 민망한지 놓았다가 다시 마음을 가다듬고 잡았다.

희경은 마이클 한의 성기를 보는데 기분이 묘했다.

어쩌면 이 모든 것의 시작은 저것에서부터 시작되었는지 모른다.

때로는 배설을 위해, 때로는 종족 보존을 위해, 또 때로는 쾌락

을 위해 사용되는 성기. 인간의 신체 중 그토록 다양하고 극과 극으로 사용되는 기관은 없다.

'조물주의 농담이야.'

인간의 성기를 조물주의 지독한 농담이라고 희경은 생각했었다.

"그럼 가슴 개폐를 시작하겠습니다."

누워 있는 시체만큼이나 굳은 남학생이 메스를 가슴에 대자 사르르, 피가 배어 나왔다.

피…… 저 피가 있었기에 마이클 한을 이곳으로 이렇게 완벽하게 옮길 수 있었지.

남학생이 잔뜩 각오한 눈으로 자신을 봤다. 이제 해도 되냐는 의미였다.

'그래.'

희경은 고개를 끄덕여 주었다.

남학생이, 막 힘주어 메스를 마이클 한의 가슴에 넣으려는 순간,

"모두, 멈춰요. 그만!"

문을 박차고 소리 지르며 뛰어 들어오는 남자.

'장준석 형사?'

"모두 그대로 있어요!"

'홍승주 검사?'

준석과 승주가 해부대 위에 누워 있는 마이클 한을 보았다. 그가 누군지 알아봤다. 놀람과 확신에 차 서로를 바라보았다. 그리고 두 사람이 동시에 자신을 쳐다봤다.

'당신이 그랬군요.'

두 사람 눈빛이 똑같았다.

'왜 저 두 사람은 쌍둥이처럼 모든 행동을 동시에 똑같이 하지?'

희경이 준석과 승주를 보며 마지막으로 한 생각이다.

15 상당히 공들인 농담

승주는 이겨라를 보았다. 물론 이겨라도 승주를 보았을 것이다. 하지만 둘은 눈인사도 나누지 않았다. 이곳 법정에서는 검사와 변호사일 뿐이다.

"모두 일어서 주십시오."

경위의 주문에 따라 모두 일어섰다.

법정 문이 열리고 판사와 보조판사가 들어와 착석했다. 방청석에서 웅성웅성하는 소리가 들려왔다.

판사가 변호인 이겨라를 보고 고개를 까닥했다.

이겨라는 변호인석으로 올라갔다,

"사건번호 2012 고합 113, 용의자이자 참고인인 은혜리와 강희경입니다."

법정 문이 열리고 희경이 휠체어에 앉은 은혜리를 밀고 들어왔다. 그들이 들어오자, 아, 어떻게, 세상에, 하는 비명 소리와 한탄 소리가 방청객들 사이에서 짧게 들려 왔다. 희경은 그 누구와도 눈을 마주치지 않은 채, 천천히 휠체어를 밀어 피고인석에 가 앉았다.

마치, 이렇게 힘없고, 정신마저 혼미한 우리가 무슨 사람을 죽일 수 있겠느냐, 하는 것을 직접 보여주려는 듯 그 행동은 약간은 과장되게 보였다.

'배심원 제도라면 무죄라도 받을 수 있겠군.'

승주는 그런 희경을 보며 생각했다.

"보시다시피 용의자이자 참고인인 은혜리는 증언을 할 상태가 아닙니다. 여기 주치의의 소견서를 제출합니다."

이겨라가 판사에게 소견서를 제출했다. 판사가 안경 끝을 올리며 읽었다.

"약물 중독에 의한 불구속 수사를 신청합니다."

이겨라의 말에 판사가 승주를 봤다.

"받아들이겠습니다."

승주가 보기에도 은혜리는 정상으로 보이지 않았다. 헤 벌린 입, 초점 없는 시선. 지금 자기가 어디에 있는지도 모르는 것처럼 보였다.

"퇴정하세요."

판사의 말에, 이겨라가 고개를 까닥하자, 대기하고 있던 간호사가 은혜리의 휠체어를 밀고 퇴장했다. 강희경은 그런 딸의 모습을 조용히 지켜보았다. 그동안 그 누구도 말을 하지 않았다.

'이기기가 쉽지 않겠어.'

불구속 신청은 서류로 제출해도 된다. 은혜리를 이곳까지 데리고 나올 필요가 없다. 그런데 이겨라는 군이 그녀를 휠체어에 앉혀 데리고 나왔다. 모든 사람에게 그녀의 상태를 눈으로 확인하게 한 것이다. 지금 사람들 대부분은 이렇게 생각하고 있을 것이다.

'저런 상태론 파리 새끼 한 마리도 못 죽이겠다……'

"지금부터 사건번호 2012 고합 113 마이클 한 사건 재판을 개정하겠습니다. 홍승주 검사, 선고 이유를 말하세요."

'아무것도 생각하지 말자. 지금은 오로지 재판에만 집중하자.'

"마이클 한의 실종 신고가 접수돼 수사를 하던 중, 1월 13일 용의자이자 참고인인 은혜리의 오피스텔에서 피의자인 마이클 한의 것으로 밝혀진 혈액과 지문, 머리카락 등이 발견되었습니다. 바닥에 흩어진 혈액의 양으로 추정, 피의자가 살해되었을 것으로 추정, 정황 증거는 있으나 결정적으로 시체가 사라져버려 '증거재판주의'라는 법의 원칙에 의거, 1심에서 용의자이자 참고인이 강희경과 은혜리에게 무죄가 선고됐습니다. 이에 검사 측에서는 항소했고, 재조사를 하던 중, 2월 13일, 마이클 한을 해부하려던 강희경을 현장에서 검거했습니다."

다시 여기저기서 작은 비명소리가 들려왔다. 그 소리가 들리는지 안 들리지 희경은 조금의 움직임도 없었다.

"사건 전후의 CCTV를 분석해 본 결과 아이빌 오피스텔을 드나든 사람은 피고인 강희경밖에 없었으며, 무엇보다 마이클 한을 자신이 근무하는 병원의 시체 보관소에 은밀히 보관, 증거를 없애버리기 위해 의과대 수업 중 하나인 해부학 실험으로 사용하려 했던 점 등으로 보아 마이클 한의 시체 유기 증거가 확실하다고 볼 수 있습니다. 또한 은혜리는 마이클 한이 오피스텔에 들어간 이후 한 번도 밖에 나오지 않았습니다. 지금 상태는 LSD 중독 상 태이지만 당시에는 정상일 수도 있다고 감안, 이에 저희 검사측은 은혜리를 마이클 한의 살해자로 강희경을 시체 유기로 판단, 기소 합니다."

이제 아무도 비명소리 조차 내지 않았다. 법정은 바늘 하나 떨 어지는 소리도 들릴 만큼 조용했다.

"세탁소 배달원인 김명수를 증인 신청합니다."

김 군이 1심 때 잔뜩 겁먹은 태도와는 달리, 그래도 두 번째라 고 익숙한 모습으로 걸어 들어와 증인석에 앉았다.

"증인은 은혜리의 집에 세탁물을 가지러 갔습니다. 어떤 옷이 었습니까?"

"가죽 재킷에 청바지, 티셔츠, 팬티였습니다."

"남자 옷이었습니까, 여자 옷이었습니까?"

"남자 옷이었습니다."

"옷을 준 사람은 이사람 맞습니까?"

승주가 은혜리의 사진을 보여주었다.

"네."

"옷을 갖다 주러 갔을 때도 이 사람이 옷을 받았습니까?"

"아니요,"

"그럼, 저기, 피고인석에 앉아 있는 저 분 맞습니까?"

"네."

"증인은 그 당시 이상한 생각이 들었다고 했는데, 무엇 때문이 었습니까?"

"비행기 시간에 맞춰야 한다며 서둘러 달라고 했는데 전화도 안 받고, 두 번씩이나 갔는데도 아무도 없었습니다. 그리고 이쁜 누나는 없냐고 물어봤더니 자고 있다고 했습니다."

"분명히 자고 있다고 했습니까?"

"네. 분명히 기억합니다."

"그때 저 분은 어떤 옷을 입고 있었죠?"

"파란색 정장 투피스를 입고 있었습니다."

"잠깐 본 것을 어떻게 그렇게 정확하게 기억하십니까?"

"직업병이죠. 얼굴은 기억 못해도 옷을 기억합니다. 그러라면 그럴수도 있어요."

"이상입니다."

김 군은 막힘 없이 대답했다. 이미 똑같은 질문을 받아보았으니 막힐 게 없었다.

"변호인 측 반대 심문 있습니까?"

이겨라가 김 군 앞으로 다가갔다.

"옷을 갖다 주러 갔을 때는 저 분이 받았다고 했죠?"

"네."

"그 때 증인은 오피스텔에서 다른 사람을 본 적이 있습니까?"

"보지는 못했지만, 자고 있다고……."

김 군이 승주를 쳐다봤다. 이런 질문을 받을지 몰랐다는 표정이었다.

"남자를 봤습니까, 못 봤습니까?"

"모, 못 봤습니다."

"그럼 마이클 한이 그 시간에 집에 없었을 수도 있겠네요. 그렇지 않습니까?"

"이의 있습니다."

승주가 일어섰다.

"이상입니다."

이겨라가 단칼에 끝냈다.

승주와 이겨라의 눈이 마주쳤다. 승주도 이겨라도 알고 있다. 이런 건 아무것도 아니다. 재판의 절차일 뿐이다. 결국은 희경의 증언이 진짜다.

승주는 희경을 봤다. 마치 지금 일어나고 있는 일들이 자신과는 상관없다는 듯, 어찌 보면 지루한 표정을 짓고 있었다.

"강희경이 근무하는 한강 병원 시체 보관소 직원 이만길을 증인으로 신청합니다."

직원이 정말 이런 일을 하고 싶지 않은 듯 주저하며 나왔다. 지금 방청객들 속에는 신문, 잡지사 기자들은 물론, 상당수의 병원 관계자들이 있을 것이다. 병원 외과과장이 살인 사건으로 재판을 받게 된 것이 상당히 불편할 것이다. 그것도 병원 시체 보관소에서 피해자가 나왔으니, 이미 병원 이미지에 상당히 타격을 입었다. 거기다가 희경이 만약 진범이라도 돼버리면, 이건 보통 일이 아니다.

"2월 13일 해부학 시간에 사용된 시체는 모두 몇 구였습니까?"

"세 구였습니다."

"해부학실로 시체를 운반하기 전 증인은 시체를 확인했습니까?"

"네에. 확인했습니다. 서류에 있는 것들과 모두 일치했습니다."

"서류에는 뭐가 적혀있습니까?"

"키, 몸무게, 성별, 추정 나이, 사인 등 입니다."

"사진도 있습니까?"

"사진까지야 없습니다."

"그럼 그 모든 것이 거의 일치하면 다른 시체와 바꿔치기 해도 모르겠네요."

"네?"

증인이 희경을 봤다. 희경은 증인을 보지 않았다.

"뭐 불가능하진 않겠지만, 아직까진 그런 일은 없었습니다."

"라-50에선 무엇이 발견됐습니까?"

증인이 다시 희경을 봤다. 희경은 여전히 앞만 봤다

"시체가 한 구 나왔습니다."

병원 관계자들 중 한 사람은 '으음' 신음소리와 함께 눈을 감았다.

"라-50은 어디에 있습니까?"

"보관소의 가장 구석진 맨 아래에 있어 사용한 적이 없는 서랍이었습니다, 그런데 그곳에 시체가 발견됐습니다."

"증인은 그곳에 시체가 있는 것은 왜 모르고 있었습니까?"

"불이 꺼져 있었습니다. 시체가 있는 곳은 빨간불이 켜져 있는데 불이 꺼져 있어서 몰랐습니다."

"왜 꺼져 있었습니까?"

증인이 다시 조금 머뭇거리더니 대답했다.

"전구가 고장 나 있었습니다."

이겨라가 질끈 이를 악물었다.

"여기 두 장의 사진을 증거로 제출합니다."

승주가 모니터를 켜자, 두 장의 남자 사진이 떴다. 두 장 모두 중요 부분만 가리고 발가벗은, 시체 사진이었다.

방청객들은 이것이 살인사건이란 것 확인했다는 듯, 얼굴을 찡그리며 사진을 봤다.

"어떻습니까? 이 두 사람은 너무 비슷한, 아니 똑같다고 해도 좋을 만큼 키와 몸무게가 비슷합니다. 얼굴만 모른다면 누가 누군지 구분할 수 없습니다."

정말 그랬다.

"그날 해부될 시체는 원래 가-12에 있던 왼쪽입니다. 하지만 해부실에서 발견된 것은 오른쪽 시체, 마이클 한입니다."

방청성에서 웅성웅성하는 소리들이 들렸다.

"조용히 해 주십시오."

판사의 말에 찬물을 끼얹은 듯 갑자기 모든 말들이 끊겼다.

"그리고 가-12의 시체는 라-50 서랍 속에 들어 있었습니다. 불이 꺼진 채 말입니다."

조용했다.

"이상입니다."

승주가 뒤돌아 선 순간 방청석에 구석에 서 있는 준석과 눈이 마주쳤다.

준석이 잘했다는 듯 엄지손가락을 들어 보였다.

"변호인 신문하세요."

이겨라가 증인 앞에 섰다. 속으로야 마음이 타겠지만 적어도 겉으로는 아무 내색이 없었다.

"시체는 몇 구가 있었습니까?"

"39구가 있었습니다."

"그럼 나머지 11개의 서랍에는 불이 켜져 있지 않았겠네요."

"네."

"나머지 전구들이 고장 나지 않았다는 것을 증인은 확신할 수 있습니까?"

"무, 물론 확신할 수 있습니다."

"어떻게요? 날마다 일일이 열어보고 확인합니까?"

"그건 아니지만……"

"그렇다면 아직도 불이 켜지진 않았지만 작동은 되는 서랍 속에 시체가 있을 가능성도 있겠습니까?"

"그, 그거야……"

"다시 한 번 이 사진들을 보아주십시오. 증인은 왼쪽에 있는 시체가 원래 가-12에 있던 거라고 확실하게 말할 수 있습니까?"

"이의 있습니다. 변호인은 지금 증인을 유도 심문하고 있습니다."

승주가 치고 들어갔다.

"받아들입니다. 증인은 반드시 대답할 필요는 없습니다."

판사가 부드러운 목소리로 말했다.

증인이 땀을 닦았다. 그러곤 희경을 다시 한 번 보고 말했다

"대답하지 않겠습니다."

"이상입니다."

이겨라가 증인 심문을 끝냈다.

"아이빌 오피스텔 경비원인 신동일 씨를 증인으로 신청합니다."

이번에 이겨라가 증인 신청을 했다.

승주 역시 몇 번이나 만났던 경비원이 증인석에 착석했다.

"1월4일부터 1월 13일까지 아이빌 오피스텔 CCTV는 고장이 났다거나 녹화가 1초라도 안 된 적이 있습니까?"

"없습니다."

"엘리베이터에 탔는데 녹화 되지 않고 밖으로 나가거나 지하 주차장으로 갈 수 있습니까?"

"없습니다."

"계단이나 복도에도 CCTV가 설치돼 있습니까?"

"설치돼 있지 않습니다."

"이상입니다."

"검사 측 반대 심문 있습니까?"

승주가 일어섰다.

"그럼 계단을 이용하면 CCTV에 찍히지 않고서도 밖으로 나갈 수 있습니까?"

"그럴 수는 있겠지만 누가 계단으로 나갈지……"

"이상입니다."

"잠시 휴정하겠습니다. 삼십 분 후에 개정하겠습니다."

승주가 법정에서 걸어 나오자, 준석이 말을 건넸다.

"잘 하셨습니다."

잘 했다는 말도 준석이 내민 뜨겁고 진한 커피도 둘 다 좋았다. 지금까진 나쁘지 않았다. 하지만 재판이란 끝까지 가봐야 한다. 스포츠에만 막판 뒤집기가 있는 게 아니다.

"이제 시작인데요, 뭐."

"시작이 반이다 말도 있잖습니까."

그때, 희경과 이겨라가 승주 곁을 지나갔다. 희경은 여전히 승주에게 눈길조차 주지 않았다. 모른 척하고 지나갔던 이겨라가 가다가 뒤돌아 준석을 빤히 봤다.

"다음엔 검사 측에서 과장님께 증인 신청을 할 겁니다. 피의자 심문이 아닙니다. 대답하기 곤란한 질문은 대답하지 않으셔도 됩니다."

대기실에서 이겨라가 설명했다. 희경은 대답 없이 물만 마셨다.

"괜찮으십니까, 과장님?"

"괜찮아요."

희경은 아무것도 없는 대기실의 빈 벽을 바라보며 공허하게 대답했다.

재판은 다시 개정되었다.

"마이클 한의 시체 유기 용의자 강희경을 증인으로 신청합니다."

희경은 피고인석에서 일어나는 순간, 어찔했다. 현기증이 난다는 듯 머리를 손으로 가볍게 짚었다. 이겨라가 옆에서 그런 희경을 얼른 부축했다.

'아주 둘이 죽이 잘 맞는군.'

지금까지 승주가 봐 온 희경은 어떤 순간에도 침착해서 오히려 냉정해 보였었다. 그런데 오늘은 자주 약한 모습을 보인다. 지금부터 승주가 몰아치면, 종종 저런 모습을 보이겠지. 이래저래 쉽진 않다.

희경이 피고인석에 증인 선서를 천천히 읽었다.

"양심에 따라 숨김과 보탬이 없이 사실 그대로 말하고 만일 거짓말이 있으면 위증의 벌을 받기로 맹세합니다."

사실 그대로를 말하겠다……. 저 자리에 서면 누구든지 사실만을 말하겠다고 맹세한다. 하지만 나중에 그것이 거짓임을 너무나 많이 봐왔다.

'진실이 하나라고 생각하나?'

이 사건을 맡기면서 김현태 부장이 했던 질문이다. 그때 자신은 무어라 대답했던가?

'진실에 가장 접근하는 것이라고 봅니다.'

그래, 진실에 접근하는 거야. 희경이 진실을 말하지 않겠다면 최대한 파고들어 접근하는 수밖에.

"강희경 씨, 당신은 지난 2월 13일 피해자인 마이클 한의 시체를 해부하려다 경찰 측의 저지로 붙잡혔습니다. 맞습니까?"

가장 명백한 사실부터 접근해야 한다.

"네."

희경이 작지만 명확하게 대답했다.

"그 시체는 당신 딸, 현재 마이클 한을 죽인 용의자로 기소된 은혜리의 오피스텔에서 발견된 피해자와 동일인입니다. 맞죠?"

"네."

"그렇다면 참 이상하죠. 어떻게 오피스텔에서 죽은 피해자가 당신이 근무하는 병원 시체 보관소에 있을 수 있을까요?"

"……."

"그건 바로 당신이 그곳으로 옮겼기 때문입니다. 그렇죠?"

"이의 있습니다. 지금 검사는 정황 증거만으로 용의자를 몰아 붙이고 있습니다."

이겨라가 치고 나왔다. 놀랄 일도 아니다. 충분히 이의를 제기 할 수는 있지만 기각될 것이다.

"1심에서 무죄가 선고된 것은 시체라는 증거가 없었기 때문입니다. 이제 시체가 발견됐습니다. 그런데 강희경 씨는 그 시체를 손상시키려 했습니다."

"이의 기각합니다. 계속하세요."

판사의 말에 이겨라가 자리에 앉았다.

"강희경 씨, 당신이 그곳으로 옮겼습니다."

"아닙니다. 전 그런 짓을 하지 않았습니다."

낮으나 분명한, 신뢰감을 주는 목소리다.

"여기 1월 5일부터 어제까지 우리나라에 신원미상으로 등록된 시체 명단입니다. 그 중에 아직 단 한 구도 병원이나 기타 기관에 기증되지 않았습니다. 당연하죠, 시체 보관 기간은 적어도 6개월 이니까요. 그런데 어떻게 유독 피해자의 시체만이 한강 병원 시체 보관소에 있을 수 있을까요? 그건 바로 신원미상으로 등록조차 되지 않았기 때문입니다. 누군가 직접 보관소로 옮겼던 것입니다."

"전 모릅니다."

"아뇨, 모르지 않습니다. 모른 척하고 있을 뿐입니다."

"……"

"강희경 씨, 5일 19시 경 당신은 딸 은혜리의 오피스텔에 갔습니다. 그곳에서 믿을 수 없는 장면을 보게 됩니다. 은혜리가 마이 클 한을 죽인 것입니다."

"이의 있습니다. 지금 검사는 아직 확정되지 않은 사건을 가지고 용의자를 몰아붙이고 있습니다."

"인정합니다. 기록에서 삭제하세요."

"좋습니다. 어쨌든 피해자의 시체를 보고 그것을 숨길 생각을 합니다. 물론 딸을 위해서겠지요. 사랑하는 딸이 살인자가 되는 것을 차마 보고는 있을 수 없었겠지요. 그래서 시체를 유기한 겁니다."

지금 재판은 누가 피해자를 죽였느냐 보다는 시체를 누가 운반했느냐이다.

"어떻게요?"

희경이 승주를 빤히 쳐다보며 물었다.

"?"

승주는 당황했다. 희경이 질문할 줄은 예상 못했기 때문이다.

"제가 그렇게 덩치가 큰 남자를 어떻게 옮겼다는 겁니까?"

"강희경 씨, 아무 말 하지 마세요. 변호사인 제가 합니다."

이겨라가 희경을 제지시켰다. 희경은 그런 이겨라를 무시하고 계속 말했다.

"검사님은 제가 그 남자를 옮겼다고 자꾸 하시는데, 어떻게요? 보시다시피 저 남자의 시체는 손상되지 않았습니다. 검사님께서는……."

"강희경 씨, 그만 하세요."

판사가 중간에 끼어드는 이겨라를 손짓으로 제지시켰다. 강희경의 증언을 들어보겠다는 것이다.

"저 남자를 찾기 전에 제게 물으셨습니다, 시체를……."

희경이 잠시 말을 멈췄다. 마치 정말로 입에 담고 싶지도 않은 말이지만 어쩔 수 없다는 표정으로 말했다.

"토막 냈느냐고 물으셨지요?"

방청인들 사이에서 다시 비명소리가 들렸다.

"전 아니라고 했습니다. 그때도 검사님께서는 믿지 않으셨지요."

"어떻게 그런 말을 다 할 수가. 검사면 다야?"라며 수군거리는 소리가 들렸다.

"이상 심문을 마치겠습니다."

더 이상 얘기해 봤자였다. 심리싸움이기 때문에 한 번 기울어진 저울은 다시 평평해지기 힘들다.

승주는 일단 여기서 한 발 물러서기로 했다.

"변호인 심문 하세요."

이겨라가 희경을 길게 쳐다본 후 말했다.

"없습니다."

"오늘 재판은 여기서 끝마치겠습니다. 2차 공판은 한 주 뒤인 2월 23일 열리겠습니다."

또다시 원점이다. 시체라는 증거가 없어서 시체를 찾았더니, 이번엔 그것을 옮긴 방법을 찾아내란다. 준석과 승주는 CCTV만 몇 번을 돌려보았는지 모른다. 하지만 거기서는 더 이상의 단서는 찾을 수 없었다.

마이클 한의 시체는 조셉 한이 수습해 미국으로 갔다. 준석은 그 사실을 나중에 알았다. 조셉 한은 한국에 와 수습해 갈 때까지 준석에게 연락을 하지 않았다.

'법은 살인자에게 무죄를 선고했습니다. 이제는 법 밖에서 유죄를 선고할 방법밖에 없겠군요.' 그는 그렇게 말했었다. 시체가 발견되고도 범인을 단죄하지 못했다. 아마 한국의 형사에 대한, 한국의 법정에 대해 신뢰하지 않는다는 표현을 그렇게 한 모양이라고 준석은 정리했다.

준석이 답답해 미치겠다는 듯 서성거리더니 문을 박차고 나갔다.

확실히 처음과는 달랐다. 지난번까지만 해도 그저 지나가는 말투로 대답을 하던 은혜리 담당 간호사도 이번엔 준석을 대하는 태도가 달랐다. 병원에서 피해자의 시체가 나왔으니 진짜 살인사건이구나 실감을 하고 있을 터이다.

"은혜리 씨는 여전히 이렇게 반 혼수상태입니까?"

"그게…… 네."

뭔가를 말하려다 만다,

"정신을 차린 적이 있군요, 그렇죠?"

"정신을 차렸다기보다는……"

"약물치료를 한 지가 벌써 한 달이 넘었는데 여전히 차도가 없다는 게 이상하지 않습니까?"

"잠깐 좋아진 적이 있었습니다."

"그게 언제입니까?"

"한 이 주일 전인가 한 삼일 정도? 그러다 다시 저렇게……"

이 주일 전? 무죄가 선고될 즈음이다.

"그때는 어땠습니까?"

"탁구 치는 것 보고 싶다고 운동실에 가기도 하고…… 병원에 왜 입원했느냐고 묻기도 하고……"

"이상한 행동 같은 것은 없었습니까?"

눈길을 돌린다. 뭔가 있다는 얘기다.

"운다거나, 소리 지른다거나, 잘못했다고 빌거나 뭐 그런……"

"그런 건 없고요, 이상한 것을 물은 적은 있어요."

"?"

말해도 되나. 망설이는 눈치였다. 준석은 그야말로 똥줄이 탔지만 애써 아무렇지 않은 척했다. 괜히 초조하게 덤벼들었다가 입 다물어 버리면 낭패다.

"혜리가, '언니 누가 치웠을까……?'라고 말했어요. 그래서 나한테 뭘 치웠냐고 묻는 줄 알고 뭘 찾는데? 하고 물었어요."

"그랬더니요?"

"'엄마가 치웠을까?' 그렇게 말해서 '뭘 말이니?' 하고 또 물었더니, 고개를 돌리고 더 이상 아무 말도 안 했어요."

누가 치웠을까……? 엄마가 치웠을까……?

누가 (마이클 한의 시체를) 치웠을까? 엄마가 (마이클 한을) 치웠을까?

준석은 마치 빈칸 넣기를 하듯 말을 채워보았다. 꼭 맞았다!

가슴이 두근두근거렸다. 이거다 싶었다.

김 간호사가 시계를 보더니, 주사와 약을 챙기기 시작했다.

"지금도 강희경 과장님이 직접 주사를 투여합니까?"

"네."

"과장님이 주사 놓을 때 당연히 김 간호사님도 옆에 계시겠죠?"

"그게 규약이긴 하지만 뭐 그럴 필요 있나요? 엄마가 딸에게 주사하는 건데."

두근.

또 가슴이 두근거렸다.

"이런 것을 말해도 되나 모르겠네……."

김 간호사 혼잣말처럼 중얼거렸다. 말을 시작하기가 어렵지 시작하면 봇물 터지듯 나온다.

"뭐든 좋습니다, 말해 주십쇼."

"아까 혜리가 탁구 치는 걸 보고 싶다고 했을 때에요, 제가 운동실에 데려다 줬는데 과장님께서 화를 내며 올라가시는 거예요. 그래서 저도 겁이 나서 따라 올라갔는데, 과장님하고 혜리가 다투는 것 같았어요."

"다퉈요? 뭐라 하면서 다투었습니까?"

"멀리 있어서 소리까진 안 들렸지만, 어쨌든 과장님께서 혜리를 붙잡고 막 흔드는 거예요. 혜리는 울고…… 나중에 과장님께서 혜리를 안아주었어요."

만약, 만에 하나 강희경이 은혜리를 치료하는 게 아니라, 그 상태를 유지하고 있다면? 은혜리가 처음과 너무 상태가 같은 것이 이상했었다. 그런데 중간에 잠깐 좋아졌다고 했다. 그때가 시기적으로 무죄를 선고 받을 때였다. 우연일까? 무죄를 선고 받자 이제는 '제대로' 치료한 건 아닐까? 그러자 은혜리가 뭔가를 기억해 낸다……? 놀란 강희경이 은혜리의 기억을 왜곡시키려고 애쓰지 않았을까? 은혜리의 상태는 다시 나빠졌다. 재조사 들어가자 강희경이 다시 정신을 혼미하게 만들어 버린 건 아닐까? 이런 게 가능할까?

병실을 나오고서도 준석의 머릿속에는 생각들이 꼬리에 꼬리를 물었다.

희경은 사표를 제출했다. 혜리도 데리고 나가겠다고 했을 때 병원장은 묵묵히 있었다. 어떻게 된 거냐고 묻지 않은 것만 해도 자신에 대한 배려라고 생각했다. 다시 병원으로 돌아올 수 있을까? 매 순간 최선을 다하지는 않았지만, 이 일을 참 좋아했다. 만약 이번에도 무죄를 받는다면 아프리카 오지로 떠나 의료봉사를 하고 싶다. 그럴 수 있을까……?

혜리의 병실로 들어가려던 희경은 복도 끝으로 사라지는 준석을 보았다.

'웬일이지?'

"김 간호사, 저 형사분 여기 왔다 갔어?"

"네."

"김 간호사에게 뭔가를 물었나?"

김 간호사가 우물쭈물한다. 괜히 대답 잘못 했다가는 큰일나겠다는 표정이었다.

"혜리 씨가 계속 저런 상태냐고……"

"뭐라 대답했지?"

"잠깐 좋아진 적이 있었는데 다시 똑같아졌다고, 사실대로 말했어요."

김 간호사가 '사실대로'란 말에 힘을 주어 말했다.

"또?"

"주사를 제가 직접 주느냐고……"

"!"

"그것도 사실대로…… 과장님께서 따님에게 직접 놓아 준다고 했어요."

희경은 아찔했다.

저 형사는 둘 다를 놓치질 않았을 것이다.

"다른 말은?"

"없었어요, 다른 말은……"

김 간호사가 눈을 피한다. 있다. 하지만 재차 물어도 없다고 할 것이다. 무슨 말을 했을까?

"다음부턴 내 허락 없이 그 누구에게도 나나 혜리에 관해 아무 말도 하지 말아요."

"과장님, 지금부터는 제가 혜리 씨에게 주사를 놓으면 안 될까요?"

"왜?"

"병원 규칙에 따르는 것이…… 업무 태만으로 점수 깎이기 싫어서요."

아직은 혜리를 집으로 데리고 갈 수 없다. 다른 병원에 입원시켜야 한다. 이제부턴 혜리에게 LSD를 주사하기 힘들 것이다. 정상적인 치료를 받으면 며칠 지나지 않아 점점 현실을 인식하게 될 것이다. 그러다 만약에 그때처럼 마이클 한을 죽였다고 자백이라도 하게 되면…… 빠져 나갈 구멍이 없다.

만약, 정말로 만약에 그렇게 된다면, 그렇게 되기 전에, 준비한 '그것'을 던져주는 수밖에 없다. 두려운가? 무서운가? 두렵지도 무섭지도 않다. 어차피 그것을 만들 때부터 각오한 일이지 않은가. 그렇게 된다면 아프리카 오지로 의료봉사는 영원히 갈 수 없게 될 것이다.

다시 재판이 열렸다.

"은혜리 전속 간호 담당 김은숙 간호사를 증인 신청합니다."

승주의 증인 신청에 김 간호사가 피고인석에 앉아 있는 희경과 눈을 마주치려 하지 않으며 증인석에 가 앉았다.

"이것은 은혜리가 병원에 입원한 날부터 한강 병원에서 퇴원한 지난 2월 20일까지 주치의가 내린 처방입니다. 증거로 제출합니다."

승주는 두툼한 처방전을 판사에게 주었다.

"증인은 주치의의 처방대로 은혜리 씨에게 약과 주사를 처치해 왔습니까?"

"네."

"약과 주사를 직접 주었습니까?"

대답을 하지 않았다.

"직접 주었습니까?"

"아니요."

"왜죠?"

"과장님께서 혜리 씨에게 직접 주겠다고…… 그건 병원 규칙에 어긋나긴 하지만, 엄마가 딸에게 처치하는 거니까 오히려 더 낫겠다고 생각했습니다."

"약을 주고, 주사를 놓는 것을 옆에서 직접 보았습니까?"

"나가서 일을 보라고 하셔서 저는 그렇게 했습니다."

김 간호사가 작은 목소리로 대답했다.

"우리는 은혜리가 치료 한 달이 지났는데도 차도가 없는 것에 주목했습니다. 왜 군이 강희경은 은혜리에게 직접 약을 주고 주사를 놓았을까요? 병원 규칙을 어겨가면서까지 말입니다. 물론, 엄마가 딸을 직접 치료하고 싶은 마음은 이해합니다. 하지만 문제는 은혜리가 조금의 차도를 보이지 않은 것입니다. 통상적으로 은혜리와 비슷한 수치를 보이는 약물 중독자들은 약 3일 정도의 치료에도 효과가 나타나기 시작합니다. 혹시 강희경은 은혜리가 정신을 차려 스스로에게 불리한 증언을 하지 못하도록, 의도적으로 치료를 늦춘 것은 아닐까요?"

승주는 준석의 수사와 의견을 전적으로 받아들였다.

"이의 제기합니다. 지금 검사는 추측으로 용의자의 의료적 행위까지 건드리고 있습니다."

이겨라가 자리까지 박차고 일어섰다.

"이 사건의 용의자는 강희경뿐만 아니라 은혜리 두 사람입니다. 은혜리가 계속 증언을 할 수 없는 상황을 설명하고 있는 겁니다."

"이의 기각합니다."

이겨라가 털썩 주저앉았다.

"증인, 은혜리가 조금 차도를 보인 적이 있죠?

"네."

"그때 증인에게 무슨 말을 했습니까?

처음으로 희경이 김 간호사를 봤다. '그때 안 한 말이구나.' 하는 표정이었다.

"'언니, 누가 치웠을까⋯⋯', '엄마가 치웠을까⋯⋯' 하고 물었습니다."

희경이 눈을 감아버렸다. 그런 말을 했구나.

"무엇을 치웠다는 말일까요?"

"그건 모릅니다."

"그때 증인은 운동실에서 은혜리와 강희경을 목격한 적이 있죠?"

"네."

"둘은 어떤 행동을 했습니까?"

다시 희경이 김 간호사를 봤다. '그것까지 봤어?'

"과장님께서 혜리를 붙잡고 야단을 치셨고, 혜리는 막 울었습니다. 그러다 나중엔 과장님께서 혜리를 안아 주셨습니다."

승주는 희경을 똑바로 쳐다보며 말했다.

"그때 잠깐 정신을 차린 은혜리가 엄마인 강희경에 엄마가 치웠느냐고 묻지 않았을까요? 그 말을 들은 강희경은 놀라 딸을 다그쳤을 수 있습니다. 그때 은혜리는 강희경에게 뭘, 치웠느냐고 물었을까요? 대체 무엇을 치웠기에 강희경이 그렇게 화를 냈을까요?"

승주의 매서운 눈빛에 희경 역시 매서운 눈매로 쳐다봤다. 법정 안은 그렇게 두 사람의 눈싸움으로 공기마저 싸늘하게 얼어붙는 것 같았다.

"휴정을 신청합니다."

그 팽팽한 긴장을 깬 건 이겨라였다.

"한 시간 휴정을 허가합니다."

쾅!

이겨라는 피고인 대기실에 들어오자마자 책상을 내리쳤다. 치명적이다. 김 간호사의 증언은 불리한 정도가 아니다. 지금까지 조심스럽게 쌓아온 도미노를 한 번에 무너트릴 수 있는 수준이다.

"왜 제게는 그런 말을 하지 않으셨습니까? 아직도 절 못 믿으십니까? 절 선택하셨으면 믿고 숨김없이 얘기해 주셨어야죠."

이겨라가 화를 누르느라 씩씩대는데도, 희경은 아무 말 없었다. 변호사와 의뢰인의 관계가 성립되면, 이때부터는 솔직하게 모든 걸 다 말해야 한다. 그래야 변호하고 대처할 방법을 찾아낸다. 그런데 희경은 자꾸 그 범위를 벗어났다. 대처가 늦을 수밖에 없는 것이다.

"딸은 그 남자를 죽이지 않았습니다."

'그럼 당신이 죽였습니까?'

이겨라는 하마터면 이 말을 할 뻔했다.

'이건 함정이야.'

세상 사람들이 다 범인이라 지목해도 자신만은 강희경과 은혜리를 믿어야 했다. 하지만 시체가 병원에서 발견되었을 때 이겨라는 자신이 함정에 빠졌다는 것을 알았다. 믿음이 흔들리는 변호사는 검사보다 더 위험하다. 흑을 백으로 주장해야 하는 이 상황에서 끌어낼 수 있는 방법은 변증법밖에 없다.

"제3의 방법도 있습니다."

"?"

"정당방위로 몰고 가는 겁니다. 이렇게 합시다. 약 먹고 취한 마이클 한이 은혜리 씨를 성폭행하려 했습니다. 은혜리 씨는 그걸 피하려다가 그만 실수로 마이클을 죽이게 됐습니다. 물론 은혜리 씨도 약에 취한 상태였기 때문에 판단력이 거의 없는 상태였습니다. 그것을 과장님이 보게 됐습니다. 엄마의 입장으로 딸을 차마 감옥으로 보낼 수 없었습니다. 그래서 시체를 병원으로 옮긴 겁니다. 어떻습니까? 이런 시나리오 대로 하면 정당방위로 이끌어 갈 수 있습니다."

"변호사님은 딸이 마이클을 죽이지 않았다는 제 말을 믿지 않으시군요."

"누가 마이클 한을 죽였는지는 중요하지 않습니다."

"누가 죽였는가는 중요하지 않다…… 그런가요?"

희경이 설핏 웃었다. 희경이 웃는 모습을 보자 이겨라는 까닭 없이 등골이 서늘해졌다.

"처음에 변호사님이 제게 물으셨죠? 만약 마이클 한의 시체가 나타났을 때, 혜리가 마이클 한을 죽이지 않았다는 것을 확인시켜 줄 증거가 있냐고요."

"증거가 있다고 하셨죠. 만약 마이클 한의 시체가 발견되면 말씀해 주시겠다고."

"이제 말씀드릴 때가 된 것 같네요. 하지만 변호사님께는 아닙니다."

"?"

"절 믿지 않는 사람에게는 저도 믿을 수 없습니다. 변호인 교체 신청을 하겠습니다. 그동안 수고 많으셨습니다. 그리고 더 이상의 증언을 거부합니다."

희경이 더 이상 할 말 없다는 듯 차갑게 일어서 나가버렸다.

'뭐야? 뭐 이런 엿 같은 일이.'

이겨라는 다시 한 번 책상을 쾅! 쳤다. 뒤죽박죽이다.

'이건 함정이 아니라, 늪이야.'

이번엔 벽을 치면서 이겨라는 생각했다.

재판 중에 변호사를 교체하고 용의자가 증언을 거부했다. 재판은 다시 2주 후로 연기됐다.

"강희경이 신청했어?"

"그럼 내가 했겠나?"

"이유를 물어봐도 돼?"

"물어봐도 된다."

승주가 픽, 웃으며 물었다.

"뭔데?"

"'절 믿지 않은 사람은 저도 믿을 수 없습니다.' 그러던데."

"그 말은……?"

"시나리오를 하나 썼거든."

"정당방위로 몰고 가자 했구나?"

"은혜리를 살해용의자로 몰고 강희경을 시체 유기자로 모는 시나리오였다."

이겨라가 양주잔을 돌리며 말했다.

"진짜 범인은 누굴 것 같아?"

"몰라."

"어떻게 대답이 그렇게 빨리 나오냐?"

"모르니까."

이겨라가 목까지 젖히고 꿀꺽꿀꺽 양주를 마셨다.

승주는 더 이상 묻지 않았다. 지금 이겨라의 기분은 정상을 목적으로 올라가던 산을 중간에서 내려온 것처럼 개운치가 않을 것이다.

"이로써, 소원 들어주기 게임은 무효가 되어 버렸네. 아니 승주네가 이긴 건가?"

"잠시 보류라고 해두자, 선배."

"보류?"

"그래 보류. 왜인지는 묻지 말고."

이겨라는 묻지 않았다.

"나, 이 사건 끝날 때까지는 변호사 잠정 휴업이다."

'그렇게까지 충격이 컸나?'

"풀고 싶은 문제가 하나 생겼거든."

"뭔데?"

"누구든 좋아. '마이클 한 시체를 어떻게 옮겼을까.'라는 문제."

승주도 똑같은 문제를 안고 있기는 마찬가지였다.

다음 날, 승주가 아침에 검사실에 들어가자마자 황 사무장이 택배 하나를 내밀었다.

'뭐지?'

주소는 강서구 소재 편의점, 보낸 사람의 이름이 없다.

"혹시 폭탄이나 뭐 이런 것이 들어 있는 것은 아니겠죠?"

황 사무장이 농담 반 진담 반으로 말했다.

안에는 동영상이 담긴 USB 메모리가 들어 있었다.

동영상?

USB 메모리에는 폭탄이 들어 있었다. 사람을 직접 죽이는 폭탄이 아닌 간접적으로 죽이는.

승주는 동영상을 다 보고 난 후 한참을 멍하니 앉아 있었다.

그리고 준석에게 전화했다.

준석 역시 동영상을 다 본 후 멍하니 승주를 쳐다봤다.

"누굴까요? 이 동영상을 보낸 사람이."

승주는 고개를 흔들었다.

자신도 생각해 봤지만 알 수가 없었다.

어쨌든 재판은 끝이다, 한판 뒤집기로 자신이 이기는 것으로.

16 사형

"저는 어제 동영상이 담긴 USB 메모리를 소포로 받았습니다. 내용은……. 여러분들께서 직접 보고 판단하시기 바랍니다."

승주는 법정 안에 있는 사람들을 둘러보았다. 상고 마지막 재판이라 그런지 사람들이 발 디딜 틈 없이 많았다. 그들 사이에 준석, 이겨라, 그리고 증인들도 간간히 보였다. 물론 기자들도 많을 것이다. 모두들 호기심이 가득 찬 눈으로 LCD 화면을 쳐다봤다. 저들은 이제 놀라운 장면을 보게 될 것이다.

승주는 동영상을 재생시켰다.

그리고 마치 운명의 문을 열듯 재생 버튼을 눌렀다.

지지직, 빈 화면이 불길한 운명을 예고하듯이 지지직거리더니, 탁 켜짐과 동시에 아이빌 오피스텔 침실이 나온다. 동영상의 초점은 침실 창밖 멀리서 찍은 듯 고정돼 있고 전체적으로 흐릿하다. 하지만 사물은 구별할 수 있다. 침대 위에 한 남자가 대자로 누워 있다. 완전히 발가벗고 있다. 얼굴 쪽은 침대 헤드 쪽에 가려 잘 보이지 않는다. 희미하게 도어벨 소리가 들리고, 잠시 후, 강희경이 화면에 잡힌다. 파란색 투피스 차림이다. 남자를 보고 놀라는 강희경. 혜리를 부른다. 모습은 보이진 않지만 강희경이 딸에게 야단치는 소리가 들린다. 잠시 후, 이성을 잃은 듯한 모습의 강희경이 노란색 볼링공을 들고 나타난다. 발가벗고 누워 있는 남자의 머리 쪽을 향해 힘껏 내리친다. 피가 확 솟구친다. 피가 묻은 볼링공을 다시 한 번 힘껏 내리친다. 희경이 남자의 몸 쪽으로 몸을 기울인다. 동영상이 지지직거리더니 켜질 때처럼 탁 꺼진다.

침묵. 그 누구조차 손가락 하나 까딱하지 않는다.
"과장님······"
침묵을 깨뜨리는 김 간호사의 흐느낌 소리. 그러자 그것을 신호로 사람들이 웅성거리기 시작했다.
희경은 고개를 푹 떨어뜨리고 말았다.
승주는 천천히, 그러나 확신에 찬 목소리로 말했다.
"지금 여러분들은 사건의 진실을 보았습니다······. 보시다시피 용의자 강희경은 무방비 상태로 있는 한 남자를 끔찍한 방법으로 살해했습니다. 살해 도구인 볼링공은 딸에게 생일 선물로 사준 것입니다. 그리고 범행이 발각될 것이 두려워, 시체를 자신이 근무하는 병원의 시체 보관소로 옮겼습니다. 그것도 모자라 외과과장이라는 자신의 지위를 이용 해부학 시간에 사용될 다른 시체와 바꿔치기 해 시체를 영원히 은폐시키려 했습니다. 이에 저 홍승주 검사는, 강희경의 잔인하고, 치밀하고 파렴치한 행위에 대해, '사건번호 2012 고합 113 마이클 한 살인사건' 강희경에게 살인 및 시체 유기죄로 법정 최고형인, 사형을 구형합니다."

여기저기서 "아악" 하는 단말마 소리, "너무해, 검사면 다냐!" 하는 고함소리들이 터져 나왔다. 하지만 그런 소리들에 별 힘이 실리지는 않았다. 워낙 충격적인 장면을 보았기 때문이리라.

"증인, 마지막으로 할 말 있습니까?"

판사가 희경에게 물었다.

희경이 힘없이 고개를 흔들었다.

"잠시 후 판결이 있겠습니다."

판사들이 자리를 떴다.

어떤 판결이 나올 것인가? 기다리는 동안 승주는 차라리 담담했다. 할 수 있는 것은 다 했다. 이제 그야말로 판결만을 기다릴 뿐.

잠시 후, 판사가 다시 입장했다. 그러곤 그 누구도 보지 않고 판결문을 읽었다.

"사건번호 2012 고합 113 마이클 한 살인사건을 다음과 같이 판결한다. 주문. 피고인 강희경. 사형."

쾅, 쾅, 쾅.

마치 강희경의 인생에 종지부를 찍듯 그렇게 세 번의 망치 소리가 울러 퍼졌다.

희경이 털썩 주저앉았다.

사형을 선고 받은 자의 표정.

멍한 눈, 놀라 벌어진 입, 볼에서 일어나는 경련. 이어 마치 영

화의 한 장면처럼 희경의 오른쪽 눈에서 눈물이 주르르 흘러나
왔다.

'오른쪽 눈에서 나오는 눈물은 거짓 눈물이라는데.'

승주는 그 눈물을 보고 느닷없이 그런 생각이 떠올랐다.

희경이 교도관의 부축을 받고 천천히 일어나 법정을 빠져 나갔
다. 한 걸음 한 걸음 다시는 돌아올 수 없는 길을 떠나듯, 문을 나
서기 전 잠깐 멈추었다. 무슨 할 말이 있었을까? 망설이는 느낌이
왔지만, 포기한 듯 다시 걸어 나갔다. 그 동안 아무도 한 마디도
하지 않았다. 희경이 문을 나서자마자, 법정 안은 그야말로 벌집
쑤신 듯 난리 법석이었다. 흐느끼는 사람, 소리 지르는 사람, 전화
하는 사람……

'이긴 사람은 없어.'

승주는 희경의 뒷모습을 보자 그런 생각이 들었다.

'아무도 이긴 자가 없는, 모두 잃은 자만 있는 게임이었어.'

허탈했다.

승주는 이런 기분이 들지 몰랐다.

허탈한 기분. 손가락 사이로 모래들이 스르륵 흘러내려가 버린,
손에 남은 것은 아무것도 없는 듯한, 허무한 기분.

누군가 손을 내밀었다. 준석이었다.

"수고하셨습니다."

"형사님도 수고하셨어요."

승주도 준석의 손을 잡았다. 준석이 가려다, 뒤돌아서 한마디
했다.

"이로써 은혜리는 무죄입니까?"

승주가 대답도 하기 전에 다시 돌아서 가버렸다.

은혜리는 이제 더 이상 용의자도 참고인도 아니다. 마이클 한 사건은 강희경 단독 범행으로 판정이 났다. 엄마는 사형수지만 딸은 무죄다.

"승소 축하한다."

준석의 뒷모습을 바라보며 이거라가 말했다.

"가자, 축하주 해야지."

"다음에. 가 볼 데가 있어."

승주는 엄마에게 가 볼 생각이다. 엄마가 보고 싶은 건 아니다. 그저 그래야겠다는 생각이 문득 들었을 뿐이다.

병원도 아니고, 요양원도 아닌, 어정쩡한 장소.

승주가 온 것도 모르고 엄마는 잠만 잤다. 알코올 금단 증상이 잠으로 나타난 듯 그렇게 시도 때도 없이 잠만 잔다고 했다. 일생 동안 잠들지 못했던 불면의 밤을 이제야 전부 자려는 걸까……? 승주는 그렇게 자고 있는 엄마의 모습만 지켜보다가 돌아서 나오면서 누구보다도 엄마에게서 수고했다는 말을 듣고 싶어 했던 것 같은 기분이 들었다. 그래야 정말 사건이 끝나고 자신이 승소했다는 것이 현실로 잡힐 것 같은.

딸이 온 줄도 모르고 자고 있는 엄마.

생각해 보면, 어른답지 않은 어른이었다. 스스로를 감당 못하는 것은 물론이고, 어린 딸을 어떻게 키워야 할지, 자식에게 무엇을 해줘야 할지 몰라 항상 허둥지둥대기만 했던. 소풍 갈 때 김밥한 번 제대로 싼 준 적 없고, 시험공부 할 때면 공부 그만하고 자라고 재촉했던, 딸이 알바를 시작하자 일을 그만둬 버린. 승주를 한없이 고달프고 힘들고 지치게 만든 엄마였다.

엄마를 찾아 온 건, 엄마와 딸이 연루된 사건이 끝나서였을 게다. 한 사건에 모녀가 용의자였던 사건, 엄마가 사형을 언도 받음으로써 딸은 무죄가 된.

엄마가 자고 있지 않았다면 이 사건을 얘기해 줬을까? 엄마는 이 사건을 어떻게 생각했을까?

'너무 감상적이었어. 내가 아직도 엄마라는 말에 환상을 가지고 있나?'

승주는 자고 있는 엄마를 두고 나왔다.

엄마에게서 수고했다는 말을 들어야 진짜 승소한 기분일 것 같았던 스스로가 잠깐, 가여워지려고 했다.

* * *

사형.

사형이란 말을 들었을 때, 희경은 거짓 눈물을 흘렸다.

이로서 깨끗이 끝났다. 이제 딸은 더 이상 이 일로 법정에 서는 일도, 살인자가 될 일도 없을 것이다. 동영상을 찍어 둔 것은 얼마나 잘 한 일인가? 대한민국 형사들이 허술하지만은 않다. 만약을 위해, 뭔가 확실한 '증거'를 만들 필요가 있다는 생각이 들었다. 확실한 증거라면 뭘까……? 오래 생각할 필요도 없었다. 그것은 살인하는 장면을 찍는 것. 그것 이상 확실한 게 뭐 있겠는가? 그렇다면 어떻게 찍지? 이미 죽어버린 사람을 산 것처럼 위장

하는 방법은? 인간은 막다른 골목에 몰리면 무의식이 깨어난다. 언제가 영화에서 봤을 수도 있고, 책에서 읽었을 수도, 혹은 기억할 순 없지만 얼핏 뉴스에서 들었던 것들이 무의식에 잠재해 있다가 필요한 순간에 깨어난다. 조작! 살아있는 사람을 죽이듯 조작하는 거야. 방법은 쉬웠다. 준비랄 것도 없었다. 혜리를 병원에 입원시키고, 오피스텔로 다시 왔다. 물론 이때는 엘리베이터를 타지 않았다. CCTV 때문에 얼마나 많은 알리바이가 들통나는 것을 봐왔던가. 그것을 반대로 이용하면 된다. CCTV에 찍히지 않으면 이곳에 오지 않는 것이 된다. 1002호 복도 측에서 안방이 딱 알맞은 각도로 잡혔다. 많은 불행 중 하나의 다행이라고 할 수 있겠다. 죽어 있는 남자의 몸에서 수혈 바늘을 이용해 피를 빼, 그릇에 담아 남자의 머리 옆에 두었다. 침대 헤드 때문에 남자의 머리는 잡히지 않으니, 이곳을 내리치면 피가 솟구쳐, 동영상으로 보면 남자의 머리를 내리치는 것으로 찍힐 것이다.

사건의 혐의가 딸에게 초점이 맞춰지기 시작하면, 이 동영상을 검사 측으로 보낼 것이다. 그 때를 위해 찍어둘 필요가 있다.

그리고 동영상을 홍승주 앞으로 보냈다.

모든 게 예상했던 대로, 계획했던 대로 되었다.

비를 맞지 않기 위해서는 우산을 미리 준비해야 한다. 그것이 이치다.

괴물과 싸우는 사람은 싸우는 과정에서
자신마저 괴물이 되지 않도록 해야 한다.
그리고 당신이 오랫동안 심연을 들여다 볼 때
심연 역시 당신을 들여다본다.

— F. 니체 『선악을 넘어서』 중

17 꿰어지지 않는 구슬

준석은 희경이 마이클 한을 살해한 장면이 찍힌 동영상을 반복해서 돌려보았다. 어딘지 어색하다. 한 장면 한 장면 따져보면 이상할 것 없지만 전체 흐름이 자연스럽지 않은, 마치 눈, 코, 입을 가장 예쁘다는 모양을 골라 성형했는데 전체 얼굴은 부조화스러운 것처럼. 하지만 어디가 이상한지는 알 수가 없었다.

공식적으로 수사는 종결됐지만 궁금한 것을 참는 것은 가려운 것을 참는 것만큼이나 힘들다.

끝은 시작에서 시작된다.

준석은 다시 아이빌 오피스텔로 가보기로 했다. 가는 길에 조섭 한에게 전화를 했다. 희경이 범인으로 밝혀졌고 법정에서 사형이 선고됐다는 것을 말해 주기 위해 전화했지만 받지 않았다. 굳이 전해주지 않아도 이미 알고 있겠지만 준석은 직접 전해 주고 싶었다. 법 밖에서 유죄를 선고할 방법밖에 없겠다는 조섭의 말이 은근히 신경 쓰였기 때문인지도 모른다. 신호는 가는데 안 받는 것은 무엇을 의미할까?

오피스텔로 들어가기 전 가판대에 있는 신문들이 눈에 들어왔다.

'충격! 유명 병원 女외과과장 살인하다!'

'엽기적 살인! 시체를 해부용으로!'

'한국판 CSI 살인사건!'

사건의 본질보다는 엽기적이고 충격적인 면만을 강조한 문구들.

그 밑에는, 눈 주위가 검은색으로 모자이크 처리된 희경의 사진들이 실려 있었다. 어떤 신문은 어느새 병원 시체 보관소까지 찍었는지 친절히 설명까지 곁들어가며 덧붙였고, 또 어떤 신문은 은혜리의 오피스텔, 은혜리가 입원에 있는 병실의 바깥 모습까지 있었다.

쌍할.

그랬다. 자신이 검거한 사람이 천하의 파렴치한이 되어 찍힌 신문을 보는 기분이란 묘했다. 지금까지 느껴보지 못했던 기분이다. '죄는 미워하되 그 죄를 저지른 사람은 더 미워하라. 죄가 무슨 죄인가, 그것을 저지른 사람이 죄지.' 준석은 항상 그렇게 생각해 왔었다. 그런데, '지을 수밖에 없는 죄'란 것도 있을까……? 하는 이상한 생각이 자꾸 비집고 들어섰다. 게다가 개운치 않은 점까지 있으니 그 기분은 더했다.

텅 빈 은혜리의 오피스텔. 사건이 종결되기 전까지는 현장 보존을 위해 그대로 두지만 이제는 아무것도 없었다. 알 사람은 다 아는 살인사건이 일어난 곳이라 당분간은 임대가 되지 않을 것이다. 경비원의 말에 의하면, 무섭다며 주위에서 방을 빼달라는 사람도 많다고 했다. 어쨌든 침대가 있다손 치고, 침대를 찍은 각도면, 기역자 건물의 저쪽 복도 정도 된다.

하나빌 오피스텔은 기역자 구조의 건물이었다. 은혜리의 909호를 그 각도에서 찍기 위해서라면 침실이 보이는 1002호 쪽의 복도 창이 될 것이다. 준석은 1002호의 복도에서 은혜리의 침실을 핸드폰 동영상으로 찍어보았다. 사건 동영상에 찍힌 각도와 거의 일치했다. 그렇다면 이곳에서 누군가 동영상을 찍고 있었는데, 때마침 살인사건이 일어나고, 때마침 그 장면을 촬영했다는 건데…….

처음엔 남자가 발가벗고 누워 있으니 호기심으로 찍었다 치자. 하지만 여자가 남자를 볼링공으로 내려친다. 그러면 어떻게 할까? 보통의 사람들은 살인사건을 목격하면 신고하지 않을까? 물론 평소 남의 사생활이나 촬영하는 찌질한 사람이 자신의 행각이 드러날까 봐 숨겼다손 치더라도…… 역시 자연스럽지 않다.

조사실로 돌아 온 준석은 동영상을 다시 보았다.

그때, 문득. '아, 맞아. 이거다.'

흔들림이 없다. 누군가 캠코더를 고정하고 찍은 것처럼. 만약 우연히 살인 장면을 목격했다면, 놀랄 것이고 그러면 당연히 카메라가 흔들릴 것이다. 그리고 또 하나, 남자의 얼굴이 보이지 않는다. 남자가 마이클 한인지 아닌지 확인할 수 없다는 것이다.

'내가 트리밍 효과에 빠진 건 아닐까? 그 왜 하나의 사물에 시선을 집중하다 보니 나머지 배경이 흐릿해져 버리는 것 말이다.'

희경이 범인일 거라 단정하고 보면, 모든 것이 그것으로 집중된다. 누워 있는 남자는 당연히 마이클 한이 되고, 피가 튀기니 살해한 것이 되고, 더군다나 희경은 그 동영상을 보고 자신의 범행을 시인했다.

누가 봐도 이건 의심할 여지가 없다. 아니, 의심한다는 것이 지나친 집착으로 보인다. 하지만…….

풀어야 할 문제는 그것뿐만이 아니다.

도대체, 시체를 어떻게 옮겼느냐는 것도 의문이다.

결과가 나온 상황에서 '어떻게?'는 큰 의미가 없게 되었지만, 희경이 걸고 넘어지려면 얼마든지 걸고 넘어질 수도 있었다. 하지만 희경은 동영상이 공개되는 순간, 마치 바람 빠진 풍선처럼, 한꺼번에 모든 것을 포기하고, 형을 그대로 받아들였다.

변호사 선임도, 상고도 포기하고, 사형을 받아들였다.

사건은 깨끗이 마무리되었다. 하지만 준석에게는 쭈르르 한 줄로 꿰어지지 않은 구슬들이 남아 있다.

똑같은 영화라도 기분이 좋을 때 보는 거랑 우울할 때 보는 거랑 느낌이 다르듯이, 동영상도 보는 각도를 달리해 보면 다른 것이 보일 수도 있다. 제발 그렇게 되길 바라며 준석은 또다시 재생 버튼을 눌렀다.

"승소 축하합니다."

"축하드립니다."

승주가 회식 장소에 들어서자, '팡, 팡' 폭죽소리와 함께 박수소리가 터졌다.

"검사님, 이거."

케이크에 초까지.

"초가 왜 두 개야?"

"두 번째잖아요. 미해결 사건 해결."

"그거야 연수시절에……"

"초 두 개가 맞아, 홍 검."

"부장님."

승주는 깜짝 놀랐다. 이 자리는 승주의 검사보들과 함께하는 회식장소일 뿐이다. 김현태 부장까지 올 줄 몰랐다.

"축하하네."

"감사합니다."

김현태가 승주의 귀에 대고 말했다.

"도후남 여사께서 오라시네. 아마 근사하게 한 상 차려줄 걸세."

"둘이 사귀세요? 뭣 땜에 두 분이서 속삭이십니까?"

황 사무장의 말에 분위기는 확 풀어지며 유쾌한 술자리가 이어졌다.

딱 기분 좋게 마신 것은 첫 잔뿐, 승주는 나머지 잔부터는 씁쓸한 건지, 우울한 건지, 괴로운 건지 아님 이 모든 감정이 섞인 건지 알 수가 없었다. 그 기분을 김현태가 알아차린 것 같았다.

"강희경이 상고를 포기했답니다."

"들었네."

"포기할 줄 정말 몰랐습니다. 돈도 많으면서, 능력 있는 변호사 사서 끝까지 가봐야지……."

"……."

"솔직히 강희경이 상고해 대법원까지 가고 그러면 최소한 사형은 면할 거라, 계산했었습니다."

"듣기에 거북하구먼. 그럼 자네는 다음을 계산하고 구형을 내린다는 말인가?"

"그런 건 아닙니다. 다만……"

"다만, 뭔가?"

"법이 항상 법대로 했었습니까?"

"법대로 안 하면?"

"이어링 비어링, 귀에 걸면 귀걸이, 코에 걸면 코걸이."

"이제 보니 자네 큰일 날 검사구먼."

"부장님, 부장님께선 사형을 구형했던 피고인이 정말 사형 집행된 적 있었습니까?"

김현태가 두 번을 연거푸 자작했다.

"죄지은 사람은 죄 값을 받아야지. 그것이 진리라고 난 믿네."

"네 진리 맞습니다. 문제는 그 죄 값을 검사나 판사라는 이름으로 매길 수 있는지 하는 겁니다."

"사회제도가 우리에게 그런 권리를 줬어."

"권리요? 검사가 무슨 신의 대리인도 아니고…… 그 권리로 사람을 사형까지 시킬 수 있나요?"

승주는 자꾸 삐딱해졌다.

강희경이 상고를 포기했단다. 사형을 받아들이겠단다. 자신이 선고한 대로 죽겠단다.

자신은 과연 다른 사람에게 사형을 내릴 만큼 정당하게 살았는가?

자신은 과연 다른 사람의 죄를 논할 만큼 죄짓지 않고 살았
는가?

자신도, 이런 저런 죄를 지었다. 털어서 먼지 안 나는 사람 있
으면 나와 보라 그래.

"자네가 이런 위험한 생각을 할 줄 알았네. 우리 검사들이 부
딪치는 벽이지. 그 벽을 넘게. 자기 합리화도 좋고, 자기 정당성도
좋고, 뭐든 좋아. 그 벽을 넘지 못할 것 같으면 일찌감치 때려 치
우게. 자신하나 추스르지 못하는 인사가 어떻게 남을 판단하겠
다고 설치나?"

차라리 속이 편했다. 그렇게 김현태에게 야단이자 충고이며 걱
정을 듣고 나니 오히려 막힌 속이 조금은 뚫리는 것 같았다.

승주는 집에 들어가기 전에 괜히 하늘 한 번 쳐다보고, 놀이터
에 서 있는 나무 한번 쳐다보고, 땅 한 번 쳐다보고, 또 하늘 한
번 쳐다보고, 그렇게 물 마시는 병아리처럼 여기저기를 쳐다봤다.

"빵! 빵!"

언제부터 기다렸을까? 아파트 입구에 세워 둔 차 안에서 이겨
라가 경적을 울렸다.

"여자가 밤늦게 혼자 다니고……"

"오늘 안 들어오면 어쩌려고 여기서 죽치고 있어?"

"안 들어오면 찾아야지."

"어디로? 나 안 들어오면 어디에 있을 것 같아?"

"그 남자 누구냐?"

왜일까? 그 질문에 장준석 형사가 단번에 떠오른 것은.

"형사야. 이번 수사 전담한."

이겨라가 승주를 빤히 봤다.

"왜? 형사라니까."

"그 남자가 그 남자란 걸 어떻게 그렇게 빨리 알아챘나?"

예민하기는.

"'검사'의 직감이라고나 할까."

농담으로 받아쳤다.

"사랑한다."

정말 느닷없다.

"나 지금 그런 말 들을 기분 아니거든."

"홍승주. 결혼하자."

이건 더 느닷없다.

"술 취한 여자한테 프러포즈라…… 좀 그렇다."

"내가 안 취했으니까 됐어."

"우리 소원 한 가지씩 들어주기로 했지. 나 사랑하지 마. 이게
내 소원이야."

"승주야?"

"누가 날 사랑하고, 나도 누구 사랑하고 그런 거 지겹거든. 지
긋지긋하거든. 그러니까 나 사랑하지 마."

이겨라가 아까 승주가 보았듯 하늘을 보더니 말했다.

"너 진짜 취했구나."

"난 취했고, 선배는 안 취했으니까 내 말 더 잘 기억하겠네."

"쉬어라. 다음에 얘기하자."

그러곤 볼일 다 봤다는 듯이 쌩 가버렸다.

속 좁게 삐치기는.

다음에 만나면 왜 사랑이 지겨운지, 왜 결혼이 싫은지 말해 줘야겠다. 사랑한다며 결혼하자는 남자에 대해 최소한의 예의는 지켜야 할 테니까.

샤워를 하고 나오니. 핸드폰이 계속 울리고 있었다.

이 남자가 한 번 갔으면 됐지.

승주는 이겨라로 짐작했는데 의외로 형사란 이름이 떴다.

"네."

"장준석입니다. 이상한 것을 발견했습니다."

승주는 단번에 등이 꼿꼿해졌다.

"동영상에서요?"

"……검사님도 알아차리셨습니까?"

"그런 건 아니지만…… 지금 볼 수 있어요? 검사실로 오실래요?"

"삼십 분 후면 도착할 겁니다."

승주는 동영상에서 뭔가 이상한 게 있다고 생각하고 있지 않았다. 하지만 준석이 '이상한 것'을 발견했다고 했을 때 동영상이 단번에 떠올랐다.

뭐가 이상하다는 거지?

부랴부랴 법원의 검사실에 도착하니 준석이 먼저 와 기다리고 있었다.

준석이 튼 것은 살해 장면이 찍힌 동영상이었다. 다시 봐도 끔찍하다.

"여기요, 시간을 보세요."

04 : 30

"이상하지 않습니까?"

"이 시간이면……?"

지금까지 알리바이대로라면 희경이 약에 취한 은혜리를 병원에 데리고 와 입원시키고, 병원에 있어야 할 시간이다. 희경이 쌍둥이도 아니고 한 사람이 어떻게 같은 시간대에 두 곳에 동시에 있을 수 있지?

"이 시간대에 엘리베이터 CCTV에 찍히지 않았잖아요."

"당연하죠. 엘리베이터로 안 올라갔습니다. 걸어 올라갔겠죠. 복도에는 CCTV가 없다고 했잖아요."

"!"

"그리고 이 남자 좀 이상하지 않습니까?"

"?"

"이미 죽은 사람이라고 생각하고 보세요."

준석이 재생 버튼을 눌렀다. 승주는 준석이 시키는 대로 해 보았다.

그래…… 죽은 사람으로 보니 정말 죽은 사람 같다.

"강희경이 오피스텔에 도착했을 때 마이클 한은 이미 죽어 있었습니다. 강희경은 은혜리를 병원에 입원시킨 후 다시 이곳으로 옵니다. 캠코더를 1002호 복도에 설치 한 후, 이미 죽어 있는 마이클 한을 눕혀놓고, 자신이 죽인 척 찍습니다."

"피가……"

"물론 피가 튀깁니다. 그런 것은 얼마든지 연출이 가능합니다.

이렇게 가정해 봅시다. 볼링 공으로 마이클 한의 머리를 친 것이 아니라, 옆에 미리 피를 담아 두었다가 그것을 내려쳤습니다. 봐 요, 마이클 얼굴이 보이지 않잖아요. 이때 이미 마이클은 얼굴에 볼링공을 맞았기 때문에 찍을 수가 없었을 겁니다. 물론 카메라 각도 상 침대의 헤드 부분에 가려 보이지 않는 것이 맞습니다. 하 지만 강희경이 이미 이런 것을 계산에 넣었다면요?"

"강희경은 왜…… 이렇게까지 해야 했을까요?"

묻는 승주는 이미 답을 짐작할 수 있다.

"반드시 자신이 범인이 돼야 하는 이유 때문이죠."

"그건?"

"딸, 은혜리!"

흡!

승주는 온 몸에 소름이 쫙 돋았다.

"아마 이 동영상을 검사님께 보낸 사람도 강희경일 겁니다."

한동안 승주는 아무 말이 없었다.

준석이 승주를 봤다. 그녀는 울 것 같았다. 그제서야 준석은 자신이 큰 실수를 저질렀음을 알았다.

"아직 확실한 것은 없습니다. 단지 그럴 수 있다는 추측이죠."

변명처럼 붙여봤지만 그녀는 여전히 아무 말이 없다.

준석은 가볍게 고개를 숙이고 검사실을 나왔다.

저 여자는 강희경에게 사형을 선고한 검사다. 그런데 무죄라면, 치명적인 오판이다. 사회적으로 엄청나게 파장이 큰 사건의 오판 은 이제 갓 검사가 된 여자에게는 엄청난 타격이다. 거기다 사형 을 때렸으니!

자신이 좀 더 신중했어야 했다. 추측이 아닌 정확한 증거 하나라도 잡고 덤벼야 했었다. 너무 성급했다.

준석이 나간 후, 승주는 서성거렸다.

이거였던가? 승소를 하고도 기분이 우울하고 현실로 느껴지지 않았던 이유가. 검사의 자질 운운했던 것이. 자신의 의식은 모르고 있었지만 무의식은 강희경이 진짜 범인이 아니라는 것을 인식하고 있었을까? 그래서 그렇게 형사가 이상한 것이 있다고 하자마자 동영상이 단번에 떠올랐던가? 승소하고 싶다는 욕심에 애써 그것을 외면해 왔을까?

'이제 어떻게 하지? 난 어떻게 해야 하지? 사형까지 내린 피고인이 무죄일지도 모른다면…… 이제 뭘? 어떻게?'

다시 동영상 재생 버튼을 눌렀다. 그리고 마지막 장면에서 정지 버튼을 눌렀다. 강희경이 죽은 마이클 한을 내려다보는 장면이었다.

승주는 그 장면을 오랫동안 아주 오랫동안 바라봤다.

18 미안해, 엄마

희경이 구속 수감되고 은혜리는 다른 병원에 입원했다.

승주가 노크를 해도 대답이 없다. 간병인이 눈짓으로 그냥 들어가라는 했다. 눈빛에는 제발 은혜리를 자극하지는 말아 달라는 부탁이 담겨 있었다. 조심스럽게 문을 열었다. 침대에 누워 있을 줄 알았는데 뜻밖에도 은혜리는 창밖을 보고 서 있었다. 조용한, 아주 조용한 뒷모습이었다.

"안녕하세요."

뒤돌아보지 않았다.

"홍승주입니다."

이름을 기억하고 있을까? 그래도 반응이 없다. 승주는 기다리기로 했다. 생각해 보면 지금 은혜리만큼 혼란스럽고 불쌍하고 약해진 사람이 없다. 살인사건 용의자로 시작해, 무죄판결을 받고 다시 재조사. 엄마인 강희경은 사형 선고. 자신은 다시 무죄. 지난 몇 달 사이에 겪은 일은 어쩌면 정신이 혼미했기 때문에 견뎌낼 수 있었는지도 모른다. 폭풍 같은 휘몰아침이 지나고, 적어도 겉으로는 일상으로 돌아왔다. 그동안 정상적인 치료를 받은 은혜리는 차츰 정신이 깨기 시작하고 우려와는 달리 빨리 안정을 찾기 시작했다.

"엄마는 곧 죽게 되나요?"

뒤돌아 선 채 은혜리가 물었다. 일의 진행 상황을 다 알고 있다는 말투였다.

지금 희경은 서울 구치소에 미결수로 수감되어 있다. 사형수는 사형이 집행되어야만 형이 끝나기 때문에 그때까지는 미결수로 남아 있다. 참 잔인한 법이다.

"아니에요. 모범……."

죄수란 말을 차마 할 수 없었다.

"모범적이면 형을 감량 받아요."

"그렇군요……"

둘은 한참 동안 말이 없었다.

"하늘이 참 맑아요."

먼저 입을 뗀 사람은 은혜리였다.

"엄마는 저 하늘을 볼 수 있을까요?"

"……."

"혹시 엄마를 만나게 되면 이 말을 전해 주실래요? 미안하다고……. 엄마 딸 은혜리가 엄마한테 많이 미안해 한다고……."

"네. 전해 줄게요."

"고맙습니다."

동영상이 강희경에 의해 조작되었는지 안 되었는지 아직 확실하지 않지만, 만약 조작된 거라면……? 승주는 제일 먼저 은혜리를 만나고 싶었다.

이유는 단 하나. 딸을 살인자를 만드니 차라리 자신이 살인자가 되겠다는 엄마다. 세상에, 이런 것이 가능할까? 아무리 자식 사랑이 그 깊이를 알 수 없을 만큼 높고 깊다지만 한 사람이 다른 사람을 위해 죽을 수 있을까?

승주는 묻고 싶었다.

사실은 당신이 마이클 한을 죽이지 않았느냐, 당신 엄마가 죄를 대신 뒤집어 쓴 것 아니냐, 당신은 언제까지 그렇게 엄마에게 미안한 마음만 갖고 있을 거냐.

하지만 아무것도 묻지 못했다.

그 대답을 들은 자신이 감당 할 수 없을 것 같아서였다. 뒤죽박죽, 모든 것이 엉망이다. 정말 어떻게 해야 할지 감을 잡을 수 없었다.

승주는 정말 미칠 것 같았다. 아무리 생각해도 다시 시작해야 한다. 하지만 그럴 자신도 엄두도 나지 않았다. 잘못은 인정은 하겠는데 그것을 만천하에 드러낼 용기는 나지 않았다.

앞으로 나아갈 수도 뒤로 물러설 수도 없다. 난 어디를 향해 가야 할까.

이제 저 문이 열리면 희경이 들어 올 것이다.

재판 이후 첫 만남. 무슨 말부터 시작해야 할지…… 그런데 문을 열고 들어오는 사람은 교도관 혼자였다.

"면회를 거부합니다. 아무도 안 만나겠다고 합니다."

이런, 그 생각을 못했다.

"잠깐만요, 딸 은혜리가 꼭 전해 달라는 말이 있다고, 그렇게 좀 전해 주실래요?"

교도관이 곤란하다는 듯 눈썹을 추키더니, 검사라는 신분을 의식해서인지 알았다며 나갔다.

잠시 후 걸어오는 발자국 소리. 한 사람이 아니다. 문이 열리고 교도관 뒤에 서 있는 여자,

승주는 자신도 모르게 일어섰다. 맨 먼저 눈에 들어 온 것은 희경의 가슴에 빨간색 명찰. 사형수만이 다는 빨간색에 2354라는 수감 번호가 적힌. 그리고 황토색 죄수복.

승주는 가슴이 컥 막혔다.

2주 만에 본 희경의 머리는 반백이었다. 원래 흰 머리가 많았는지, 아니면 두 주 만에 세어버린 것인지는 모르겠지만, 확실히 그 전과는 분위기가 너무 달랐다. 뭐랄까. 기가 전부 빠져 나가버린 듯한. 정말로 죽음을 받아들여버린 듯한.

무어라 말을 시작해야 할지 적절한 표현이 얼른 떠오르지 않았다.

희경이 조용히 승주를 바라봤다. 그래도 눈빛은 촉촉했다. 다행이다. 눈빛마저 바래버렸다면 희경을 똑바로 쳐다볼 수 없을 것이다.

"혜리 씨가, 따님이…… 미안하다고…… 엄마에게 미안하다고…… 전해 달래요."

설핏 눈물이 어리는가 싶더니 희경이 눈물을 보이기 싫었는지 빈 벽 쪽으로 눈길을 돌려버렸다.

"전하실 말씀 있으시면……"

"부탁이 있어요, 홍승주 검사님."

"말씀하세요. 제가 할 수 있는 거라면 뭐든지 할게요."

"다시는 여기 오지 마세요. 혜리도 만나지 마세요. 검사님이 나나 혜리를 찾을 이유가 없어요. 재판은 끝났어요."

"과장님."

"강희경이라 부르세요. 이제 과장이 아니에요."

"정말로 끝났다……고 생각하세요?"

"?"

"끝이 아니라면요? 아직 끝난 게 아니라면요!"

"무슨 말이에요?"

"그 동영상은……"

승주는 숨을 한 번 크게 들이 쉬었다가 내뱉었다.

"'누군가'에 의해서 조작되었습니다."

승주는 누군가를 또박또박 분절했다.

희경은 묻지 않았다. '대체 누가, 무엇 때문에?'라고 물어야 했다. 살인혐의를 벗을 수 있는 좋은 기회다. 하지만 희경은 묻지 않았다.

"더 이상 들을 가치도 없는 말이군요. 안녕히 가세요. 다시는 오지 마세요."

희경이 일어서 문 쪽으로 향했다.

"그 동영상을 저에게 보낸 사람은 강희경 씨입니다. 그렇죠?"

희경이 가려다, 멈칫 서더니 뒤돌아서 말했다.

"잊으셨나보군요. 그 사건으로 나에게 사형 선고를 한 사람은 검사님이에요."

"네. 그랬죠. 솔직히 말씀 드릴까요? 그래서 잠깐 아주 잠깐, 모른 척 넘어가 버릴까 고민했습니다. 하지만 그럴 수 없었습니다. 몰랐다면 모를까, 알고는 그냥은 넘어갈 수 없다고요."

"홍승주 검사님, 똑똑히 들으세요. 마이클 한을 죽인 사람은 바로 나예요. 이 사실은 절대로 바뀌지 않을 거예요. 만약 어떤 식으로든 다시 시작한다면 검사님만 웃음거리가 될 겁니다."

"역시 정확히 집어내시네요. 맞아요, 제가 지금 가장 두려워했던 것이 그 웃음거리가 되는 겁니다. 당신 때문에, 당신이 저지른 일 때문에, 당신이 조작한 일 때문에, 세상 사람들에게 무능하다 비난 받고, 웃음거리가 되는 거라고요."

"그러니까 당신이 건드리지 않으면 이 일은 여기서 끝나요. 바뀔 것은 아무것도 없어요. 모든 것을 직면하고 살 수는 없어요, 때로는 보고도 못 본 척, 알고도 모르는 척, 그래야 할 때가 있답니다."

그리고 희경은 처음 승주가 그녀를 만났을 때처럼 차분하고 냉정한 표정으로 말했다.

"홍승주 검사님, 스스로를 못 믿겠다면, 날 믿어요. 이 강희경을요."

희경의 태도로 보아 동영상을 조작한 것이 틀림없다. 또한 그녀는 죽으면 죽었지 그 사실을 스스로는 자백하지 않을 것도 틀림없다. 만약 그녀 말대도 자신만 입 다물어 버린다면, 이 사건은 영원히 묻힐까. 그래도 되는 걸까……?

"승주야, 여기 병원이다."

엄마는 '내, 딸, 승주니?' 하고 말하지 않았다. 그렇게 말할 때는 싫더니 또 그렇게 말하지 않으니 이상했다.

"시간 나면 한 번 다녀가런?"

"뭐 먹고 싶은 거 있어? 사갈게."

엄마가 멈칫하는 게 느껴졌다. 하긴 한 번도 해 보지 않은 말이라 승주 역시 쑥스러웠다.

"먹고 싶은 것은 없고, 꽃이나 좀 사올래?"

"무슨 꽃으로?"

"너 좋아하는 걸로."

"엄만?"

'엄만 좋아하는 꽃도 없어?' 하려다 승주는 그만두었다.

보라색 소국으로 한 다발 샀다. 엄마가 보라색을 좋아하니 이 꽃도 좋아하려니 싶었다.

"예쁘네. 고맙다."

"여기 안 답답해요? 그만 집으로 가든가."

"여기가 좋아."

그러고는 꽃잎만 만지작거렸다.

"엄마는 왜 나한테 아버지 이야기 안 해?"

승주는 자신도 아버지 이야길 할 줄은 몰랐다. 그냥 불쑥 입에서 튀어나왔다. 엄마도 의외였는지 어떻게 말해야 좋을지 당황하는 거 같았다.

"아버지 유부남이었지?"

"그래."

"아버지가 내 존재 알아?"

"알지, 그럼."

"근데 왜 한 번도 안 왔어?"

"그거야……"

"조강지처 때문에? 나 데리고 아버지 집에 쳐들어갔어야지. 본 마누라한테 머리끄덩이 잡히는 한이 있더라도 엄마와 나의 존재를 알게 했어야지."

"그러다 너 뺏기면 어떻게 해?"

"?"

"남자야 평생을 마음에만 두고 살 수 있지만, 자식은 그렇게 못한다. 자식 떼놓고는 못 살아."

"자식 하나 때문에, 남자를 평생 기다리고, 그리워하고, 잠 못 들고, 지긋지긋하지도 않아?"

"그 자식이 내게는 전부였다. 엄마가 지겨웠지? 만날 술 마시고, 울기만 하고……, 잘 키워주지도 못하고, 짐만 되고……. 다른 사람들은 부모가 자식에게 희생한다는데 우린 거꾸로 됐어. 네가 이 엄마에게 희생했어."

"엄만 내가 왜 검사가 됐는지 알아?"

"?"

"엄마와 아버진 서로 사랑이란 걸 해서 실수로 날 낳았겠지. 그 실수 때문에 난 혼외자식, 사생아, 아버지 호적이 아닌 할아버지 호적으로 들어간, 엄마와 성이 같은 아이였어. 엄마 그런 기분 모를 거야. 태생 자체부터 법의 테두리 속으로 들어가지 못하고 법 밖에 있는 것 같은. 그래서 검사가 되고 싶었어. 법 안으로 정정 당당하게 들어가고 싶었지. 법 안에서 법을 지키면서 그렇게 살고 싶었거든. 법 안에 살면 괜한 열패감 같은 것은 안 느낄 것 같았거든."

"그랬구나……. 몰랐어. 미안하다. 하지만 승주야, 이것만은 알아주었으면 좋겠구나. 널 낳은 건, 실수가 아니야. 난 네가 생겨서 정말 기뻤다."

"후회한 적 없어?"

"어떻게 키워야 하는지 잘 몰랐지만 널 낳은 걸 후회해 본 적 없어."

'그렇구나. 적어도 실수로 태어난 애도 후회로 키워진 애도 아니었구나.'

"무슨 일 있니?"

"진실이라 믿었는데 진실이 아냐."

"엄만 무식해서 무슨 말인지 못 알아듣겠다만, 진실이 아니면, 진실을 찾으면 되잖아."

'그렇지? 진실을 찾아야겠지? 그런데 그게 쉽지가 않아.'

"오늘 이렇게 와줘서 고맙다. 꽃까지 사오고…… 널 보니 좀 살 것 같아."

자신을 보니 살 것 같다더니, 엄마는 돌아가셨다.

잠을 자고 있는 줄 알았는데, 숨이 끊어져 있었다 했다.

승주는 휴가를 내고 사흘 동안 홀로 빈소를 지켰다. 엄마가 평생 동안 기다린 그 남자가 오지 않는다면 그 누구도 엄마에게는 위로가 되지 않을 것 같아서였다.

그 남자가 누군지 몰랐다. 이제는 영원히 모를 것이다.

엄마를 참 많이 미워하고 지긋지긋해 하고 이해할 수 없었다.

하지만 승주는 깨달았다.

아무리 그렇게 자신에게 의지하고 희생을 하게 했던 엄마라도, 엄마가 있었기 때문에 지금까지 아이처럼 살았다는 것을.

19 검사가 변호사가 되다

'은혜리가 손목을 그었습니다.'

승주는 준석이 보낸 문자를 보자마자 회의 중이던 사건이고 뭐고 병원으로 뛰어갔다.

바보 멍청이, 고작 한다는 짓이…….

병실로 뛰어 들어가니 은혜리는 모습은 보이지 않았다. 대신 하얀 침대에 핏자국이 선명한 침대 시트를 간병인이 갈고 있었다.

"혜리 씨 어딨어요?"

"수술실로……"

눈물을 훔치며 간병인이 말했다.

수술실 앞에서 준석이 초조하게 서성거리고 있었다.

"혜리 씨는요?"

"수술 중입니다. 손목을 그었습니다. 양쪽 모두."

"양쪽 모두를요?"

"며칠 전부터 이곳에 죽치고 있었습니다. 은혜리 씨가 안 만나 줘서 가는 곳마다 따라다니며 얘기 좀 하자고……."

준석이 벽을 힘껏 주먹으로 쳤다. 마치 자신을 한 대 치듯 그렇게 힘껏.

저 형사도 이 사건을 포기하지 않았구나.

"이 사건을 쫑 낼 수가 없었어요. 은혜리는 누가 뭐래도 가장 강력한 용의자입니다. 그래서 은혜리를 다그칠 수밖에 없다고 판단했습니다. 그런데 이게 뭐냐고요, 뭐 이런 엿 같은 경우가 있냐고요, 대체. 내가 무슨 짓을……."

승주는 괴로워하는 준석에게 할 말이 없었다. 잠시 후 수술실에서 의사가 나왔다.

"어떻습니까?"

"다행히 빨리 발견해 생명에는 지장이 없을 것 같긴 한데, 워낙 허약한 상태라 좀 더 두고 봐야 할 것 같습니다."

준석이 의자에 털썩 주저앉았다.

혜리가 들것에 실려 나왔다. 양 손 팔목 모두에 붕대를 감고 있었다.

승주는 차마 혜리의 이름조차 부를 수 없었다.

얼마나 힘들고 괴로웠으면 차라리 죽어버리려 했을까?

화가 났다. 화가 나서 미칠 것 같았다. 답을 알고 있으면서도 외면하고 있는 자신에게, 차라리 죽어버리겠다고 손목이나 긋는 은혜리에게, 잘못된 모성애로 오히려 딸을 나락에 빠뜨리고 있는 강희경에게, 모두에게 화가 나 견딜 수가 없었다.

"다시는 날 찾아오지 말라고 했을 텐데요."

희경이 면회를 나오긴 했다.

"혜리 씨가 손목을 그었습니다."

얼굴에 단번에 핏기가 가셨다.

"그래서요? 지금 어떡하고 있어요?"

"생명에는 지장이 없답니다."

다행이란 듯 어깨 숨을 쉬었다.

"강희경 씨, 제 얘기 한 번 들어 보실래요?"

승주는 희경에게 오면서 생각했다.

자신이 먼저 시작해야 한다고. 강희경과 은혜리가 하지 못한다면 자신이 해야 한다고. 이제는 진짜 어른이 돼야 한다고.

"전 혼외아이였습니다. 아버지 호적에도 들어가지 못한, 제도권 밖의 아이였죠. 그것이 저의 콤플렉스라면 콤플렉스였습니다. 기를 쓰고 공부했습니다. 법 안으로 들어가 법을 지키지 않은 놈들을 단죄하리라. 뭐 그런 오기가 발동한 거죠. 그렇게 검사가 됐습니다. 지금 생각해 보면 별 것도 아닌데, 어렸을 적엔 예민했었죠."

희경이 승주를 봤다. '그래서요?' 하는 눈빛은 아니었다.

"그런데 지금 전 그 검사를 그만두려 합니다."

"기어코."

"네. 기어코 시작해 보려고요."

승주는 희경을 똑바로 쳐다봤다. 그리고 또박또박 말했다.

"강희경 씨, 당신은 마이클 한을 죽이지 않았습니다. 마이클 한을 죽인 사람은, 당신 딸, 은혜리입니다. 그런데 당신은 모든 사건 정황을 당신이 마이클 한을 죽인 것처럼 조작하고 은폐해 우리 모두를 완벽히 속였어요. 네 맞습니다. 검사인 저, 홍승주는 당신에게 사형을 구형했습니다. 그런데, 저는 뒤늦게 이 사건의 진실을 알게 되었어요. 저는 과거에 당신의 유죄를 밝혀내 사형을 선고했듯이, 당신이 무죄란 걸 밝혀내려 합니다."

"전에 내가 한 말을 잊었군요. 난 절대로 바뀌지 않아요."

"당신이 아무리 거짓을 진실이라 고집해도 진실은 밝혀지게 돼 있어요. 한 사건에 진실은 하나뿐이니까요."

"당신은 바보군요. 다른 사람을 무죄로 만들기 위해 겨우 극복한 콤플렉스를 다시 뒤집어쓰다니요."

"네. 바보 멍청이 쪼다 맞아요. 하지만 패배자까진 되기 싫습니다."

"?"

"절대로 외면해서는 안 되는 게 있더라고요."

그렇다. 절대로 외면해서는 안 되는 게 있다. 그 결과가 두렵고 창피해 외면해 버리고 싶지만 그건 진짜로 사는 것이 아니다. 차라리 부딪쳐 고통을 견디는 것이 진짜로 사는 것이다.

부딪치고 깨어지고, 산산이 조각나더라도 두려워하지 말고 외면하지 않고 앞을 향해 가는 게 삶이다. 그래야 스스로에게 부끄럽지 않다. 그래야 스스로에게 당당하다.

홀로 사흘 동안 엄마의 장례를 치르면서, 마지막 가는 길에서도 사랑하는 사람의 배웅을 받지 못한 엄마를 보면서, 스스로의 팔목을 그을 수밖에 없는 은혜리를 보면서 내린 결론이다.

"홍승주 씨, 때로는 거짓에서 나온 진실도 있답니다."

"그런 건 없습니다. 말장난일 뿐이에요. 지금은 죽은 자의 진실과 산 자의 거짓말이 있을 뿐입니다."

어쩌면 지금부터 밝히려 하는 진실은 세상에서 간장 잔인한 진실일지 모른다. 진실을 밝히고 난 후엔, 마치 뒤돌아보지 말라는 경고를 무시하고 뒤돌아 본 탓에 돌이 된 것처럼, 충격 때문에 딱딱하게 굳어버릴지도 모른다. 차라리 몰랐으면, 차라리 묻어 두었으면 좋았을지도 모른다. 그렇다 한들, 산 자가 살기 위해 죽은 자를 왜곡할 권리는 그 누구에게도 없다.

법은 죽은 자에게도 공평해야 한다. 그래야 그게 진짜 법이다.

승주는 사직서를 김현태의 책상 위에 놓았다.

'이게 뭔가?' 하는 눈빛으로 김현태가 올려다보았다.

"부탁이 있습니다. 마이클 한 사건, 부장님께서 꼭 맡아주세요."

"대체 무슨 소리를 하는 겐가?"

"여기 그 동안의 수사 자료가 모두 들어 있습니다."

승주는 자신과 준석이 조사했던 모든 자료와, 동영상에서 알아낸 증거와 그에 따른 분석까지 모두 김현태의 책상에 올렸다.

"보시면 아시겠지만, 이 사건은 조작됐습니다. 저는 그 사실을 놓치고 강희경에게 사형을 선고했습니다. 만약 이것이 발견되지 않았더라면, 강희경은 사형될 겁니다. 저의 실수로 죄 없는 사람이 죽을 뻔했습니다."

"죄 없는……? 강희경이 자신의 죄를 자백하지 않았나?"

"그것과는 별개의 문제입니다. 조작된 증거로, 무죄에 사형을 선고한 검사는 자격이 없다고 봅니다."

김현태가 사직서를 승주 쪽으로 밀며 말했다.

"검사도 인간일세. 틀린 건 고치면 되는 거야."

"강희경이 사실을 강하게 부인합니다. 검사로서는 강희경을 설득할 수 없습니다."

"그럼 어떻게 설득하겠다는 건가?"

"변호사가 되겠습니다."

"변호사?"

"피고인의 입장에서 사건을 보고, 피고인의 입장에서 변호하겠습니다."

"꼭 그렇게 해야 하겠나?"

"이건 강희경을 위해서가 아닙니다. 저, 홍승주를 위해서입니다. 진실에 접근해 보고 싶습니다."

"흠……"

김현태가 오랫동안 생각에 잠겼다.

"좋네. 내가 이 사건을 맡겠네."

"감사합니다."

"대신 무죄라면 꼭 무죄를 밝혀내야 하네."

일은 다시 시작되었다. 승주는 이제 이 사건을 검사가 아닌 변호사로서 대법원에 상고할 것이다. 이로써 이제 검사가 아니라 변호사로서 법정에 서게 된다. 같은 사건을 상반된 입장에서 변호해야 하다니. 한 번은 유죄를 밝혀내기 위해 기를 썼는데, 같은 사건을 이번엔 무죄를 밝혀내기 위해 기를 써야 한다. 이런 아이러니가 없다.

번갯불에 콩 볶아 먹듯이 일사천리로 일이 진행되었다. 검사 사표 수리도 금방 처리되었고, 때마침 치러진 국선 변호사 시험에 통과해 변호사로 갈아타는 것도 무리 없이 진행되었다. 정말로 이렇게까지 해야 하는 건지, 방법은 이것밖에 없는 건지, 무슨 정의의 투사나 진실의 화신도 아니고. 몇 번을 망설이고 반복해 생각해 보아도 결론은 하나였다.

어떤 식으로 접근해도 결론이 하나라면 그 길을 택할 수밖에. 승주는 그렇게 매번 스스로 마음을 다 잡아야 했다.

이 검사실도 마지막이다. 여기에 대학 4년, 재수 3년, 사법연수 2년 동안 오로지 꿈꾸어 왔던 일을 이렇게 빨리 그만 둘지는 정말 몰랐다. 책상을 정리 하는데 솔직히, 시원함은 없고 섭섭함만 있었다. 그때 노크도 없이 이겨라가 들어왔다. 어디서부터 어떻게 말을 해야 될지 모르겠다는 표정이었다.

"이미 결정난 일이야. 그리고 선배한테 미리 말할 이유가 없었어."

"아니, 내가 하고 싶은 것은 지금 그 말이 아냐. 너, 나를 어떻게 생각하기에, 아니, 어떻게 생각 안 해도 좋아. 그래, 다 좋아, 뭐든 너 마음대로니까. 하지만 아무리 그래도……"

"왜 그래?"

"어머니 돌아가셨다며?"

'그 말이었구나.'

"어떻게 알았어?"

승주는 최대한 아무렇지도 않은 척 대답했다.

"혼자 상 치렀다며? 네가 그렇게 잘났냐?"

"그렇게 됐어."

"홍승주, 너 그렇게 독한 애였냐?"

"그런가 봐."

"그걸 지금 말이라고 하니? 어머니가 마지막으로 가는 길을 혼자 쓸쓸하게 가게 한 년, 딸도 아냐."

"잘 알지도 못하면서 남의 일에 함부로 나서는 건 아니지."

"난 너에게 프러포즈한 남자야. 널 사랑하고, 너와 결혼하고 싶어서 미치겠다는 남자라고. 너 눈치만 보면서, 조마조마하게 대답을 기다리고 있는 남자라고. 그런데 어떻게 나한테 이럴 수 있니?"

"그것에 대해서는 말하려고 했어……. 나 선배하고 결혼 안 해, 아니 못 해. 이유는……"

이유 같은 건 들을 필요도 없다는 듯이 이겨라는 승주를 쏘아보더니 문이 부서져라 쾅 닫고 나가버렸다.

후, 이런 식으로, 이렇게 말하고 싶지 않았다. 엄마의 '그 남자'에 대해 말하고 싶었다. 평생 '그 남자'가 올까 봐 잠 못 드는 엄마에 대해 말하고 싶었다. 징글징글한 사랑의 집착에 대해 말하고 싶었다. 엄마처럼 그럴 자신도 없고, 그러고 싶지도 않다고 말하고 싶었다. 다음에 만나면 말해야겠다. 물론 다음이 있다면 말이지만.

이 커피도 마지막이네.

프림도 설탕도 없는 커피를 마시며, 승주는 준석에게 전화를 걸었다. 은혜리 자살 사건 이후 처음 통화였다.

"검사 관뒀습니다."

준석이 아무 말도 안 했다.

"형사님께는 검사 측에서 따로 연락이 갈 겁니다."

"결혼이라도 하십니까?"

빈정거리는 말투다. 빈정거릴 이유가 없는데 오버한다.

"변호인 자격으로 사건에 접근해 보려고요."

"변호사가 된 겁니까?"

"네."

"난 또. 자신 없어 꽁무니 빼나 했습니다. 어디다 개업했습니까?"

"왜요? 화분이라도 하나 보내주시게요?"

꽁무니라는 말에 빈정이 상했나, 승주도 삐딱해졌다.

"화분은 무슨 얼어 죽을. 아, 수사 자료 갖고 가려면 어딘지 알아야 갈 거 아닙니까?"

"형사님께는 검사 측에서 연락이 갈 건데요."

"형사가 범인만 잡으면 됐지 누구하고 수사하든 무슨 상관입니까? 하던 사람하고 하는 게 편합니다."

하긴 맞는 말이다.

"법원으로 오세요."

"법원이요?"

"국선 변호사 사무실로 찾아오면 됩니다."

준석이 들고 온 것은 화분이 아니라 골프 가방이었다.

"이것은!"

"네, 강희경이 들고 탔던 골프 가방 맞습니다."

"이걸 왜요?"

"여기에 답이 있다고 봅니다."

"그때야 마이클 한이 절단됐을 거라 가정했을 때는 그랬지만, 여기에 어떻게 마이클 한이 들어가겠어요?"

"죽었다 깨어나도 못 들어가죠."

"근데 왜 가지고 오셨어요?"

"그래도 이것에 뭔가가 있다는 생각을 지울 수가 없었습니다."

그거야 뭐 형사 마음이니까 어쩔 수 없다.

"형사님은 왜 안 물어보세요?"

"뭘요?"

"이렇게까지 한 이유요. 검사 관두고 변호사까지 되면서 이 사건에 매달리는 이유를요."

"검사든 변호사든 역할은 다르지만 목적이 같으면 됐지 뭘 그런 걸 따집니까."

시원시원하다.

"그동안 수사한 겁니다. 동영상을 토대로 캠코더 종류를 조사해 본 결과 캠208 종류의 것으로 판명됐습니다. 강희경의 신용카드 내역서를 조사해 보니, 작년 6월 백화점에서 같은 종류를 구입한 기록이 나왔습니다. USB 메모리 지문 조사를 해 봤지만 강희경의 것은 검출되지 않았고요, 1002호 창문에서도 역시 지문은 검출되지 않았습니다. 검사측이 걸고 넘어지면 어느 것도 확실한 증거로 내세울 것이 없습니다."

"그렇군요."

"방법은 딱 하나, 시체 운반 방법을 알아내는 건데. 그것으로 강희경을 꼼짝 못하게 옭아매는 겁니다. 절대로 빠져 나갈 수 없는 그물을 처놓고 그 안으로 강희경을 모는 거죠."

"이제까지는 유죄를 밝혀내기 위해 한 일을 이제부터는 무죄를 밝혀내기 위해 하다니, 어째 내가 배반자가 된 기분이네요."

"이 일은, 강희경의 무죄를 밝혀내기 위해 하는 거 아닙니다."

"?"

"진짜 범인을 잡아내기 위해 하는 거죠."

그렇다. 누군가의 '유, 무죄'를 밝혀내기 위한 것이 아니라, 진실을 밝혀내기 위해 하는 것이다.

"은혜리는요?"

승주는 조심스럽게 준석에게 물었다. 준석이 곤혹스런 표정을 지었다.

"취조하긴 해야 하는데……"

"검사 측에서 이 사건을 대법원에 상고할 겁니다. 대법원에선 재판이 열리지 않고 판결하는 것이 관례이지만 이 사건의 특수성으로 보아 재판이 열릴 수도 있어요. 그러면 은혜리는 다시 참고인이 될 겁니다. 지금 은혜리의 상태로 보아 검사 측에서는 증인으로 세울 거예요."

말하는 승주나 듣는 준석이나 참으로 착잡하기 그지없었다. 벌써 몇 번째인가? 은혜리는 이번에는 또 얼마나 고통스러울까? 사실을 말하자니 그러면 자신이 범인이 되는 거고, 거짓을 말하자니 엄마에게 죄를 뒤집어씌우는 꼴이 되는 거고. 옴짝달싹 할 수 없는 상황에 빠진 그녀. 그녀가 겪을 고통과 두려움과 죄책감은 그 누구도 짐작조차 할 수 없다.

"은혜리는 내가 만나볼게요."

승주가 은혜리를 만나러 가는 길에, 희경으로부터 만나자는 연락이 왔다.

'무슨 말을 하려는 걸까?'

차를 돌려 구치소로 갔다.

"오늘 아침에 일어나니 오랜만에 기분이 아주 맑았어. 아주 오래된 기억도 다 생각해 낼 수 있을 만큼……. 그래서 말하려고. 지금 아니면 다시는 기억해 낼 수 없을지 모르는 이야기가 있어."

예의 그 차분하고 조용한 모습의 희경은 승주에게 더 이상 존대를 하지 않았다.

'진짜 이야기를 하려는 거야. 그리고 그 이야기는 어쩌면 내가 이미 알고 있는 이야기일지도 몰라.'

희경의 눈이 먼 곳을 보듯 깊어졌다.

"지금으로부터 십 수 년 전 이야기니 꽤 오래 전이네. 당시에 난 외과의사 5년 차였으니 수술이 어느 정도 손에 익을 때였어. 어느 날 교통사고 환자가 병원으로 실려 왔어. 여자는 도착하자마자 죽었고, 남자는 꽤 위독한 상태였지……. 나는 그 두 사람을 보고 놀라 기절할 뻔했어. 내가 잘 아는 사람들이었거든……. 여자는 내 오랜 친구였고, 남자는 내 남편이었으니까……. 똑같은 골프복만 안 입었더라도……. 그 둘의 관계를 나와 친구의 남편만 모르고 있었어."

그 날은 딸 혜리의 여덟 살 생일날이었다. 딸의 생일날마저 함께 있어주지 못한 미안함에 남편이라도 빨리 돌아오기를 바랐다. 전날 남편은 업무 때문에 제주도에 출장을 가야 한다고 했다. 다음 날은 딸 생일이라 빨리 끝내려고 했지만, 바이어와 상담이

늦어져 늦게야 도착할 거라고 했다. 일 때문이라니 어쩔 수 없다고 이해했다. 바쁜 부모 때문에 생일날에도 혼자 있을 딸에게 미안할 따름이었다. 그런데, 사실 남편은 자신의 가장 친한 친구와 제주도에서 외도하고, 귀가하는 길에 교통사고를 당한 것이다.

"친구는 죽고, 남편은 수술 받았지만 결국 죽고 말았어…… 어쩌면 살 수 있었을지도 모르지…… 내가 그렇게만 안 했더라면……."

희경이 승주를 조용히 바라봤다.

"호흡기를 빼버렸거든."

'저런, 어떻게 그런 일을!'

순간 승주는 모든 것이 명확해졌다. 강희경이 처음 만났을 때, '검사라면서요?' 하면서 섬뜩하도록 차가운 눈길로 왜 자신을 바라봤는지. 어떻게 그토록 순식간에 변검처럼 표정을 바꿀 수 있었는지. 사형 선고를 받고도 거짓 눈물을 흘릴 수 있었는지…….

남편의 사망을 확인하고 희경은 집으로 갔다. 여덟 개의 초가 꽂혀 있는 케이크. 아직 풀지도 않은 선물. 딸은 그렇게 웅크리고 자고 있었다. 아빠 엄마를 얼마나 기다렸을까? 가여운 것. 희경은 그 밤 딸 혜리를 안고 오랫동안, 아주 오랫동안 울었다.

"저쪽이 먼저 배신했으니 나도 배신해도 된다 생각했지. 죄책감 같은 건 없었어. 그런 일이 있었다는 것조차 잊고 지냈어. 잊을 수 있었지. 그게 내게는 진실이었거든…… 진실이었기 때문에, 죄책감을 가질 이유도, 잊지 못할 이유도 없었지."

세상에, 얼마나 위험한 발상인가? 자신에게 진실이면 살인을 저지르고서도 죄책감마저 갖지 않아도 된다는 것은. 왜곡된, 비틀린 믿음은 저렇게까지 인간을 뒤틀어 버린다.

"그런데 그 일 이후, 잠을 잘 수가 없는 거야. 단 하루도 수면제 없이는 잠들지 못했어. 아니 수면제를 먹고서도 잠들지 못하는 날들도 많았지. 기억에선 그 일을 지웠는데 몸은 기억하고 있었던 게지. 그런데 참 이상하지? 이곳에 들어와서는 수면제 없이도 잠을 자. ……그때 나한테 그랬었지? 스스로 용서할 수 없는 일이 있었을 거라고. 무엇인지는 알 수 없지만 분명히 가슴에 맺힌 것이 있을 거라고……. 그래 맞아. 죄책감은 없지만 스스로는 용서는 못하고 있었나 봐……. 당신은 자꾸 나에게 딸 혜리 대신 죄를 뒤집어썼다고 하지. 아니, 아냐. 지금 난 이곳에서 내 죄 값을 치르고 있어."

'내 죄 값을 치르고 있다?'

"정말 이상한 논리군요. 정말 기가 막히도록 이기적인 착오군요."

"내가 이 이야기를 꾸며냈다고 생각해?"

"아뇨. 그럴 리가요. 사실일 거라 생각해요."

"그런데 왜? 왜 이 이야기는 믿으면서 마이클 사건은 믿지 않은 거지?"

"이 이야기는 증거가 없으니까요."

"?"

"마이클 한 사건도 어쩌면 동영상이라는 증거가 없었다면 강희경 씨를 더 믿었을지도 몰라요. 하지만 채택된 증거가 아이러니하게도 강희경 씨가 진범이 아니란 것을 말해 주고 있어요."

"어떻게 생각해도 좋아."

"차라리 무릎이라고 꿇고 저에게 애원하세요. 어차피 이 죄로나 저 죄로나, 이렇게 감옥에 갇혀 있을 거니까, 딸 죄까지 갖고 가겠다, 눈 감아 달라 이렇게 빌라고요."

"잔인한 사람이네."

"그래요 나 잔인한 사람 맞아요, 하지만 당신은 나보다 백 배, 천 배 잔인해요."

"?"

"당신은 지금 당신 딸을 위한다는 명목아래 스스로의 죄 값을 치르면서 푹 잘 수 있다면서요. 그럼 당신 딸은요? 당신 딸은 혜리는 어떡하라고요? 평생 동안 수면제 없이는 잠들지 못하라고요? 아니, 혜리 씨는 당신처럼 독하지 못해요. 벌써 손목을 그었잖아요, 엄마를 자기 대신 감옥에 보내놓고 세상이 편한 딸이 어디 있어요? 왜 그렇게 이기적이에요? 딸을 위해서라고요? 딸에게 물어봤어요? 혜리 씨가 그러라고 하던가요? 자기 대신 사형당하라고 했냐고요? 세상 그 누구도 죄 값을 대신 치를 순 없어요. 아무리 엄마와 딸 사이라 해도 해 줄 수 없는 것은 해 줄 수 없어요."

승주는 일어섰다.

"대법원에 상고했습니다. 다시 재판이 열릴 겁니다."

"홍승주 씨?"

"변호는 제가 맡습니다. 저 검사 그만 뒀거든요."

"?"

"왜냐하면 당신의 무죄를 밝혀내고, 당신과 은혜리 씨를 변호할 사람은 저밖에 없으니까요."

"정말 바보네."

"피고인이 자기 변호사에게 그런 말을 하면 안 되죠."

"내가 변호사 선임을 거부하면?"

"그럴까 봐 국선변호사가 됐어요. 그리고 또 하나, 우리나라 형법엔 살인죄는 변호사 없이는 재판을 못하게 돼 있다는 조항이 있답니다."

"아무리 그래도 소용 없어."

"그건 두고 보면 알겠죠. 아, 그리고 확실히 해둘 게 있습니다. 강희경 씨 변호를 맡는 건, 강희경 씨나 은혜리 씨를 위해서가 아니에요. 제 자신을 위해서입니다. 누구를 위해 희생한다, 그런 건 전 안 합니다. 그러니까 저의 결정을 오해하실 필요 없습니다. 그럼."

할 말 다했다. 승주가 일어서 나가려는 순간,

"홍승주 씨."

승주는 깜짝 놀랐다. 얼음에 찔리면 이런 차가움일까. 날카로운 얼음 칼을 꽂듯 희경이 승주의 이름을 불렀다.

"여기서 그만 둬!"

"지금 절 협박하시는 건가요?"

"쥐도 새도 모르게 사라지게 할 수 있어."

"하, 우습네요. 자신의 무죄를 변호할 사람을 사라지게 해버리겠다니."

"지금 끝내는 게 좋을걸."

"아뇨, 절대로 못 끝내요. 여기서 끝낼 것 같으면 시작도 안 했어요. 어떻게 된 검사인데, 어떻게 극복한 콤플렉스인데, 당신이 그걸 박차고 나오게 했어요. 당신이 내 인생을 틀어 버렸다고요.

아시겠어요? 전 당신이 무죄라는 걸 반드시 밝혀내야만 해요. 그래야 내가 살아요."

승주는 정말 희경의 멱살이라도 잡고 싶었다.

"난 아닌 것 같아? 나도 마찬가지야. 당신이 날 건드리지만 않았다면, 날 그냥 내버려두었다면 저 깊숙이 묻어버렸던 기억 따윈 꺼내지 않았어도 됐어. 가장 친한 친구와 남편이 한꺼번에 날 배신한 끔찍한 고통 따윈 꺼낼 필요조차 없었다고. 지금 내가 얼마나 괴로운 줄 알아?"

"아뇨. 그 정도로는 안 돼요. 충분히 더 괴로워야죠. 법이 알아채지 못한 죄를 당신 스스로가 당신에게 벌해야죠."

촥!

희경이 승주의 뺨을 때렸다.

너무나 부지불식간에 당한 행동이라 승주는 자신이 지금 뺨을 맞았나, 싶었다.

"건방진. 어디서 감히. '당신 스스로가 당신을 벌해야죠?' 네가 뭔데 나한테 그런 말을 해? 뭐? 진실은 하나뿐이라고? 아니, 지금 뺨을 맞은 게 너의 진실이고, 뺨을 때린 게 내 진실이야. 이런 게 진실이라는 거야. 알아?"

희경이 접견실 탁자 위에 있던 서류를 바닥으로 내팽개치며 말했다.

"네가 뭔데 나와 내 딸의 인생에 뛰어 들어? 경고하건대, 여기서 그만 둬."

승주와 희경의 눈에서 불꽃이 튀었다.

"아뇨. 절대로, 그만 못 둡니다."

희경이 승주를 노려보더니 쌩 접견실 밖으로 나가버렸다.

바닥에 떨어진 서류를 집어 들던 승주는 그 서류들을 팽개쳐 버렸다.

'뭐 이런 거지 같은 경우가.'

세상에 피고인에게 뺨 맞은 변호사가 있다는 말은 들어 본 적이 없다.

'정말 뭐하고 있는 짓인지.'

승주는 병원 기록을 봤다.

1998. 12. 13. 은창식 교통사고에 의한 출혈과다 및 심근경색으로 사망.

정말로 강희경이 호흡기를 빼서 그가 사망했는지, 아님 정말로 내출혈과 심근경색으로 사망했는지 지금으로선 확인해 볼 방법이 없다.

승주는 등골이 오싹해졌다.

인간은 어디까지 갈 수 있을까? 자신을 배신했다고 남편을 죽여 버린 게 진짜 모습일까, 딸을 위해 사형까지도 감수하겠다는 게 진짜일까? 인간의 끝은 어디일까?

가만, 98년이면 아직 15년이 되지 못했다. 공소 시효 기간이 남았다. 시효 기간이 남았다면 기소해야지? 잠깐. 난 지금 검사가 아니다. 변호사다. 지금 자신은 희경을 피고인이 아닌 의뢰인으로 만나고 있다. 변호사는 의뢰인이 죄에 대해 함구해도 되는 권리가 있다.

승주는 자신의 정체성에 대해 혼란이 왔다.

여기 똑같은 살인사건이 있다.

그런데 검사의 신분이면 기소하지 않으면 직무 위반이 되고, 변호사의 신분이면 함구해도 법적인 하자가 없다. 이게 얼마나 우스운 법이란 말인가? 죄는 어디로 가고 입장만 남는다.

똑같은 사건에 검사는 피해자의 권리를 우선으로 해야 하고, 변호인은 의뢰인의 권리를 우선으로 해야 하기 때문에?

역지사지.

입장을 바꾸어 생각해 본다는 것이 법에서도 적용이 되는 걸까.

일단은 승주는 희경이 했던 말의 진위는 따지지 않기로 했다. 거기까지 따지다간 머리가 어떻게 될 것 같아서이다.

시간이 지나고, 더 많은 사건을 접하다 보면 스스로 이해되는 것들이 있겠지.

많은 것들은 시간이 해결해 주니까.

승주가 제출한 상고가 대법원에서 통과됐다. 앞으로 2주 후 다시 재판이다.

'아직 끝나지 않은 미스터리!'

'추리소설보다 더 흥미진진, 반전은 있을 것인가?'

'진짜 살인자를 찾아라!'

각 신문에서는 날마다 강희경 사건이 흥미 반 기사 반으로 등장하기 시작했다.

승주가 변호사실에 들어와 보니 준석이 꽤 두툼한 서류를 읽고 있었다.

"하여튼 기발들 하다니까."

"뭐가요?"

"범인들의 시체 은닉 및 운반 방법들이요."

승주도 후루룩 넘겨보니 과거의 사건부터 최근의 사건까지 눈에 익은 사건들도 있었다.

"이건 형사와 범인들의 머리싸움이에요. 숨기는 자와 찾는 자의."

"그러게요. 우리도 마지막 한 조각이 부족하네요."

"그 조각을 찾아야 완벽한 그림이 그려지는데……"

준석이 희경의 골프 가방에서 골프채를 꺼내 허공을 향해 휘두르며 말했다.

"토막도 내지 않았다. 골프 가방 속에 마이클 한은 절대로 들어 갈 수 없다. 그런데 어떻게 시체 보관소에 들어가 있냐고. 마이클 한이 제 발로 걸어 들어갔을까요?"

"그럴 수도 있겠죠."

방법을 찾아내기 전까진 모든 가능성은 열려 있다.

"변호사님이나 나나 찾아내지 못하면 강희경에게 지는 겁니다."

"반드시 찾아내야죠."

승주는 희경이 남편의 살해를 자백했다는 것도, 협박했다는 것도, 더더군다나 뺨을 맞았다는 것도, 아무것도 준석에게 말하지 않았다. 지금은 오로지 '시체 운반' 방법을 찾는 것에 집중해야 한다. 그것을 찾지 못하면 재판에서 달라질 것은 없다. 최종심에서도 사형을 확정 받으면 더 이상의 기회는 없다. 딱 한 번 남은 기회, 그 기회를 절대로 놓쳐서는 안 된다.

준석이 골프채를 다시 넣으면서 말했다.

"어쩌면 그 마지막 조각이 시체 운반 방법이 아닐지도 모릅니다."

"그러면요?"

"은혜리가 마지막 조각일지도 모릅니다."

20 과거는 명백한 미래의 예언자

한강 병원, 은혜리의 병실. 자살 방지를 위해 양손이 침대에 묶인 채, 혜리가 누워 있었다. 멍하니 허공을 보고 있는 눈에서 눈물이 흘러내렸지만, 곁에는 그 눈물을 닦아 줄 사람조차 없었다. 모든 게 한순간에 와르르 무너져 버렸다. 죽고 싶어도 죽을 수조차 없는, 어디서부터 생각해야 되는지, 무엇을 해야 되는지도 모르겠다. 혜리는 이 현실이 무섭고 두려웠다. 사람들이 모두 자신을 향해 손가락질하는 것만 같다. 감당할 자신이 없다. 차라리 LSD라도 할 수 있으면…….

이때, 누군가 병실로 들어왔다. 노크를 하지 않은 걸로 보아 간병인이다.

"아줌마?"

대답이 없다.

"아줌마?"

"……."

"누구……세요?"

억센 손이 눈을 가렸다.

"아악!"

이번엔 입을 가렸다. 손이라 움직일 수 있으면 어떻게 해 볼 텐데 손마저 묶여 있다. 발을 버둥거려봤다. 힘이 없다. 점점 숨 쉬기가 힘들어진다……. 이대로 죽는 건가……? 이렇게 죽는 건가……? 난, 난 죽고 싶지 않아. 이대로 죽을 수 없어. 해야 할 일이 있어…….

까무룩 정신이 멀어져 가며 혜리는 아직은 죽을 수 없다는 생각을 했지만, 모든 것들이 점점 멀어지고 작아졌다…….

승주는 혜리의 병실로 향하고 있었다. 그녀가 좋아한다는 '엄마는 외계인'이란 아이스크림까지 준비했다. 혜리를 만나봐야 한다. 세 번째 거절당했다. 이번에도 거절하면 쳐들어 가서라도 만나야 한다. 앞으로 사흘 후에 상고심이 열린다. 은혜리는 다시 법정에 서야 한다. 지금까지는 건강을 이유로 한 번도 법정에 서지 않았지만, 이번엔 검사 측에서 증인 요청을 했다. 재판이 열리기 전에 만나서 이야기를 들어야 한다. 물론 검사 측 증인이든 변호사측 증인이든 상관은 없다. 진실만 말해 준다면. 문제는 지금까지처럼 침묵으로 일관해 버린다면, 판을 뒤집을 카드가 없다. 아직까지 형사도 자신도 시체 운반 방법을 알아내지 못했다.

똑똑.

승주는 조심스럽게 병실 문을 두드렸다.

대답이 없다. 다시 두드렸지만 여전히 대답이 없다. 문을 막 열려는 순간, 한 남자가 뛰쳐나와, 승주를 밀치고 복도를 순식간에 뛰어갔다. 얼결에 밀린 승주는 엉덩방아를 찧었지만, 잽싸게 일어나 병실로 뛰어 들어갔다. 앞뒤를 생각할 겨를도 없다, 무슨 일이 일어났는지 본능적으로 알았다.

'은혜리가 위험해!'

"혜리 씨, 혜리 씨!"

축 늘어진 혜리를 미친 듯이 불렀다, 숨이 붙어 있는지 없는지 몰랐다. 제발 아직 죽지만 않았기를 바라면서 그렇게 혜리를 흔들었다. 하지만 혜리는 축 늘어져 승주가 흔드는 대로 흔들렸다,

"누구 없어요? 간호사, 간호사"

하필이면 데스크가 비어 있는 모양이다. 승주는 혜리의 코를 막고 기도를 확보한 다음 인공호흡을 실시했다. '제발 살아만 줘.' 오직 그 생각뿐, 다른 것은 아무것도 떠오르지 않았다. 이토록 절박한 순간이 있었던가. 혜리 씨 제발……

"컥."

혜리가 막힌 숨구멍을 텄다. 그리고 연이은 기침……

'다행이다. 죽지는 않겠구나.'

기침을 하던 혜리가 벌건 눈으로 승주를 힘없이 바라봤다. 그리고 주르르 눈물을 흘렸다. 승주는 그녀의 묶여 있는 손을 풀어주고 벌게진 팔목을 만져주었다. 조금만 힘을 줘도 툭 부러져 버릴 것처럼 가느다란 팔목이었다. 혜리는 그렇게 승주에게 팔목을 맡긴 채, 얼굴을 돌리고 한참을 소리 죽여 울었다.

진정제를 맞고 그녀가 잠이 들었다. 잠 속에서도 악몽을 꾸는지 자꾸 눈꺼풀에서 경련이 일고, 신음소리를 내었다. 목에는 남자의 손자국이 벌겋게 남아 있었다. 조금만 늦었어도 큰일이 날뻔했다고 의사가 말했다. 그러곤 수혈 봉지를 매달고 그녀의 팔에 수혈 주사를 놓았다. 팔목을 그었을 때 피를 많이 흘려 계속 수혈을 해 줘야 한다고 했다. 똑똑. 누군가의 피가 그녀의 몸 속으로 들어갔다. 승주는 무심히 그녀의 몸 안으로 들어가는 핏방울을 셌다.

"인상착의나 뭐 기억나는 건 없습니까?"

혜리가 잠든 걸 확인하고 준석이 물었다.

"워낙 순식간이라……"

"나중에라도 생각나면 말씀해 주세요. 병원 CCTV로 확인해 보겠습니다."

"그럴게요."

범인은 잡을 수 없을 것이다. 승주 외에는 목격자도 증거도 없다.

그때 문득 떠오른 생각.

"법이 범인을 놔준다면 법 밖에서 하는 수밖에."

'혹시?'

준석은 조셉 한의 입국여부를 알아보았다. 이틀 전에 입국했단다.

'설마.'

준석은 조셉 한에게 전화했다.

"조셉 한, 당신이지?"

다짜고짜 물었다.

"흥, 한국 형사도 제법인데."

"어디야?"

"공항. 지금 출국."

이런 쌍할, 한 발 늦었다.

"잘 지키쇼. 또 언제 찾아갈지 모르니."

툭, 전화가 끊겼다. 증인을 지키지 못했다는 이유로 최 반장의 길길이 날뛰는 모습을 또 봐야 한다. 증거를 찾기 전까진 구속할 방법이 없다. 빌어먹을 증거를 찾아야 하는 일이 더 늘었다.

"지금부터 난 혜리 씨에게 묻지 말아야 할 질문을 묻기도 하고, 하지 말아야 할 말을 하게 될 거야. 혜리 씨가 외면하고 싶은 순간도 있을 것이고, 절대로 기억하고 싶지 않은, 어쩌면 진짜로 기억에서 지워져버린 순간도 있겠지. 하지만 모든 걸 기억해 내고 내게 말해 주길 바라. 고통스럽고, 피하고 싶고, 대답하기 싫어도, 말해 주길 바라. 이건 혜리 씨 엄마도 나 홍승주도 아닌, 혜리 씨를 위해서야. 날 믿어. 난 혜리 씨 편이야."

무슨 생각을 할까? 승주의 말에도 혜리는 그저 창밖의 먼 하늘만 바라보았다. 승주는 자연스럽게 반말을 사용했다. 법정에 세워야 할 증인이라기보다 도와주고 이끌어줘야 할 여린 동생 같다.

"그날, 무슨 일이 있었는지 말해 줘."

혜리는 여전히 창밖만 바라봤다.

"마이클 한을 죽인 사람은, 엄마가 아니지?"

강하게 밀어붙였다. 그제서야 혜리가 승주를 봤다. 마치 처음

보는 사람을 보듯 그렇게 멀리 봤다.

"변호사님은 여덟 살 생일 날 누구와 같이 있었어요?"

혜리가 입을 열었다. 승주는 뜨끔했다. 여덟 살 생일. 왜 하필이면 그 날일까? 그날 엄마와 아빠 사이에 무슨 일이 일어났는지 알고 있을 리는 없을 텐데……. 어쨌든 원하는 대답은 아니었지만, 그녀가 입을 열었다는 것만으로도 다행이다 싶었다.

"글쎄, 정확히 기억나진 않지만 분명한 것은 아버지는 없었어. 난 아버지가 안 계시거든."

"돌아가셨어요?"

"아니. 원래 없었어. 아버지가 바람 피워 내가 태어났거든."

승주가 살짝 웃자. 혜리도 살짝 웃었다.

"혜리 씨는 누구와 같이 있었어?"

"혼자……"

그렇구나. 거기까지 기억하는구나.

"밤늦게 엄마가 들어오셨어요. 그리고 날 안고 우셨어요. 나는 자는 척했는데…… 참 이상하죠. 날 안고 우는 엄마가 불쌍한 게 아니라 무서웠어요. 흐느끼는 소리가, 그 손길이 섬뜩했어요. 그때부터였을 거예요. 엄마를 피한 것이…… 엄마가 싫거나, 밉다거나 그런 게 아니라 무서웠어요, 엄마를 떠나고 싶었어요."

승주는 갑자기 명치 끝을 한 대 맞은 듯 정신이 번쩍 들었다.

그래, 그 날 강희경이 남편의 호흡기를 뺐다는 말은 정말로 사실이었어. 여덟 살 어린 딸은 엄마의 울음으로 그것을 감지했던 거야. 무슨 일이 벌어졌는지는 모르지만, 본능적으로 두려움을 느꼈어. 그래서 우는 엄마가 무서웠던 거야.

희경은 모르고 있을 것이다. 딸이 자신의 악행을 그렇게 본능적으로 감지했다는 것을. 희경은 침묵했지만 그 침묵은 딸에게 전해졌고, 이렇듯 때때로는 엄마의 감춰진 침묵은 딸에게서 발견되기도 한다.

과거는 명백한 미래의 예언자라는 말은 얼마나 무서운 예언인가.

"왜 그렇게 엄마가 무서웠을까요?"

승주는 고개를 흔들었다. 이것은 자신이 관여할 문제가 아니다. 강희경과 은혜리, 엄마와 딸이 풀어야 할 문제이지 제3자가 함부로 끼어들 수 없다. 단지 그녀가 그날 엄마와 아빠 사이에 무슨 일이 있었는지 영원히 몰랐으면 하는 생각은 들었다. 몰라도 되는 비밀이라면, 모르는 게 나을 수도 있다. 아무리 엄마와 딸 사이라 할지라도 절대로 받아들일 수 없는 것이 있을 테니까.

"어떤 순간에도 잊으면 안 되는 게 있어."

"?"

"엄마가 혜리 씨를 사랑한다는 거."

혜리가 희미하게 웃었다. 부정의 의미였다.

"내 엄만 내가 소풍을 갈 때 한 번도 김밥을 싸 준 적이 없었어. 엄만 내가 알바로 돈을 벌자마자 일을 그만두고 어린 딸에게 의지했지. 그리고 날마다 문 밖에 기대어 앉아 내가 오길 기다렸어. 비가 오나 눈이 오나 하루도 빼지 않고……. 그때는 그게 죽을 만큼 싫었어. 엄마를 미워하고 싫어했지. 그러나 지금은 조금은 아주 조금은 엄마를 이해할 것도 같아. 그건 어쩌면 엄마가 딸을 사랑하는 방법이었을지도 모르겠어. 그렇게 기다리고 또 기

다리고…… 딸을 기다리는 것이 엄마가 사랑하는 방식이었는지
도……. 모든 사람들이 다 똑같은 방법으로 사랑하는 건 아닐 테
니까."

혜리가 승주를 바라봤다. 아주 슬픈 눈이었다.

"엄마를 만나고 싶어요. 만나게 해 주세요. 엄마를 만나고 난
후 얘기 할게요. 마이클을 누가 죽였는지. 마이클을 누가 옮겼는
지…… 그 날 일어난 일을 모두 다요."

은혜리를 접견실로 들여보내고 승주는 구치소 밖에 있는 벤치
에 앉았다. 엄마와 딸이 무슨 이야기를 나눌 것인가? 알 수 없다.
어쨌든 혜리는 희경은 만나고 나서 모든 것을 이야기하겠다고 했
다. '모든 것'이 있다는 말이다.

혜리는 희경을 기다리는 동안 어디서부터 무슨 말을 꺼내야 할
지 갈피가 안 잡혔다. 미안하다는 말은 안 맞을 것 같았다. 고맙
다는 말은 더 아니다. 엄마를 보면 눈물이 나올까……? 모르겠
다. 엄마의 발자국 소리가 들렸다. 어렸을 적부터 멀리서 저 소리
가 들리면 자는 척을 많이 했었지. 잠자고 있지 않다가도 엄마의
차 소리가 들린다거나 인기척이 들리면 얼른 잠든 척, 모르는 척
해 버렸었다. 참 못된 딸이었다.

희경이 접견실 안으로 들어섰다.

혜리는 엄마의 모습을 보고 자신도 모르게 벌떡 일어섰다. 우
선 죄수복을 입은 엄마의 모습이 너무 생경했고, 2354라는 빨간
색 명찰이 섬뜩했으며, 반백 머리는 처음 봤다.

"엄마?"

"앉아라."

목소리만은 여전했다. 차갑고 냉랭하고, 항상 야단칠 준비가 된 듯한.

"몸은 괜찮니?"

"네."

"와서는 안 될 곳을 왔구나."

"엄마한테 할 말이 있어서……"

칼처럼 강한 눈빛으로 희경이 혜리를 쏘아봤다.

"난 너한테 들을 말도 없고, 할 말도 없다."

"그 날…… 일을 곰곰이 생각해 봤어요. 그날 내가 한 일을……"

희경이 벌떡 일어섰다.

"넌 아무것도 몰라. 약에 취해 있었어. 넌 아무 짓도 하지 않았어. 다 이 엄마가 한 거야. 약에 취해 헷갈린 거야."

"아냐, 그렇지 않아. 다 기억났어. 너무나 선명하게 기억이 나. 마이클의 숨소리까지……. 마이클의 비틀거리는 모습까지."

"그만. 그만 해! 내가 마이클을 죽이는 장면이 찍힌 동영상까지 나왔어. 지금 네가 아무리 그래봤자 소용 없어, 현실을 똑바로 봐. 너 나처럼 이런 옷 입고 이런 명찰 달고 이곳에 있을 수 있어? 세상 사람들이 다 너보고 살인자라고 손가락질해도 견딜 수 있어?"

"엄마, 제발 이제 그만하자. 나 엄마가 이럴수록 미칠 것 같아, 미치겠다고."

혜리는 주저앉아 울음을 터트리고 말았다.

"그래, 차라리 미쳐. 그게 더 나아."

"엄마 때문이야, 엄마 때문에 난 앞으로 나가지 못하고 제자리를 뱅뱅 돌고 있어. 엄마 때문에 싸우는 법보다 도망치는 법을 먼저 배웠어. 나, 은혜리는 진짜로 살고 있지 않아, 가짜로 살고 있다고."

"뭐라 해도 좋다. 안 되는 것은 안 돼."

"엄마, 제발 날 놔줘…… 엄마가 날 놔줘야 내가 말할 수 있어."

희경이 혜리를 잡아 일으켜 의자에 앉히며 말했다.

"혜리야, 지금은 이 엄마를 이해할 수 없겠지. 하지만 네가 네 아이를 낳으면 그땐 이해 할 수 있을 거야. 그때까지 아무 생각 말고 기다려."

혜리는 고개를 저었다.

"아니. 기다리지 않을 거야."

"너 정말 왜이러니? 왜 이렇게 엄마 맘을 몰라주는 거니?"

희경이 혜리를 붙잡고 애원하다시피 했다.

"넌 꿈을 꾼 거야, 꿈꾼 거라고."

"그래 나도 꿈이라면 좋겠어. 이 모든 것이 꿈이라면 좋겠어……. 하지만…… 아니잖아, 꿈이 아니잖아. 현실이잖아. 팔목을 자르면 피가 나고, 누군가 날 죽이기 위해 목을 조르면 손자국이 남는 현실이잖아."

"그건 또 무슨 말이니? 누가 목을 어떻게 했다고?"

희경이 혜리의 목폴라를 내렸다. 아직도 선명한 손자국이 남아 있었다.

"누가 널?"

"몰라, 알고 싶지도 않아. 죽기 싫어, 이렇게 죽기 싫다고."

"혜리야……"

기어이 희경이 눈물을 쏟아내고 말았다.

"널 어떡하면 좋으니……"

"울지 마, 엄마. 난 엄마가 울면 무서워. 슬픈 게 아니라 무섭다고."

"?"

"엄마 그때 왜 울었어?"

"그……때?"

"여덟 살 생일날, 엄마가 날 붙잡고 오랫동안 울었잖아. 그때 왜 그랬어?"

"혜리야…… 너?"

"아니 왜 울었는지 말 안 해도 돼. 울지 마. 난 엄마가 울면 무서워. 그러니까 제발 내 앞에서 울지 말란 말이야."

'헉.'

희경은 너무 놀라 숨까지 막혔다. 남편의 호흡기를 빼버린 일은 이 세상에서 아는 사람은 아무도 없다. 꿈에서조차 말해 본 적 없다. 그런데 혜리가 어떻게 알고 있을까? 그때부터 날 무서워했다니……. 엄마가 울면 무섭다니……. 아아, 이 얼마나 잔인한 기억인가?

"엄마가 날 사랑하는 거 알아. 세상에서 내 죄를 대신 치러줄 사람은 엄마밖에 없어. 누구보다도 날 사랑하기 때문에……. 하지만 그건 진짜 사랑이 아냐……. 엄마, 날 놔 줘. 그렇지 않으면 나도 엄마처럼 돼."

희경은 온 몸의 힘이 다 빠져 나갔다. 손끝으로, 발끝으로, 머리카락 끝으로 그렇게 온 몸의 힘이 다 빠져 나갔다.

'끝이구나……. 여기가 정말 끝이구나……. 몇 번이나 세상의 끝을 봐 왔는데, 여기가 진짜 끝이구나……. 딸을 향한 내 사랑이 잘못됐다는 것을 깨달은 이 순간이 바로 끝이구나……. 이제는 딸을 놔 줄 수밖에 없겠구나…….'

희경은 그대로 정신을 잃고 쓰러지고 말았다.

"아악, 엄마, 엄마!"

접견실 안에서 혜리의 비명소리가 터져 나왔다. 승주와 교도관이 동시에 들어섰다.

"강희경 씨."

승주가 쓰러져 있는 희경을 안았다. 희경의 입에서 피가 주르르 흘러나왔다.

"혀를 깨물었어요!"

승주는 급한 대로 가방에서 손수건을 꺼내 입에 물렸다. 여전히 정신을 잃고 있는 희경을 교도관이 업고 의무실로 옮겼다.

"엄마, 내가 잘못했어. 그러니까 엄마 정신 차려, 엄마!"

혜리는 응급처치를 받는 희경 옆에서 계속 울었다.

정말 이게 뭐하자는 짓인지.

승주는 차라리 자신이 혀를 깨물고 쓰러지고 싶었다.

희경이 눈을 떴다.

"엄마!"

혜리가 울음을 터트렸다.

"엄마, 잘못했어. 내가 잘못했어."

"밖에 좀 나가 있을래?"

희경이 혜리를 밖으로 내보냈다. 승주는 할 말이 없었다. 무슨 말을 어떻게 해야 하는 건지 정말 알 수가 없었다.

"산다는 것은 참 잔인하네. 혜리가 그 날 일을 느낌으로 알고 있었다니……."

"……."

"지금도 마이클 한을 누가 죽였는지 알아야겠다고 생각해? 그럼 내가 법정에서 남편을 죽였다는 것을 말할 수밖에 없어. 난 어차피 살인자가 돼. 나만 살인자가 되면 돼. 딸까지 그렇게 만들고 싶지 않아."

승주는 털썩 주저앉고 말았다.

"홍승주 씨, 당신이 밝히려는 진실은 누구를 위한 거지?"

내일이면 재판이 열린다. 희경의 상태는 다행히 심각하지 않아 법정에 출두할 수 있다고 했다. 승주는 혜리의 병원으로 갔다. 면회를 거절했다.

'약속을 못 지켜서 미안해요.'

은혜리가 보낸 문자.

'모든 것'을 말하겠다던 은혜리는 희경을 만나고 온 후, 입을 다물어 버렸다. 차라리 그게 잘 된 건지도 모른다.

'당신이 밝히려는 진실은 누구를 위한 거지?'

희경은 승주에게 너무나 큰 카드를 던졌다. 만약 승주가 진실을 밝힌다면, 자신도 진실을 밝히겠다. 어차피 자신은 살인자다.

딸의 죄를 덧붙인다 해서 하등의 억울한 것도, 후회할 것도 없다. 그러니 딸을 그냥 놓아 달라. 어미의 간절한 소망이다.

어떻게 해야 하나. 어떻게 하는 것일 옳은가?

이 경우에도 법이라는 잣대를 들이대야만 하는 걸까?

이대로 진실은 묻히고 마는가? 아니, 어쩌면 차라리 그게 나을지도 모른다. 희경 말대로 남의 인생에 뛰어들어, 두 사람 모두를 휘저을 권리가 자신에게 없을지도 모른다. 진실을 찾는다는 명목으로 또 다른 진실을 외면하고 있는 지도 모른다. 모르겠다. 정말로 뒤죽박죽이다.

승주는 멍하니 병원 로비에 앉아 오고 가는 사람들을 봤다. 마치 사람들이 물 속을 유영하듯이 둥둥 떠다니는 것 같았다.

손끝 하나 움직일 힘조차 남아 있지 않다. 여기서 이렇게 잠들어 버리고 싶다.

그때 승주의 눈에 띈 한 남자. 환자복을 입고, 한쪽 다리와 팔에 동시에 깁스를 하고 휠체어를 타고 천천히 지나쳐 가는 남자. 휠체어의 한쪽에 수혈 중인지 혈액봉지가 걸려 있다. 왜 저 남자가 눈에 뜨이지? 모르는 남자인데? 그런데 뭔가 이상해……. 뭐지? 뭘까…… 아, 저것! 남자의 깁스와 혈액봉지!

그럴 수 있을까? 과연 그게 가능할까? 정말로 그럴 수가……?

승주는 준석에게 전화했다.

"여기 한강 병원 로비에요. 그 골프 가방 가지고 빨리 이곳으로 와주세요."

준석이 조금만 기다리라고 했다, 왜냐고 묻지 않았다. 아마 승주의 다급한 목소리에서 뭔가를 알아냈다는 것을 눈치 챈 모양이었다.

'그렇게 하는 것이 가능할까……?'

준석이 허겁지겁 골프 가방을 들고 왔다. 승주를 보자마자 물었다.

"뭡니까? 방법이."

21 법은 죽은 자에게도 공평해야 한다

강희경이 사형 선고를 받은 지 한 달 만에 다시 열리는 마지막 재판. 그동안 신문과 잡지에서 이 사건을 얼마나 다각도로 보도를 했는지 법정 밖에서는 그야말로 취재 열기로 뜨거웠다.

1심 무죄. 2심 사형. 극과 극을 달리는, 엎치락뒤치락, 마치 빈대떡 뒤집듯 재판이 열릴 때마다 선고가 달라지는 내용에, 과연 대법원에서는 어떻게 결론이 내려질 것인가 초미의 관심거리가 되었다.

승주가 나타나자 카메라 플래시가 마치 결혼 발표하는 연예인에게 터지듯 터졌다.

2심에서 사형을 구형했던 검사가, 같은 사건에 대법원에선 변호사가 되어 재판을 한다!

그리고 무엇인가 판을 뒤엎을 만한 획기적인 증거나 증인이 있지 않은 이상 변호인 측에서 승산 할 확률은 제로에 가깝다는 소문도 났다.

이 내용만으로도 사람들의 관심을 끌기에 충분했다.

법정에 들어가기 전, 사람들 사이로 승주는 이겨라와 눈이 마주쳤다. 그때 그렇게 화를 내고 나간 이후 서로 단 한 번의 연락이 없었다. 그의 눈빛만으로는 어떻게 생각하는지 알 수 없었다. 법정에 들어서기 전 김현태와 마주쳤다. 승주는 고개 숙여 인사를 건넸다. 김현태가 묵묵히 그 인사를 받아냈다.

대법원 재판답게 네 명의 대법관이 배석했다.

"사건번호 2012 고합 113 마이클 한 사건의 피고인 강희경입니다."

희경이 등장하자, 여기저기서 웅성거렸다. 더군다나 빨간색 명찰을 단 그녀의 모습을 처음 본 사람들에게는 충분히 충격적으로 보였다. 반백의, 혀를 깨물까 봐 입에 재갈을 물린, 그 누구에게도 시선을 주지 않은 희경의 모습은 불과 몇 달 사이에 많이 달라 보였다.

"은혜리를 검사측 증인으로 신청합니다."

결국은 검사측 증인으로 출두하는구나.

승주와 객석에 앉아 있는 준석의 눈이 마주쳤다.

은혜리가 조용히 문을 열고 들어왔다. 사흘 만에 해쓱해진 모습이었다. 저렇게 걷다가 쓰러지기라도 하면 어쩌나 걱정될 정도로 힘겹게 증인석에 앉았다. 승주를 지나쳐 갔지만 억지로 보지 않으려는 기색이 역력했다.

증인 선서문을 읽는 것도 힘들어 보였다.

김현태가 은혜리 앞으로 다가섰다.

"증인은 마이클 한을 잘 알고 있죠?"

"네."

"1월 5일 마이클 한과 LSD란 약을 하고 섹스를 했습니까?"

은혜리가 망설였지만 대답했다.

"네."

"그날 마이클 한이 증인에게 무엇을 요구했습니까?"

"마이클 한이 섹스 동영상을 찍자고 했습니다. 저는 싫다고 했습니다."

"그래서요? 마이클 한을 죽였습니까?"

은혜리를 바라보는 김현태의 눈이 날카로웠다. 그 기세에 눌러 은혜리는 대답을 못했다.

승주는 희경을 봤다. 그 어느 곳도 보지 않고 있지만 긴장하는 기색이 역력했다. 지금 은혜리의 대답 여하에 따라 자신과 딸의 운명이 결정되는 것이다. 은혜리도 그것을 아는지 엄마 쪽을 봤다. 하지만 눈을 마주칠 수 없었다. 희경이 외면하고 있었기 때문이다. 마치 그런 것은 들을 가치도 없다는 것처럼.

"증인, 대답하세요. 마이클 한을 죽였습니까?"

"아니요."

"큰 소리로 대답해 주시기 바랍니다. 마이클 한을 증인이 죽였습니까?"

"아닙니다. 죽이지 않았습니다. 전 죽이지 않았습니다."

끝내 은혜리가 눈물을 터트렸다.

여전히 꼼짝도 안 했지만, 희경이 어깨의 긴장이 풀렸다.

"이상입니다."

"변호인 측 신문 하세요."

승주가 은혜리 쪽으로 다가갔다. 어쩌다 눈이 마주친 혜리는 마치 거짓말을 들킨 아이처럼 눈에 겁을 잔뜩 먹고 있었다.

"은혜리 씨 전에 내가 한 말 기억하죠? 진실을 밝히고자 하는 이 일은 어머니 강희경도 나 홍승주도 아닌 은혜리 씨를 위한 거라는 말을요."

"네."

"그 말, 꼭 기억해 주시기 바랍니다."

은혜리가 대답을 안 했다.

"은혜리 씨……"

승주가 은혜리의 이름을 낮게 다시 한 번 불렀다. 은혜리가 승주를 쳐다봤다. 여전히 혼란스러움과 두려움으로 흔들리는 눈, 그러나 대답은 했다.

"……네."

'그래, 너 자신을 위해서란 걸 꼭 잊지 말렴. 혜리야……'

"이상입니다."

은혜리가 증인석에서 내려왔다. 그리고 방청석에 가 앉았다.

"한강 병원 박병수 혈액 분비과 박사님을 변호인 측 증인으로 신청합니다."

판사가 그러라는 듯 고개를 끄덕였다. 판사 역시 모든 언론이 집중된 사건이라 긴장이 돼 있을 터였다.

박병수 혈액 분비과 박사가 들어와 증인석에 앉았다.

그가 들어오자 강희경이 눈에 띄게 당황했다. 승주는 희경의 변화를 놓치지 않았다. 준석도 희경을 주목하고 있었다.

"박사님, 죽은 사람에게서도 피를 뺄 수 있습니까?"

"그건 불가능합니다. 죽으면 피는 응고되어 버리니까요."

"만약 죽은 사람이 어떤 이유에 의해 혈액 응고 방지제를 복용 중이었다면요?"

"그렇다면 가능합니다. 혈액 응고 방지제란 말 그대로 혈액이 응고 되는 것을 방지해 주고, 죽은 뒤에도 효과는 지속됩니다."

"박사님, 그럼 이 혈액 분석표를 한번 봐주시겠습니까?"

승주가 박병수에게 국과수에서 분석한 마이클 한의 혈액 분석표를 주었다.

"해파린 성분으로 보아, 이 사람은 혈액 응고제를 복용하고 있었을 겁니다."

"네, 박사님, 정확히 보셨습니다. 이 남자는 평소 심장 질환을 앓고 있었습니다."

박병수가 그런 질병이 있었을 거란 듯이 고개를 끄덕였다.

"박사님, 한 가지만 더 묻겠습니다. 우리 인간에게서 피를 빼면 부피가 줄어들까요? 그러니까 풍선에서 바람이 빠지듯 말입니다."

"글쎄요, 엄청난 양의 피를 뺀다면 줄어는 들겠죠. 우리가 설사를 하면 몸무게는 줄어들지만, 부피가 줄어들진 않잖습니까. 그 원리로 이해하시면 될 겁니다."

"그렇군요, 그러니까 많이는 아니지만, 그래도 조금은 줄어들 수는 있다는 말씀이죠?"

"뭐, 몸무게 빠지듯이 조금은 가능하겠죠."

"감사합니다."

박병수는 희경에게 눈길을 주지 않고 증언석을 떠났다. 병원에서 동료로 근무할 때 어떤 사이였는지는 모르지만, 이런 자리서 눈길을 마주치기란 피차 곤혹스럽기는 마찬가지일 것이다.

"우리는 지금까지 풀지 못한 문제가 있었습니다. 어떤 방법으로 키 175센티미터에 몸무게 70킬로그램인 남자를 9층에서 지하까지 옮길 수 있었느냐 하는 겁니다. 그것도 완벽한 모습으로."

승주는 희경을 봤다. 희경은 모든 것을 포기한 듯 눈을 감고 있었다. 승주가 문제를 풀었다는 것을 알았다는 의미였다.

"문제는 풀렸습니다. 답이 있었으니까요."

법정은 조용했다.

"그럼 여러분의 이해를 돕기 위해 저희가 준비한 것이 있습니다. 그것을 이용해도 될까요?"

판사가 그러라고 했다.

승주가 눈짓을 하자, 준석이 준비했던 것을 가지고 들어왔다.

CCTV에 찍혀 있던 것과 똑같은 골프 가방과 언뜻 보면 살아있는 남자처럼 보이는 마네킹이었다.

"여기 이 마네킹은 이번 사건의 피해자인 마이클 한과 똑같은 키와 몸무게의 모형입니다. 물론 이 마네킹의 뼈와 장기, 혈액도 인간과 거의 흡사하게 준비했습니다. 그럼 여기서 피를 뽑아보겠습니다."

승주가 눈짓을 하자, 준석이 마네킹의 발뒤꿈치에 있는 구멍을 통해 피를 뽑아 통에 담았다. 아악, 소리 지르는 사람, 못 참고 밖으로 나가는 사람, 작은 비명을 지르는 사람, 모두들 어떤 식으로든 놀라움을 표시했다.

피가 점점 빠지는 마네킹은 정말로 풍선에서 바람이 빠지듯 조금씩 쪼그라들기 시작했다.

"물론 실제 상황에선 이렇게 발뒤꿈치에서 피를 빼내지 않았을 겁니다. 아마 주사기를 이용했거나, 다른 방법을 이용했을 겁니다. 혈액 응고 방지제를 복용한 마이클은 죽은 후에도 피가 응고되지 않아 피를 뺄 수 있었습니다. 현장에서 피를 흘리고 있는 마이클을 보고 희경은 이 점을 알아차렸을 겁니다, 의사니까요."

마네킹의 몸에서 나온 피는 1리터짜리 병 세 개에 가득 찼다.

"실제로는 더 뺐을지도 모릅니다. 마이클 한은 이미 죽어 생명과는 상관없었을 테니까요. 그럼 이 마네킹을 골프 가방에 넣어보겠습니다."

준석이 쪼그라진 마네킹을 골프 가방 안에 넣었다. 하지만 마네킹은 다 들어가지 않았다.

"역시 들어가지 않군요. 저희는 되돌아온 마이클 한의 몸무게가 약간 줄어든 점에 착안해 처음엔 강희경이 이런 방법으로 하지 않았을까 시험해 보았습니다. 하지만 지금 여러분이 보셨다시피 어림도 없습니다. 조금 전 박사님께서도 말씀하셨듯이 피 좀 뺐다고 해서 부피에는 차이가 없기 때문이죠. 아마, 강희경은 다른 방법을 썼을 겁니다."

사람들이 모두 희경을 쳐다봤지만, 희경은 꼼짝도 안 했다.

"그렇다면 강희경은 어떤 방법으로 이 남자를 여기에 넣을 수 있었을까요? 저희는 전문가가 아닙니다. 전문가의 도움을 받아도 되겠습니까?"

이번에도 역시 판사가 그러라고 했다. 판사도 흥미로움을 감추지 못했다.

희경과 나이와 체격이 비슷한 여자가 들어왔다. 그리고 마네킹을 안듯하더니 마네킹의 양쪽 어깨뼈를 잡아 당겼다. 우둑, 뼈가 빠지는 소리! 이어 엉덩이와 다리 사이의 고관절 뼈를 잡아 뺐다. 이번엔 좀 더 큰 소리가 났다. 그리고 마네킹을 골프 가방에 집어넣었다. 처음엔 어림도 없을 것 같았는데 우겨 넣자 마네킹은 들어갔다. 여자가 천천히 지퍼를 올렸다. 마네킹은 감쪽같이 골프가방 속으로 사라졌다.

아무도, 아무 말을 하지 않았다.

모두 놀라운 장면에 정신을 잃고 있을 뿐이었다.

"우리는 '뼈를 접었다'는 표현을 이런 경우엔 쓸 겁니다."

승주가 낮은 목소리로 말을 이었다.

"그럼 이렇게 쪼그라든 남자가 어떻게 원래의 건장한 모습으로 시체 보관소에 누워 있게 되었을까요? 이건 간단합니다. 빠진 뼈를 제자리에 넣어주면 되니까요. 물론 쉽지 않았을 겁니다, 하지만 불가능하진 않습니다. 강희경은, 뼈에 대해서라면 누구보다도 잘 아는 의사니까요."

바늘 떨어지는 소리조차 들릴 것 같은 고요.

"강희경 씨, 당신은 이런 방법으로 마이클 한을 운반했습니다, 맞지요?"

승주가 조용히 물었다.

판사가 지시를 내리자, 옆에 있는 교도관이 희경의 입에 물린 재갈을 풀어 주었다.

모두가 숨을 죽이고 희경을 보았다. 그녀의 입에서 무슨 말이

나올 건가?

"이렇게 했습니다. 그렇지요?"

희경이 승주를 천천히 바라봤다. 그리고 칼끝처럼 날카롭게 말했다.

"마이클 한을 죽인 사람은 접니다."

"지금 마이클 한을 죽였느냐고 묻지 않았습니다. 마이클 한을 이렇게 피를 빼 골프 가방 속에 넣어 운반했느냐고 물었습니다."

"모릅니다."

"강희경 씨, 제발 이제 그만 하세요, 이렇게 명백한 증거가 있는데."

"전 모릅니다. 그딴 건 아무것도 몰라요."

희경이 고개를 저었다.

그때였다.

"아악, 그만, 그만, 그만!"

혜리가 발작하듯 소리쳤다.

"엄마 그만해. 이제 됐어."

"혜리야!"

날카로운 쇳소리. 어디서 저런 힘이 있었나 싶게 큰 소리로 강희경이 혜리를 불렀다.

"엄마, 그만해. 우리 이제 그만하자. 응?"

혜리가 울면서 말했다.

"이제 얼음땡 놀이 그만하자. 날 풀어 줘. 내 마음대로 움직이게 해 줘. 나 이제 앞으로 나아갈래. 더 이상 제자리에서 뱅뱅 돌기 싫어. 엄마가 날 놔줘. 그래야 나 앞으로 나갈 수 있어."

"혜리야 그러면 안 돼, 그럴 수 없어. 그러면 넌 영원히 어두운 곳에서 살아야 해."

"맞아, 나 어두운 곳 싫어. 무서워. 하지만 더 이상 피하지 않을 래. 내 죄 값은 내가 받을게. 그래야 내가 나로 살아…… 나 진짜로 살고 싶어……!"

"넌 달팽이가 아냐……. 먹은 색깔 그대로 똥을 쌀 필요가 없어……. 그러면 세상에 져."

"나 세상에 이기고 싶지 않아, 난 나를 이기고 싶어."

"혜리야…… 너 없으면 엄마도 없어……. 제발……."

원망보다는 애원이, 슬픔보다는 용기가, 미움보다는 용서가 가득 찬 표정으로 은혜리가 희경을 불렀다.

"엄마, 미안해……."

은혜리가 흔들림 없는 눈빛으로 똑바로 승주를 쳐다봤다. 그리고 또렷하고 분명한 어조로 말했다.

"제가 그랬습니다. 제가 마이클 한을 죽였습니다. 볼링 공으로 머리를 두 번 내려쳤습니다."

"재판장님, 저 아이 말 믿지 마세요. 저 아인 마약을 했습니다. 약을 하고 섹스 동영상까지 찍은 정신 나간 아이입니다. 아직도 약에 취해 병원에 입원해 있는…… 꿈에서 한 일을 진짜로 했다고 믿고 있어요. 상상과 현실을 구별조차 하지 못하는. 미친 아이라고요……."

희경이 이성을 잃고 소리 질렀다. 하지만 자신조차 무슨 말을 하고 있는지 잘 모르는 상태인 것 같았다.

"엄마…… 이제 늦었어. 그래봐야 소용 없어……."

"혜리야…… 그건 망상이야…… 넌 아직도 끔찍한 악몽을 꾸고 있는 거라고……"

희경이 털썩 주저앉고 말았다.

승주는 눈을 감아 버렸다.

이게 꿈이었으면, 이게 현실이 아니었으면. 진짜 악몽이었으면.

"내가 잘못했어. 나 엄마 많이 미워했어. 그래서 더 일부러 그렇게 행동 한 거야……. 미안해, 엄마……. 엄마가 날 얼마나 사랑하는지 너무 늦게 알아서 미안해……. 세상에서 날 가장 사랑하는 사람은 나인 줄 알았어. 아니, 아니야. 세상에서 날 가장 사랑하는 사람은 엄마야. 이제야 그걸 알아서 미안해, 엄마."

혜리가 희경을 안고 울었다.

희경은 아무 말도 못하고 고개만 흔들며 딸 혜리의 얼굴만 쓰다듬기만 했다. 말을 하고 싶어도 목이 막혀, 가슴이 터질 것 같아, 말이 나오지 않은 것 같았다.

방청석에서도 누군가 훌쩍훌쩍 울기 시작했다. 그러자 여기저기서 울음소리가 들렸다.

'이건 지옥이야. 이런 게 바로 생지옥이야.'

어느새 승주의 눈에서도 눈물이 흘러내렸다.

"변호사 마지막 변론하십시오."

승주는 일어섰다. 목이 막혀 말이 잘 나오지 않지만, 목을 가다듬고 차분히 변론을 시작했다.

"모든 국민은 인간으로서 존엄과 가치를 가지며, 행복을 추구할 권리를 가진다. 국가는 개인이 가지는 불가침 기본적 인권을 확인하고 이를 보장할 의무를 진다……. 이는 대한민국 헌법 제 10조입니다. 이는 곧, 누구나 행복하게 살 권리를 가지지만, 그 누구도 타인의 행복을 규정할 수 없다. 국가도 무엇이 행복인지는 정할 수 없다……란 뜻입니다. 그렇습니다. 개인의 행복은 오직 개인만이 규정할 수 있습니다. 그 어떤 법도, 그 어떤 국가도 개인의 행복을 규정할 수 없습니다. ……저는 2심 때 강희경에게 사형을 구형했던 검사였습니다. 당시엔 이 사건을 조사하면서 은혜리가 마이클 한을 죽였을 거라고 생각했었습니다. 하지만 강희경이 마이클 한을 살해하는 장면이 찍힌 동영상이 공개되었고 저의 생각이 틀렸단 것을 알게 되었습니다. 살인 및 시체 유기죄로 강희경에게 사형을 구형했습니다……. 나중에 동영상이 조작되었다는 증거를 포착하고 다시 조사에 들어갔습니다. 동영상 조작이 확실시 되자 피고인에게 사형을 구형한 저의 잘못을 깨닫고, 검사직을 그만 두고, 이 사건의 진실을 알기 위해서 강희경의 변호사가 되었습니다. 피고인 강희경은 끝까지 주장했습니다. 마이클 한을 죽인 사람은 자신이라고……. 변호사인 저의 뺨까지 때리며 협박했습니다. 당장 여기서 끝내지 않으면 가만 있지 않겠다고……. 왜 그랬을까요? 왜 저지르지도 않을 살인을 저질렀다고 했을까요? ……오늘 전 법에게 묻고 싶습니다. 자식을 향한 어미의 마음을 법이 단죄할 수 있는지. 자식을 위해 스스로 살인자의 길을 택한 어미가 불행하다고 법이 판단할 수 있는지……. 여기서 저는 다시 한 번 대한민국 헌법 제1조 2항을 말하지 않을 수 없습니다. ……대한민국 주권은 국민에게 있고, 모든 권력은 국민으로부터 나온다……. 이는 곧 국민이 헌법에 앞선다는 뜻입니다.

……이상 변론을 마치겠습니다."

침묵.

법정 안엔 아무도 없는 듯 조용했다.

승주는 쓰러질 것 같았다. 아니 울음이 터질 것 같기도 했다.

"잠시 후 판결을 내리겠습니다."

판사들이 퇴정했다.

희경이 교도관들에게 부축 받아 일어나 천천히 법정을 나갔다.

"엄마……"

희경이 돌아서 딸 혜리를 보는데 그건 인간이 지을 수 있는 가장 처절하고 애달프고 슬픈, 그러면서도 가장 다정하고 따뜻한 엄마의 표정이었다.

강희경, 무죄.

은혜리, 약물중독에 의한 과실치사로 5년 형.

'어머니가 딸의 죄를 뒤집어쓰다!'

'어머니, 그 한없는 사랑!'

'법에도 눈물이 있는가?'

이제까지 희경을 세기의 파렴치한 살인자로 몰던 언론은 이제 동정론으로 흘렀다. 어머니의 위대성을 설파하기도 했다. 더불어 은혜리에 대한 동정론까지 이어졌다.

희경이 석방되던 날, 승주는 그녀의 전화를 받았다.

"지금은 당신이 고맙지 않아. 하지만 언젠가는 당신에게 고마워할 날이 있을지도 모르지."

재판은 아직 끝나지 않았다. 시체 유기에 관한 사후종법수사
는 다시 시작될 것이다.

"'그 일'은……"

"'그 일'은 이번 사건과는 관계가 없습니다."

더 할 말이 있었던 듯했지만 승주의 단호함에 희경은 더 이상
말을 않고 전화를 끊었다.

'그 일'이란 희경이 남편을 죽인 일을 뜻하리라. 사실 승주도 그
사건을 어떻게 해야 할지 갈피를 못 잡고 있었다. 죽은 자에게도
법은 공평해야 되지만, 반드시 그래야 되지만, 일단 이 사건에 있
어서의 신분은 변호사다. 변호사로서 변호사법을 준수해야 한다.

변호사법 제4장 26조 '비밀유지의무'에 쓰여 있지 않은가?

변호사 또는 변호사였던 자는 그 직무상 알게 된 비밀을 누설
해서는 아니 된다.

신분이 바뀌면 지켜야 할 법도 바뀐다. 이게 법의 한계일까? 법
과 법 사이의 충돌은 어쩔 수 없는 것일까? 그래서 유전무죄, 무
전유죄란 말이 설득력이 있는 걸까? 그래서 법은 픽션이고 사건
은 논픽션이란 말이 있는 걸까?

이번 사건을 복기해 보면, 승주는 자신이 진실을 밝혔다고 생
각되지 않았다. 진실 스스로가 스스로를 드러냈다. 진실은, 아무
리 숨기려 용을 써도, 주머니 속의 송곳처럼 언젠가는 불거져 나
오게 돼 있기 때문이다. 하지만 법이 어떤 형태로든 개입해 작용
을 함으로써, 좀 더 신속하고 명확하게 드러나게 했다는 것은 인
정할 수밖에 없는, 또 하나의 진실이라고 생각됐다.

"마지막 변론 예술이었다."

"예술은 무슨."

"축하주 해야지? '다음에'라고 말하지 마."

승주가 '다음에'라고 할까 봐, 재빨리 이겨라가 덧붙였다.

"그래도 말해야겠어. 다음에 마셔."

이겨라는 아무 말 없었다.

"오늘은 꼭 가봐야 할 데가 있어서."

"……."

"어디 가느냐고 안 물어봐?"

"……어디 가는데?"

"엄마한테."

"같이 갈까?"

"아니. 혼자 가야 돼. 엄마한테 꼭 물어 볼 말이 있거든."

이겨라의 숨 소리가 들렸다. 엄청 상한 자존심을 꾹 참느라 얼굴이 벌게졌을 것이다.

"조심히 다녀와라."

이 남자 너무 쿨한 것이 장점일지 단점일지는 더 두고 봐야겠다.

승주가 전화를 끊자마자 다시 벨이 울렸다. 형사란 이름이 떴다. 반가웠다.

"형사님."

"변호 의뢰도 예약됩니까?"

"형사님이 부탁하시면 언제든지 환영이죠. 근데 누군데요?"

"장종범."

장종범? 장 형사의 아버지?

"검거됐어요? 소식 못 들은 건 같은데……"

"곧 검거하러 갑니다. 그래서 미리 예약하는 겁니다."

아버지를 검거하기 위해 가는 아들의 맘은 어떨까. 변호사를 미리 예약까지 해두고. 마음 한쪽이 싸해 왔다.

"네. 꼭 변호 맡을게요."

"약속한 겁니다."

아버지와 딸이 공모해서 엄마를 죽이는 세상이다. 딸과 엄마가 공모해서 아버지를 죽이기도 한다. 자식이 부모를 살해하고, 부모가 자식을 살해하기도 하다. 하지만 엄마가 딸의 대신해 살인죄를 쓰기도 하고, 아들이 아버지의 잘못을 구하려고도 한다. 이 모든 갈피갈피를 법이 끼어들고, 판단하기에는 너무나 복잡 미묘하다.

"후."

한숨 끝에 승주는 하늘을 보았다.

엄마에게 가서 물어봐야겠다.

강희경이 남편 은창식을 살해한 사실을 어떻게 해야 되느냐고. 검사라면 기소를 해야 되지만, 변호사라면 영원히 입을 다물어야 되는데. 아니 검사, 변호사란 신분 따윈 다 집어치우고, 인간적으로 어떻게 해야 하느냐고. 법이 죽은 자에게도, 산 자에게도 공평해야 한다면, 지금 나는 어떻게 하는 것이 공평한 거냐고. 진실은 정말로, 어떤 경우에도 반드시 밝혀져야 하는 절대적인 것이냐고. 대체, 인간의 법은 무엇이냐고.

죽은 엄마에게 살아 있는 자신이 물어보고 싶다.

그리고 마지막엔 이렇게 말하겠다.

엄마 미안해, 너무 미워만 해서.

엄마가 날 얼마나 사랑했는지 너무 늦게 알아서 미안해, 라고.

누구나 서늘한 기억 하나쯤은 있을 것이다.

평생 동안 그늘을 드리울 서늘한 기억 하나쯤은…….

그 서늘함 때문에 우리는 꿈에서 우는 걸까?

모르겠다. 엄마는 답을 알고 있을까?

〈끝〉

작가의 말

기억에 관한 이야기를 해 보고 싶었습니다.

문득, 산다는 것은 어쩌면 무수한 기억들이 차곡차곡 쌓여가는 과정이 아닐까 하는 생각이 들었습니다. 기억하고 싶지 않은 서늘한 기억, 이제는 꿈에서조차 희미해져 버린 기억, 어쩌면 무의식 속으로 들어가 버린 기억……들이 말이죠.

이 이야기 속에 등장하는 인물들도 모두 지나간 순간들을 기억합니다.

의사인 아내는 피투성이 환자를 보며, 교통사고로 피투성인 채병원에 실려왔던 남편을 기억합니다. 그 남편은 아내의 가장 친한 친구와 같이 실려 왔지요, 둘은 같은 골프복을 입고 있었습니다.

남편의 호흡기를 빼버린 그 밤, 아내는 어린 딸을 안고 하염없이 울었습니다. 아무것도 모르는 딸은 그때를 기억하면 엄마의 울음소리가 슬픈 게 아니라 무섭습니다.

또 다른 딸은, 사랑한다고 고백하는 남자 앞에서, 엄마를 기억하지요. 평생 동안 사랑한 '그 남자'가 올까 봐 잠들지 못하다가, 결국엔 알코올 치료 병원에서 쓸쓸히 영면한 엄마를요.

형사인 아들은 허벅지를 자르는 외과의사의 수술 장면을 보며, 꽃을 가위로 잘라 그 단면을 바라보던 조폭 아버지의 눈빛을 떠올립니다.

심지어 어떤 환자는 이제는 이미 잘려져 버리고 없는 다리의 아픔을 기억합니다.

기억은…… 결국, 과거는 명백한 미래의 예언자란 말로 귀결이 되더군요……, 어쩌면 당연한 말일지도 모르겠습니다. 기억은 곧 자기 자신일 테니까요.

법에 관한 이야기를 해 보고 싶었습니다.

저는 여기서 법을 한번 비틀어 보았습니다.

조작된 증거로 사형을 구형했던 검사가, 뒤늦게 자신의 실수를 깨닫고 변호사가 됩니다.

같은 사건에서, 검사에서 변호사로 신분이 바뀌면서, 지금까진 유죄를 밝혀내야 했다면, 이제부턴 무죄를 밝혀내야 하는, 참으로 아이러니한 상황에 직면하게 됩니다.

입장이 다르니 법의 해석도 달라질 수밖에요.

같은 증언도 검사의 신분으론 기소하지 않으면 법을 어기는 것이 되고, 변호사 신분으론 밝히면 오히려 법을 어기는 것이 되더군요.

법이 법을 지키려다 보니, 이런 사각지대가 생기더군요.

하긴, 이것이 어디 법뿐이겠습니까?

여기서 친구와 불륜 관계였던 남편을 죽인 아내는 이렇게 자기 자신을 정리합니다.

'저쪽이 먼저 배신했으니 나도 배신해도 돼……. 죄책감 같은 건 없어……. 이것이 내게는 진실이야…….'

그렇죠, 인간이 만든 법이 어떻게 인간의 마음까진 단죄하겠습니까?

그러기에 법은, 죽은 자에게도 공평해야 한다는 것을, 죽은 자에게나 살아 있는 자에게나 똑같은 잣대를 들이대야 한다는 것을 말해 보고 싶었습니다. 너무나 당연히, 법은 가해자 편이 아니라, 피해자 편이어야 한다는 것을 말입니다.

마지막으로, 인간(사물)의 한 판 뒤집기(이면)를 써보고 싶었습니다.

할 수만 있다면, 내가 대신 죽을 수 있는 사람이 누굴까……로 시작했던 이 글을 쓰면서, 세상에서 내가 대신 죽을 수 있는 나의 딸과 아들, 그리고 마찬가지로 나를 대신해 기꺼이 목숨을 내놓을, 지금은 기억을 잃어가는 병을 앓고 계신, 나의 민현순 엄마께 감사하고 또 감사드리고 싶습니다.

그리고 전문 분야에서 많은 도움을 주신, 염건령 범죄학 박사님, 김주형 변호사님, 김삼 내과 과장님, 브로드스톰 이교욱 대표님께 이 지면을 빌어 감사드립니다.

류성희

사건번호 113

1판 1쇄 펴냄 2012년 2월 3일
1판 2쇄 펴냄 2015년 3월 25일

지은이 | 류성희
발행인 | 김세희
편집인 | 김준혁
펴낸곳 | 황금가지

출판등록 | 2009. 10. 8 (제2009-000273호)
주소 | 135-887 서울 강남구 신사동 506 강남출판문화센터 5층
전화 | **영업부** 515-2000 **편집부** 3446-8774 **팩시밀리** 515-2007
홈페이지 | www.goldenbough.co.kr

도서 파본 등의 이유로 반송이 필요할 경우에는 구매처에서 교환하시고
출판사 교환이 필요할 경우에는 아래 주소로 반송 사유를 적어 도서와 함께 보내주세요.
135-887 서울 강남구 신사동 506 강남출판문화센터 6층 민음인 마케팅부

한국어판 © ㈜민음인, 2012. Printed in Seoul, Korea
ISBN 978-89-6017-401-6 03810

㈜민음인은 민음사 출판 그룹의 자회사입니다.
황금가지는 ㈜민음인의 픽션 전문 출간 브랜드입니다.

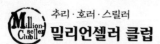

추리 · 호러 · 스릴러
밀리언셀러 클럽